Ross Welford

Was du niemals tun solltest, wenn du unsichtbar bist

Für meine Mutter, in Liebe.

MIX
Papier aus verantwortungsvollen Quellen
FSC® C083411
FSC
www.fsc.org

5 4 3 2 1

ISBN 978-3-649-62238-3

Originally published by HarperCollins Publishers under the title:
What not to do if you turn invisible

Aus dem Englischen von Petra Knese und Nora Lachmann
Umschlaggestaltung © HarperCollins Publishers 2017
Umschlagillustration © Tom Clohosy Cole
Lektorat: Jutta Knollmann
Satz: Sabine Conrad, Bad Nauheim
Printed in Germany
www.coppenrath.de

Das @book erscheint unter der ISBN 978-3-649-62906-1

Ross Welford

Was du niemals tun solltest, wenn du unsichtbar bist

Aus dem Englischen von Petra Knese
und Nora Lachmann

COPPENRATH

Teil I

Bevor ich einschlief, konnte ich mich noch sehen. Ich war sichtbar vom Kopf bis zu den Füßen und wusste genau, wer ich war.

Vorher.

Ich weiß nicht, was mich geweckt hat: das grelle UV-Licht der Sonnenbank oder das Scheppern von Ladys Schüssel an der Tür zur Garage.

Selbst wenn ich die Augen zukneife, blendet mich das Licht, so hell ist es.

Bin ich eingeschlafen?

Warum hat der Timer nicht geklingelt?

Wie lange liege ich schon hier?

Ein schrecklicher Durst verdrängt all diese Fragen. Meine Zunge klebt nicht nur am Gaumen, sie kratzt regelrecht daran. Ich kann gerade noch genug Spucke sammeln, damit sie sich löst.

Dann schiebe ich den Deckel der Sonnenbank nach oben und stelle mit Schwung die Beine auf den Boden. Auf der Liege bleibt eine Pfütze Schweiß zurück – ich habe »transpiriert«, wie Granny sagen würde. Das Licht blendet mich immer noch und ich blinzle wie verrückt; vor meinen Augen flackern grelle Punkte und Blitze, doch dunkler wird es eigenartigerweise überhaupt nicht.

Ich drehe am Schalter der Sonnenbank und endlich geht das Licht aus. Das ist ein wenig besser, aber ich fühle mich immer noch schlecht.

Hätte ich bloß vorher ausprobiert, ob der Timer in Ordnung ist. Ich sehe auf die alte Digitaluhr an der Garagenwand; sie springt von 11:04 Uhr auf 11:05 Uhr.

Oh. Mein. Gott.

Ich habe fast neunzig Minuten auf der Sonnenbank gelegen. Hallo, Sonnenbrand. Blasse Haut, rotes Haar (gut, kastanienbraun), sprießende Akne und schwerer Sonnenbrand: als Kombi einfach unschlagbar.

Langsam gewöhnen sich meine Augen wieder an das staubige Dämmerlicht der Garage. Da liegt der alte Dielenteppich aufgerollt neben meinem Kinderfahrrad und einem Stapel Pappkartons mit Kleidern für den Kirchenbasar. Regen spritzt an die kleine Scheibe in der Tür, die zum Garten hinter dem Haus führt.

Mein Handy klingelt. Es liegt auf dem Boden, und ich sehe auf dem Display, dass es Elliot Blödmann Boyd ist – so heißt er natürlich nicht wirklich. Meistens habe ich keine Lust, mit ihm zu sprechen, deshalb greife ich auch jetzt nach dem Handy, um das Klingeln abzustellen.

Diesen Augenblick werde ich mein Leben lang nicht vergessen. Es ist eigenartig und beängstigend und wahnsinnig schwer zu beschreiben, aber ich werde mein Bestes geben.

Zuerst fällt mir gar nicht auf, dass ich unsichtbar bin.

Dann aber schon.

1. Kapitel

Hinuntergreifen, das klingelnde Handy aufheben, es leise stellen und auf das Display starren, während das Handy noch einen Moment vibriert … das alles ist so vollkommen normal und alltäglich, dass mein Hirn wohl einfach ergänzt, was im Bild fehlt.

Handfläche und Finger zum Beispiel.

So wie beim Anschauen von Zeichentrickfilmen. Man weiß doch, dass Zeichentrickfilme – im Prinzip eigentlich alle Filme – aus einer Reihe von Standbildern bestehen. Lässt man sie schnell genug hintereinander ablaufen, werden im Kopf die Lücken ausgefüllt und man merkt gar kein Ruckeln.

Ich glaube, genau das übernehmen Kopf und Augen in den paar Sekunden, die ich brauche, um das Klingeln abzuschalten. Sie *sehen* die Hand, weil sie *erwarten*, dass dort eine Hand ist.

Aber das hält nicht lange vor.

Ich blinzle und schaue auf das Handy. Dann schaue ich auf meine Hand. Ich halte die Hand vor meine Augen und drehe sie hin und her.

Sie ist nicht da.

Okay, stopp mal kurz. Halt dir mal die Hand vor die Augen. Ich warte so lange.

Sie ist da, oder? Die Hand ist da. Natürlich.

Nun dreh sie und schau dir den Handrücken an. Genau das habe ich vor ein paar Sekunden auch getan, nur war meine Hand NICHT da.

In diesem Stadium habe ich noch keine Angst. Ich bin eher verwirrt.

Ich denke: *Das ist verrückt. Hat mein Verstand auf der Sonnenbank gelitten?* Als wäre ich noch im Halbschlaf oder würde träumen oder halluzinieren oder so was Ähnliches.

Ich schaue auf die Beine. Sie sind auch nicht da, aber ich kann sie anfassen. Das Gesicht ebenfalls. Ich kann alles an mir anfassen, kann es spüren, doch sehen kann ich es nicht.

Keine Ahnung, wie lange ich so sitze und immer nur dorthin schaue, wo eigentlich mein Körper sein sollte. Ein paar Sekunden vielleicht, aber bestimmt keine Minute. Mal überlegen: Ist mir das schon mal passiert? Ist das normal? Liegt es an den Augen – hat mich das UV-Licht vorübergehend blind gemacht? Aber warum kann ich dann alles andere sehen – nur mich nicht?

Nun kommen die Angst und die Atemnot. Ich stehe auf und gehe in die Ecke der Garage, wo über einem Waschbecken ein kleiner Spiegel hängt.

Kaum bin ich dort, schreie ich auf. Ganz kurz nur – eigentlich ist es mehr ein Schnappen nach Luft.

Stellt euch vor, ihr steht vor einem Spiegel und seht nichts. Euer Gesicht blickt nicht aus dem Spiegel zurück. Alles, was ihr seht, ist das Zimmer hinter euch. Oder die Garage wie in meinem Fall.

Dann wird mir klar, was los ist. Kopfschüttelnd grinse ich und lache sogar leise. Ich denke mir: *Okay, ich träume.* Und – wow – was für ein lebhafter Traum. Kommt mir ganz real vor. Ihr kennt doch diese Träume, bei denen man schon im Traum weiß, dass man träumt. Nicht so bei diesem hier. Noch nie hatte ich einen dermaßen realen Traum und so langsam macht mir die Sache sogar Spaß. Nichtsdestotrotz gehe ich die Checkliste für Träume durch: Ich blinzle, kneife mich und sage mir: *Aufwachen, Esther, du schläfst noch.*

Doch danach stehe ich immer noch in der Garage. Was für ein hartnäckiger Traum! Ich wiederhole es, einmal und noch einmal.

Nein, kein Traum. Ganz sicher.

Das Grinsen vergeht mir.

Ich schließe die Augen und nichts passiert. Das heißt, ich spüre, wie meine Lider sich schließen, aber ich sehe noch immer den Spiegel und das Waschbecken. Ich sehe alles, was in der Garage ist, obwohl ich weiß, dass ich die Augen fest geschlossen habe – richtig zusammengekniffen habe ich sie.

Mein Magen zieht sich in einer schrecklichen Kombination aus Angst, blankem Entsetzen und Panik zusammen. Ich kotze ins Waschbecken, sehe die Kotze aber nicht, sondern höre nur ihr Aufklatschen im Becken und habe den Geschmack im Mund. Erst im Waschbecken nehmen die halb verdauten Cornflakes vom Morgen ihre unansehnliche Gestalt an.

Ich lasse das Wasser laufen, halte die Hand unter den Strahl. Das Wasser fließt um die Finger herum, nimmt ihre Form an. Vollkommen verblüfft sehe ich zu, wie eine Halbkugel Wasser vor mir in die Höhe steigt, als ich die Hand zum Mund führe.

Beim Trinken schaue ich wieder in den Spiegel. Schemenhaft tauchen die Lippen auf, als das Wasser sie berührt, und kurz sehe ich noch, wie das Wasser die Kehle hinuntergleitet. Dann ist es fort.

Ein Grauen erfasst mich, stärker als alles, was ich jemals gefühlt habe.

Vor dem Spiegel, die unsichtbaren Hände ans Becken geklammert, den Kopf ganz heiß vom Versuch, das alles zu verarbeiten … dieses … dieses Merkwürdige, tue ich, was wohl jeder in dieser Lage tun würde.

Was auch ihr tun würdet.

Ich rufe um Hilfe.

»Oma! Granny!«

Warnung

Ihr sollt erfahren, wie ich unsichtbar geworden bin und was ich sonst noch alles rausgefunden habe.

Doch vorher braucht ihr noch ein paar »Hintergrundinformationen«, wie mein Lehrer Mr Parker es nennen würde. Eben alles, was dazu geführt hat, dass ich unsichtbar wurde.

Haltet ein paar Kapitel durch. Ich fasse mich kurz und danach sind wir bald wieder zurück in der Garage und ich bin unsichtbar.

Auf alle Fälle will ich euch schon mal warnen: Ich bin keine »Rebellin«.

Das sage ich nur für den Fall, dass ihr gehofft habt, ich wäre so eine, die pausenlos Ärger am Hals hat und Erwachsenen gegenüber ständig »frech« ist.

Es sei denn, unsichtbar sein zählt für euch zu »Ärger am Hals haben«.

Und Mrs Abercrombie habe ich übrigens ganz aus Versehen beschimpft, wie ich schon tausendmal versichert habe. Ich wollte »zicken« sagen, was schon unhöflich genug ist, das gebe ich zu, aber nicht so schlimm wie das Wort, das mir rausgerutscht ist, weil es sich darauf reimt. Hat mir eine Menge Ärger mit Granny beschert. Bis heute hält mich Mrs Abercrombie für extrem unhöflich, obwohl es schon drei Jahre her ist und ich mich schriftlich entschuldigt habe, auf Grannys bestem Briefpapier.

(Ich weiß, dass Mrs Abercrombie immer noch sauer auf mich ist, weil mich ihr Hund jedes Mal anknurrt. Geoffrey knurrt jeden an, doch dann sagt Mrs Abercrombie immer: »Ruhig, Geoffrey«, nur bei mir sagt sie nichts.)

Egal, normalerweise sitze ich in der Schule ganz still in der letzten Reihe, kümmere mich um meinen eigenen Kram und meine Aufgaben – so nach dem Motto: Tu mir nichts, ich tu dir auch nichts.

Aber ihr kennt ja die oberschlauen Kommentare der Erwachsenen: »Stille Wasser sind tief«.

Ich bin eine von den Stillen. Ganz still, beinahe unsichtbar.

Wenn man's recht bedenkt, ist das schon fast zum Lachen.

2. Kapitel

Wie weit soll ich zurückgehen?

Ich glaube, angefangen hat es mit dem Pizzading. Das hat mich so getroffen, dass ich ein wenig den Kopf verloren habe, was damit endete, dass ich noch eine ganze Menge mehr verlor.

Und das kam so:

Jesmond Knight – wer auch sonst – rief: »Pizzaservice!«, als ich in die Klasse kam, und alle lachten. Es war kein lautes Gelächter, eher leises Gekicher. Die meisten in meiner Klasse sind nicht wirklich gemein.

Zuerst hab ich's gar nicht geschnallt. Ich hatte keine Ahnung, dass es irgendwas mit mir zu tun hatte, dachte, ich sei mitten in einen Witz hereingeplatzt, und lachte mit, wie man es eben macht, wenn man dazugehören will. Im Nachhinein betrachtet, muss das ziemlich eigenartig gewirkt haben.

Als ich mich ein paar Tage später vor dem Chemieraum mit anderen Mädchen unterhielt, kam Jarrow mit Jesmond und noch ein paar anderen vorbei und fragte laut: »Hast du die Pizza Peperoni bestellt, Jez?« Und dann klatschten sie sich ab und Kirsten und Katie sahen betreten zu Boden.

Kapiert?

»Pizzaservice« bezieht sich auf mein Gesicht.

»Pizzafresse« = Akne. Also Pusteln, Pickel, Eiterbeulen und der ganze eklige Kram. Alles klar?

Mein Gesicht sollte also einer Pizza ähneln. Zum Totlachen. Außerdem stimmt es gar nicht. So schlimm ist es nicht.

Akne mit zwölf? Ein wenig früh, ich weiß. Selbst Doktor Kemp meint, ich gehöre in den »frühen Bereich der Norm«, was aber nicht ungewöhnlich ist. Ungewöhnlich ist die Form der Akne, die eher zum »ernsten Bereich der Norm« tendiert. Das ist ein netter Arztausdruck für: »Dich hat's aber übel erwischt.«

Genaue Beschreibungen erspare ich euch. Vielleicht esst ihr gerade was und die Einzelheiten sind wirklich nicht sehr appetitlich.

Die Sache mit dem »Pizzaservice« ist jetzt drei Monate her und seitdem ist mir einiges klar geworden:

1. Mein Versuch, mich in der Schule unauffällig zu verhalten, war nicht von Erfolg gekrönt. Alle, wirklich alle kennen das Aknemädchen. Davor richteten sich die Gemeinheiten hauptsächlich gegen Elliot Boyd, was mich nicht weiter störte. Doch nun war auch ich Zielscheibe des Spotts.
2. Manche glauben wohl tatsächlich, man könnte sich mit Akne anstecken. Ich bin jetzt kein Trauerkloß und hocke den ganzen Tag allein da, während unablässig Leute auf mir rumhacken. Aber die Sache mit der »besten Freundin« dauert einfach länger, als ich gedacht habe, und ich frage mich schon, ob es an der Akne liegt. Granny sagt immer, ich soll »einfach ich selbst sein«, was sich wie ein guter Rat anhört. Ich glaube, das ist es auch, wenn man einigermaßen

weiß, wer man ist – und das weiß ich. Oder ich wusste es zumindest, bis alles schiefgelaufen ist. Granny sagt auch gern: »Wenn du einen richtig guten Freund haben willst, sei selbst eine richtig gute Freundin.« Sie hat viele solcher Sprüche auf Lager, manchmal glaube ich, sie hat eine ganze Sammlung. Das Problem mit diesem Vorschlag von ihr ist nur, dass mir die Leute fehlen, denen ich eine Freundin sein kann.

3. Jarrow Knight ist ein einziger Albtraum. Das ist keine wirklich neue Erkenntnis, doch zusammen mit ihrem Zwillingsbruder sind die beiden pures Gift.
4. Ich muss unbedingt was mit meiner Haut machen.

Die Akne hat vor etwa einem Jahr mit einem kleinen Pickel auf der Stirn angefangen. Ich stelle mir oft vor, dass es die Vorhut der Akne-Armee war. Der Späher hat dem Hauptquartier Meldung erstattet, und innerhalb von ein paar Wochen hatte ein ganzes Regiment von Pusteln und Mitessern mein Gesicht eingenommen, und nichts, was ich tat, konnte sie zurückschlagen.

Dann stürzte sich die Armee auch auf andere Körperteile. In meinem Nacken machte sich ein Zug Eiterbeulen breit, ziemlich groß, glänzend und äußerst schmerzhaft. Auf meiner Brust siedelte ein Bataillon Mitesser, die sich ab und zu entzündeten und zu gelben Pusteln wurden. Zwei Monate später hatten Pioniere meine Beine erobert.

Aber am schlimmsten war, dass Granny mich nicht ernst nahm.

»Pickel, Spatz? Du armes Ding. Ich hatte die auch, deine Mama ebenso. Das geht vorbei. Es wächst sich aus.«

Schon vor dem Pizza-Vorfall hatte ich auf der Schule viel weniger Spaß als in der Grundschule. Zufällig war Flora McStay – meine beste Freundin – gerade nach Singapur gezogen und Kirsten Olen war in eine andere Klasse gekommen und hatte sich mit den Knight-Zwillingen angefreundet. (Zu denen später mehr.)

Was ich sagen will: Ich suchte nach Methoden, die Akne loszuwerden, und so kamen die Sonnenbank und die chinesische Medizin ins Spiel.

Und nein, unsichtbar zu werden stand nicht auf meinem Plan. Das gehörte definitiv ans »äußerste Ende der Norm«.

Elliot Boyd näher als notwendig zu kommen gehörte auch dorthin – falls das noch extra betont werden muss.

3. Kapitel

Wir sind immer noch bei den Hintergrundinformationen und ihr seid noch dabei. Gut so.

Elliot Boyd? Alle nennen ihn »Stinker«, weil irgendwer das mal gesagt hat und der Name nun an ihm hängt wie sein vermeintlicher Gestank.

Der Junge, den niemand leiden kann.

Liegt es an der Größe? Am Gewicht? An den Haaren? Am komischen Akzent?

Oder tatsächlich am Geruch?

Es könnte etwas davon sein oder auch alles zusammen. Er ist riesig, schon so groß wie manche Lehrer, hat einen dicken Bauch und am Kinn ein Büschel blonden Bart, womit er vergeblich versucht, sein Doppelkinn zu verstecken.

Und was den Geruch angeht, mal ehrlich, so schlimm scheint es nicht zu sein, auch wenn ich seine Nähe auf Biegen und Brechen meide und somit nicht feststellen kann, ob ihm, wie allgemein behauptet, Seife und Deo fremd sind.

Ich glaube eher, dass sich die Leute an seinem Auftreten stören. Super selbstsicher, aufdringlich und dreist, dazu laut und –

dieser Ausdruck gefällt mir am besten – blasiert. Er stammt von Mr Parker, der kann sich gut ausdrücken.

Und wisst ihr was? Hauptsächlich liegt es wohl daran, dass Elliot Boyd aus London kommt. Echt jetzt. Es fing damit an, dass er über Newcastle United herzog (er selbst ist Arsenal Fan, sagt er jedenfalls). Man muss schon einen sehr guten Grund haben, wenn man hier bei uns nicht für Newcastle ist. Sunderland oder Middlesbrough sind auch noch okay, aber keinesfalls eine Mannschaft aus London – nicht einmal, wenn man tatsächlich aus London kommt.

Boyd stieß zu Beginn der achten Klasse zu uns. Niemand kannte ihn, was Grund genug war, sich erst mal zurückzuhalten, aber keine Spur. Er dachte wohl, es wäre lustig, was er da am ersten Tag veranstaltete – ihr wisst schon, frech und ein wenig unverschämt, aber es kam ganz anders rüber.

Mr Parker unterrichtet uns nicht nur in Physik, sondern ist auch Klassenlehrer, führt das Klassenbuch und so. Er klatschte in die Hände und räusperte sich. »Und wieder willkommen, ihr Glücklichen, willkommen im prächtigsten Tempel der Gelehrsamkeit im Nordosten Englands. Erfrischt und gut erholt aus den Ferien zurück? Bestens.«

So redet Mr Parker oft. Er war mal Schauspieler und trägt ein Halstuch, was ziemlich cool bei ihm aussieht, kaum zu glauben, nicht wahr?

»Wir haben einen Neuzugang. Direkt aus dem sonnigen London … Vielen Dank, Mr Knight, nur der Pöbel buht … begrüßen Sie mit mir Mr Elliot Boyd.«

Normalerweise hätte die Klasse nach dieser Aufforderung – wie schon etliche Male bei anderen Neuankömmlingen – geklatscht und der Neue hätte schüchtern gelächelt, wäre ein wenig rot angelaufen und damit hätte es sich gehabt.

Doch nicht so Elliot Boyd. Er stand auf, reckte beide Fäuste triumphierend in die Luft und rief laut: »Arsenal, Arsenal!« Der Applaus erstarb. Und um die Sache noch schlimmer zu machen, legte er im besten Londoner Akzent nach: »Was'n? Noch nie vonner echten Fußballmannschaft gehört?«

Wow, dachte ich, damit bist du auf einen Schlag unten durch.

Von da an hasste ihn mindestens die Hälfte der Klasse.

Doch das schreckte ihn offenbar nicht ab, er war nicht im Mindesten weniger aufdringlich. Wie diese großen, struppigen Hunde, die sich im Park auf die kleinen Hunde stürzen und sie in Angst und Schrecken versetzen.

Und am schlimmsten war, dass er nach der Schule vor meinem Spind herumlungerte, als würden wir automatisch Freunde sein, nur weil wir fast den gleichen Heimweg hatten.

Vergiss es!

Ich hätte ihn weiterhin ignoriert, wenn er nicht eine Rolle in den nun kommenden Ereignissen gespielt hätte, in deren Folge ich schließlich unsichtbar wurde.

WAS ICH GEGEN DIE AKNE AUSPROBIERT HABE

1. Die gute alte Wasser-und-Seife-Methode. Das hat Granny als Erstes vorgeschlagen. »Hat bei mir geholfen«, sagte sie. Und ich musste mich sehr zurückhalten, um nicht zu antworten: »Aber das war im tiefsten 20. Jahrhundert.« Außerdem liegt dieser Methode die Annahme zugrunde, man würde Pickel bekommen, weil man sich nicht richtig wäscht, was einfach Quatsch ist.

2. Reinigungslotionen und Kosmetiktücher. Hat nur dazu geführt, dass die Pickel wie Leuchtbojen in einem absolut reinen Gesicht herausstachen. Manchmal frage ich mich, ob dadurch nicht alles nur noch schlimmer geworden ist.

3. Fettes weglassen. Das war ein schrecklicher Monat. Auf die Idee bin ich gekommen, weil ich manchmal ziemlich fettige Haut habe (*immer* trifft es wohl besser). Falls ich also weder Butter noch Käse oder Milch oder etwas Gebratenes oder Salatsoße oder überhaupt irgendetwas Schmackhaftes essen würde, dürfte meine Haut auch nicht fettig sein. Hat nicht funktioniert. Und ich hatte ständig Hunger.

4. Knoblauch und Honig. Jeden Morgen drei klein gehackte Knoblauchzehen mit einem Esslöffel Honig verrühren. Echt eklig und völlig nutzlos.

5. Pickelcreme. Ich musste mir abends eine Creme aufs Gesicht schmieren. Eigenartigerweise war sie sehr fett, sodass man befürchten konnte, es würde alles noch schlimmer werden. Ist es aber nicht. Besser aber auch nicht.

6. Die gute alte Frischluftmethode. Das kam auch von Granny. Zusammen mit Wasser und Seife. Davon hat nur Lady profitiert, die etwa einen Monat lang mehr Auslauf hatte, bis mir dann auffiel, dass sich nichts veränderte. Sorry, Lady.

7. Homöopathie. Circa fünf homöopathische Mittel im Reformhaus behaupten von sich, sie würden bei Akne was bringen. Mir brachte keins was.

8. Brennnesseltee. Schmeckt genauso scheußlich, wie es klingt. Eigentlich noch schlechter.

9. Vitamin B5. Das »Zaubermittel« im Internet. Weiter zum Nächsten.

10. Ein Antibiotikum. Das hat mir Dr. Kemp schließlich bei meinem zweiten Besuch verschrieben, als ich ihm die Liste zeigte. Eine Tablette täglich führte zum großartigen Ergebnis von … gar keiner Veränderung.

11. Der neueste Versuch: *Dr. Changs Haut-So-Klar*. Im Internet erstanden. Granny fand die Anzeige dubios und weigerte sich, etwas zu bestellen, deshalb musste ich eine List anwenden. Wie Elliot Boyd spielt auch Dr. Chang eine große Rolle bei den Ereignissen, die zu meiner Unsichtbarkeit führten.

4. Kapitel

Granny hat mir erzählt, dass Mum in meinem Alter auch Akne gehabt hatte und dennoch eine »so hübsche junge Frau« geworden war.

Das war sie tatsächlich. Auf dem Foto in meinem Zimmer hat sie kurzes rotblondes Haar und große, etwas traurige Augen. Manchmal glaube ich, sie wusste, dass sie jung sterben würde, doch wenn ich sehe, wie sie auf anderen Bildern lacht, denke ich, dass sie gar nicht traurig war. Nur – keine Ahnung – vielleicht ein wenig … durchgedreht?

Ich kann mich kaum an sie erinnern. Ihr braucht euch also keine Sorgen zu machen, dass mich das aufregt. Ich war drei, als sie starb. An Krebs.

Mein Dad war da schon weg. Einfach nicht mehr da, verschwunden. »Drei Kreuze, dass wir den los sind.« Das ist Grannys Meinung. Sie kann es kaum ertragen, seinen Namen auszusprechen (er heißt Richard, aber für mich sieht er mehr aus wie Rick), und das einzige Bild, das ich von ihm habe, ist ein grobkörniger Schnappschuss kurz nach meiner Geburt, auf dem Mum mich im Arm hält und Dad lächelnd danebensteht.

Er ist dünn, hat einen Bart und längere Haare als Mum und er trägt eine dunkle Sonnenbrille wie ein Rockstar.

»Er kam betrunken ins Krankenhaus«, sagte Granny bei einem unserer (sehr) seltenen Gespräche über ihn. »Das war er meistens.«

Mum und Dad waren noch nicht verheiratet, als ich geboren wurde, das haben sie erst später gemacht. Ich trage Mums Nachnamen, Leatherhead, genau wie Granny. So steht es auf meiner Geburtsurkunde.

Geburtsdatum: 29. Juli
Geburtsort: St. Mary's Hospital, London
Name der Mutter: Lisa Anne Leatherhead
Beruf: Lehrerin
Name des Vaters: Richard Michael Malcolm
Beruf: Student

Und so weiter.

Das ist die Kurzfassung. Viel mehr weiß ich sowieso nicht. Granny redet nicht gern darüber, wahrscheinlich regt es sie zu sehr auf.

Granny kam noch als Kind nach London und ist dort aufgewachsen. Großvater und sie haben sich irgendwann in den Achtzigerjahren getrennt. Er lebt jetzt in Schottland mit seiner zweiten Frau (Morag? Hab ihren Namen vergessen). Mum hat mich mit dreiundzwanzig bekommen. Dad und sie wollten gar keine Familie gründen, sagt Granny. Ich bin einfach so passiert.

Mein Dad ist verschwunden, als ich ganz klein war. Es wurde keine Polizei eingeschaltet oder so. Es gab keinen Fall, der aufgeklärt werden musste. Er ist »einfach von der Bildfläche verschwunden« und laut Granny gab es kürzlich ein Lebenszeichen aus Australien.

Erst vor ein paar Wochen haben wir das letzte Mal beim Tee über ihn gesprochen.

Seit ich sieben bin, trinken Granny und ich immer Tee, wenn ich aus der Schule komme. Ich weiß, die meisten Siebenjährigen trinken eher Saft oder Milch, ich aber eben nicht. Tee und richtigen Kuchen, keine Kekse. Und nicht etwa aus einem Becher, nein, auf dem Tisch stehen eine Teekanne aus Porzellan, Teetassen, Untertassen und sogar eine Zuckerdose, obwohl wir beide keinen Zucker nehmen. Nur, damit es gut aussieht. Am Anfang mochte ich keinen Tee, er war mir zu heiß. Aber jetzt mag ich ihn.

Wir hatten an dem Tag in Gemeinschaftskunde bei Mr Parker über Berufe gesprochen. Wie immer hatte ich ganz still in der letzten Reihe gesessen, als von den Berufen der Eltern die Rede war und dass manche dieselbe Laufbahn wählen. Von meinem Vater wusste ich nur, dass er »Student« gewesen war, denn so stand es ja in meiner Geburtsurkunde.

Zwei Tage überlegte ich, wie ich herausbekommen könnte, was er denn studiert hat. Als Aufhänger fragte ich Granny beim Teeeinschenken, warum Dad damals verschwunden war.

Sie ging nicht direkt auf die Frage ein, sondern sagte: »Dein Vater hatte ein wildes Leben.«

Ich nickte, obwohl ich nicht wusste, was das bedeutete.

»Er hat schlimm getrunken. War immer viel zu waghalsig. Er wollte wohl frei von jeder Verantwortung leben.«

»Aber warum?«

»Das weiß ich wirklich nicht, Liebling. Vielleicht eine Charakterschwäche. Er war schwach und verantwortungslos. Manche Männer sind den Anforderungen der Vaterschaft einfach nicht gewachsen.« Grannys Brille war etwas heruntergerutscht und sie sah mich über den Rand an. »Vielleicht gehörte dein Vater auch dazu.«

Das war das Netteste, was sie je über ihn gesagt hatte. Meist nannte sie ihn nur »den Trinker« oder »Kindskopf«. Ihre Schultern wurden steif, die Lippen ganz schmal, und ich wusste genau, dass ihr jedes andere Thema lieber gewesen wäre als mein Dad.

Zur Frage, was er denn studiert hatte, sind wir gar nicht erst gekommen, denn Granny hat sofort das Thema gewechselt und mir erzählt, wie sie einen jungen Mann in der U-Bahn zusammengestaucht hat, weil er seine Füße auf den Sitz gestellt hatte.

Auf alle Fälle gibt es nun nur noch Granny und mich, wieder an Grannys Geburtsort, in Whitley Bay an der Nordostküste Englands. Sie besteht aber darauf, dass wir nicht in Whitley Bay wohnen, sondern in Monkseaton, das ein wenig schicker ist und für die meisten Leute erst drei oder vier Straßen weiter westlich beginnt. Für mich ist es weiterhin Whitley Bay. So leben wir glücklich miteinander in demselben Haus, aber offensichtlich an unterschiedlichen Orten.

Und außer uns beiden gibt es auch noch meine Uroma, die Mutter von Granny. Sie ist eigentlich nicht mehr richtig hier. Hundert ist sie schon und »bereits im Feenland«, sagt Granny. Aber das ist nicht fies gemeint. Uroma hatte vor ein paar Jahren einen Schlaganfall. Da blutet einem das Gehirn, und es gab »Komplikationen«, von denen sie sich nicht mehr richtig erholt hat. Sie lebt in Tynemouth, etwa zwei Meilen von hier. Sagen tut sie nie viel. Als ich das letzte Mal bei ihr war, waren die Pickel richtig schlimm, da hat sie ihre kleine Hand gehoben und mein Gesicht gestreichelt. Ihre Lippen öffneten sich, als wollte sie etwas sagen, doch es kam nichts.

Manchmal frage ich mich, was wohl wäre, wenn sie tatsächlich etwas gesagt hätte. Hätte es etwas geändert an dem, was kurz darauf geschah?

5. Kapitel

Er klebte mir an den Fersen. Schon wieder. Das dritte Mal in dieser Woche.

(Das war nur ein paar Tage, bevor ich unsichtbar wurde, wir sind also fast schon wieder am Anfang der Geschichte.)

»Alles in Ordnung, Essa?«, fragte er mit seinem Londoner Akzent. »Auf'm Weg nach Hause? Gehn wir zusammen?«

Er ließ mir keine andere Wahl, wie er da plötzlich vor mir stand, als hätte er nur darauf gelauert, dass ich den Spind abschließe.

(Übrigens habe ich »blasiert« nachgeschlagen. Es bedeutet »aufgeblasen«, was Elliot Boyd ziemlich gut beschreibt. Es gibt noch mehr, was mich an ihm aufregt. Zum Beispiel, wie er meinen Namen sagt, es klingt wie »Essa«. Ich weiß, dass es an seinem Akzent liegt, aber wenn man schon wie ich mit einem Namen geschlagen ist, der vor hundert Jahren modern war, wäre es ganz schön, wenn die Leute ihn wenigstens richtig aussprechen würden.)

Wir gingen also zusammen nach Hause. Boyd quatschte quasi ununterbrochen über sein augenblickliches Lieblingsthema:

den Leuchtturm von Whitley Bay. Zumindest eine willkommene Abwechslung zu den Kartentricks, die er mir im vergangenen Monat dauernd gezeigt hatte.

Der Leuchtturm steht am Ende des Strands. Und abgesehen davon, dass er auf Postkarten erscheint, *tut* er rein gar nichts. Er leuchtet nicht oder sonst was und das macht Elliot Boyd kirre. (Nur ihn, soweit mir bekannt ist.)

Und daher weiß ich nun Folgendes, ohne dass ich es jemals hätte wissen wollen:

1. Der Leuchtturm wurde achtzehnhundert-und-noch-was gebaut, aber eigentlich gab es da schon immer einen Leuchtturm.
2. Früher einmal war er der hellste Leuchtturm Englands. (Könnte sein, dass das irgendwen interessiert.)
3. Man kommt durch eine Hintertür hinauf, die niemals verschlossen ist.

Elliots Begeisterung ist schon irgendwie rührend. Vielleicht liegt es daran, dass er nicht von hier ist. Für alle anderen ist es bloß ein stillgelegter Leuchtturm am Ende des Strands. Er ist einfach … da.

Doch für Elliot Boyd ist es eine Chance, sich beliebt zu machen. Ich glaube, er tut nur so, als wäre es ihm egal, was die anderen denken, und heimlich ist es ihm gar nicht egal, und er hofft, sein Interesse an hiesigen Dingen könnte ein Weg sein, ihnen näherzukommen.

Mit der Vermutung könnte ich natürlich auch falschliegen. Er könnte ebenso gut:

a) nur ein langweiliger Nerd sein. Oder
b) versuchen, hinter dem Geschwafel irgendwas zu verbergen. Er redet nie von sich oder seinen Eltern, immer nur über irgendwelche Dinge. Vielleicht täusche ich mich auch. Es ist nur so ein Gefühl. Ich werde ihn bei nächster Gelegenheit nach seinen Eltern fragen. Mal schauen, wie er reagiert.

Auf alle Fälle habe ich seinem Gequatsche irgendwann nicht mehr zugehört, weil rechts vor uns ein Laden auftauchte, den ich schon seit Wochen im Auge hatte.

Auf der Whitley Road liegt eine ganze Reihe halb leerer Cafés, Dritte-Welt-Läden, Nagelstudios (»ziemlich gewöhnlich« laut Granny) und direkt nebeneinander noch zwei Bräunungsstudios: *Geordie Bronze* und der *Whitley Bay Tanning Salon*, der eindeutig den Preis für den fantasielosesten Namen verdient.

Mich zog das Schaufenster von *Geordie Bronze* an. Auf einem großen handgeschriebenen Schild stand: RÄUMUNGSVERKAUF. Wenn Läden lächeln könnten, dann hätte man ein fettes Grinsen auf dem der Konkurrenz gleich nebenan gesehen.

Ich brachte es einfach nicht übers Herz, Elliot Boyd zu sagen, er solle die Klappe halten/abhauen/mich mit dem Leuchtturm und seinen Plänen in Ruhe lassen.

Wen. Kümmert. Das?

»Ohne Scheiß, Essa, wär gar nicht schwer. Müssen uns nur zusammentun, eine Seite ins Netz stellen, all so was. Die nennen wir: *Light the Light*. Den Song kennste doch.«

Er fing tatsächlich an zu singen. Mitten auf der Straße und keineswegs leise. »*Light up the light. I need you tonight!* Lalalala oder so … *love you tonight*!«

Die Leute drehten sich um.

»Is doch ein Wahrzeichen, oder? Der sollte leuchten, Signale in die Welt senden. Wozu steht er sonst da?«

Und so weiter und so fort. Er hatte das Leuchtturm-Ding schon vor ein paar Tagen im Unterricht vorgestellt. Niemand hatte sich groß dafür interessiert. Allgemein hielt und hält man ihn für bekloppt.

Im *Geordie Bronze* brannte kaum Licht, aber am Tresen saß eine Frau und las in einer Zeitschrift.

»Ich geh da rein«, sagte ich. »Musst nicht auf mich warten.«

»Ach, schon gut. Ich warte. Ist was … für Mädchen, oder?«

Ich wusste genau, was er meinte. Bräunungsstudios sind ebenso wie Nagelstudios oder Friseursalons nicht der natürliche Lebensraum eines Jungen.

Was mich betrifft, so glaubt Granny, dass es ungemein wichtig ist, mit Fremden reden zu können. Zwar hat sie nie gesagt, dass sie Schüchternheit für »gewöhnlich« hält, so verrückt ist sie auch wieder nicht, aber auf jeden Fall meint sie, man sollte »sich ihr nicht hingeben«.

»Mit zehn«, sagte sie mir an meinem zehnten Geburtstag, »sollte jeder gelernt haben, hocherhobenen Hauptes klar und deutlich zu sprechen, auf diese Weise bist du jedem ebenbürtig.«

Also streckte ich den Rücken durch und trat ein. Als die Türglocke läutete, sah die Frau auf.

Sie hatte superblonde Extensions und kaute Kaugummi. Ihr weiß(licher) Kittel war an der Seite geknöpft wie bei Zahnarzthelferinnen und gegen das Weiß wirkte ihr gebräuntes Gesicht noch dunkler.

Lächelnd ging ich zum Tresen. »Hallo.«

(Grannys Vorschlag für Begrüßungen ist zwar: »Wie geht es Ihnen?«, aber sie ist auch über sechzig und ich nicht.)

Auf dem Anstecker am Kittel stand der Name der Frau: Linda. Sie nickte und hörte kurz mit dem Kauen auf.

»Sie verkaufen die Einrichtung?«, fragte ich.

Sie nickte wieder. »Ja.«

Darauf folgte ein kurzes Gespräch, bei dem ich erfuhr, dass drei Bräunungskabinen verkauft wurden, weil *Geordie Bronze* in einen »Preiskampf« mit dem Salon nebenan getreten war und verloren hatte. *Geordie Bronze* war aus dem Geschäft ausgestiegen oder so was in der Art.

Die Kabinen könnte ich für »zweitausend pro Stück« erwerben. Zweitausend Pfund.

»Aha«, sagte ich. »Vielen Dank.« Ich ging zur Tür.

»Warte, Süße«, sagte Linda. »Ist für dich, oder?«

»Ähm ... ja.«

»Für die ...?« Und sie beschrieb mit dem Zeigefinger einen Kreis um ihr Gesicht, was bedeuten sollte: »Für deine Pickel?«

Ich nickte und dachte: Frechheit!

Sie schenkte mir ein schmales Lächeln, und erst in dem Augenblick bemerkte ich unter dem dicken Make-up und der Bräune, dass ihre Wangen so hubbelig waren wie die Schale einer Grapefruit. Aknenarben.

»Ach, Süße, dich hat's aber schwer getroffen, oder? Ging mir auch so in deinem Alter.« Sie legte den Kopf schräg, musterte mich und sagte: »Allerdings ... ganz so schlimm war's nicht.«

Toll, vielen Dank. Sie bat mich, ihr nach hinten zu folgen. Dort zog sie ein Laken von einer weißen Sonnenbank und hob den Deckel.

Ihr habt doch bestimmt schon mal eine Sonnenbank gesehen? Man legt sich rein, zieht den Deckel runter und ist dann in einer Art riesigem Toaster eingesperrt. Über und unter einem helle UV-Leuchtstoffröhren, das ist alles.

»Alt und etwas kaputt«, sagte Linda und rieb über einen Kratzer im Deckel. »Geht aber noch. Wir dürfen sie nur nicht mehr im Geschäft benutzen. Neue Vorschriften. Verkaufen dürfen wir sie auch nicht. Morgen kommt das Teil auf den Müll.«

Um es kurz zu machen, ich bekam das alte Modell umsonst (jaja, ich weiß!) und fünf Minuten später trug ich das Ding mit Elliot Boyd die Straße runter. Auf halbem Weg machten wir eine Pause. Er keuchte viel mehr als ich.

»Ich war noch nie braun«, sagte er. »War noch nie aus England weg.«

Falls das eine Andeutung war, dass er gern kommen und die Sonnenbank benutzen würde, stellte ich mich lieber dumm. Nicht mal er war so krass drauf, direkt darum zu bitten.

»Ich meine, da ich dir nun schon dabei helfe, das Ding nach Hause zu kriegen, könnte ich vielleicht mal vorbeikommen und mich drauflegen.«

Hmm. Wie subtil. Ich konnte nicht einfach Nein sagen. Das wäre unhöflich gewesen, und er freute sich so und brabbelte weiter – schlug sogar Zeiten vor, an denen er kommen konnte, und beschrieb, wie braun er werden würde – ich schaltete einfach ab und schleppte die schwere Sonnenbank.

Fünfzehn Minuten später schaffte ich Platz in der Garage. Ich stellte die Sonnenbank aufrecht hin und deckte sie ab, sodass sie neben dem alten Schrank und dem Stapel Kisten und anderem Ramsch für den Kirchenbasar nicht weiter auffiel.

Granny war mit Lady unterwegs. Die Garage haben wir immer nur als Lagerraum benutzt. Und da Granny so gut wie nie in die Garage ging, hoffte ich, dass ich ihr vielleicht gar nichts erzählen musste. Denn ich wollte bestimmt nicht, dass sie mir die Benutzung der Sonnenbank verbot, weil es in ihren Augen entweder zu »gewöhnlich« oder zu gefährlich war oder zu viel Strom verbrauchte oder zu … was weiß ich. Granny kann manchmal recht sonderbar sein. Da weiß man nie.

Boyd schwitzte und hatte ein hochrotes Gesicht.

»Da wirst du schön braun werden«, sagte er.

Er wollte ein Gespräch anfangen, und es war ja auch nett von ihm gewesen, mir zu helfen, also sagte ich: »Ja. Ähm … danke für, du weißt schon …«

Es trat eine dieser unangenehmen Pausen ein.

Dann sagte er: »Okay, ähm … ich werd … ähm … bis dann.«

Und weg war er.

Als Granny die Vordertür aufschloss, war ich gerade dabei, im Bad meine tägliche Dosis Dr. Changs Haut-So-Klar zu schlucken, ohne mich zu übergeben (in drei Wochen hatte es nicht die kleinste Spur einer Veränderung gegeben).

»Hallo, Granny«, sagte ich, als ich zu ihr in die Küche kam.

Sie sah mich mit einem Blick an, den man gut als misstrauisch deuten konnte. Hatte ich zu euphorisch geklungen?

Aber vielleicht machte ich mir auch zu viele Gedanken.

Später fiel mir Elliot Boyds rundes, schweißbedecktes Gesicht wieder ein, und da ging mir auf, dass ich ihm ganz nah gewesen war, ohne was Unangenehmes zu riechen.

6. Kapitel

Am nächsten Tag war Samstag, und ich brannte darauf, die Liege auszuprobieren, doch das ging nicht, weil ja Uromas 100. Geburtstag war und in ihrem Altenheim eine kleine Party stattfand.

Party klingt jetzt wild, aber das war es natürlich nicht, schließlich sind Granny und ich die einzigen Verwandten. Es gab einen Kuchen, ein paar Leute von der Kirche waren da und auch die Mitbewohner und das Personal vom *Klosterblick*. Das war's auch schon.

Uroma ist in dem Heim, solange ich denken kann. Als Granny wieder herzog, wohnte Uroma aber noch ganz allein in dem großen alten Haus in Culvercot. Mein Uropa war da schon ein paar Jahre tot und eines Tages fiel Uroma in der Küche hin. (Granny sagt immer »sie stürzte zu Boden«, was ich seltsam finde. Wenn ich hinfalle, stürze ich nicht zu Boden, ich falle einfach nur hin.)

Das Haus wurde verkauft und Uroma zog ins Heim. Von dort blickt man auf einen kleinen Strand und eine Klosterruine am Rand der Klippen.

Es ist sehr still und *sehr* warm im Heim. Sobald man durch die große Eingangstür kommt, wird aus der kühlen Seebrise schwüle, stickige Luft, die sowohl supersauber als auch ein bisschen schmutzig riecht. Das Saubere sind Desinfektionsmittel, Holzpolitur und Lufterfrischer; das weniger Saubere riecht nach Schulkantine und etwas anderem, von dem ich nicht genau weiß, was es ist, und es vielleicht auch gar nicht wissen will.

Am Ende des mit dickem Teppichboden ausgelegten Flurs liegt Uromas Zimmer. Die Tür stand einen Spalt auf. Von drinnen hörte ich die laute fröhliche Stimme einer Schwester in breitem Dialekt.

»So, alles schick, Lizzie-Schätzchen. Nun kommt der Besuch fürs Geburtstagskind. Schön brav sein, hörst du? Ich pass auf wie'n Schießhund.«

Die Schwester winkte uns zu, als sie aus der Tür kam. Warum durften die hier so mit Uroma reden? Ich wollte der Frau nach und sie fragen: »Meine Uroma ist hundert. Warum reden Sie mit ihr wie mit einer Sechsjährigen?«

Aber genau wie die vielen Male zuvor tat ich das natürlich nicht.

Uromas voller Name ist Mrs Elisabeth C. Freeman. Granny hat allen gesagt, dass niemand Uroma je Lizzie genannt hat und dass sie Mrs Freeman als Anrede sicher vorziehen würde, aber ich glaube, die Leute hier halten Granny für arrogant.

Ich weiß, dass ich meine Uroma gern besuchen sollte, aber ich komme nicht gern hierher. Es liegt nicht an ihr. Sie ist eine nette, harmlose alte Dame. Aber ich mag mich nicht, wenn ich da bin. Ich finde es schrecklich, dass der Besuch nur eine unangenehme Pflicht für mich ist, die mich langweilt.

Noch schlimmer war es an diesem Tag, weil es etwas Besonderes sein sollte. Hundert Jahre. Das ist ziemlich beeindruckend. Ich wünschte mir damals ein wenig mehr Begeisterung meinerseits.

Granny eröffnete das Gespräch. Der größte Teil läuft meist als Monolog ab. Uroma sagt nur sehr selten was, schaut eher aus dem Fenster und nickt ab und zu, manchmal lächelt sie auch oder schläft sogar ein. In dem großen Sessel, gestützt von vielen Kissen, wirkt sie ganz klein; aus der Wolldecke schaut nur der winzige Kopf mit dem feinen weißen Schopf heraus.

»Wie geht es dir, Mum? Warst du heute schon draußen? Es ist ziemlich stürmisch, nicht wahr, Esther?«

»Ja, sehr windig.«

Normalerweise muss ich nicht viel sagen, sitze nur auf einem Stuhl am Fenster, schaue hinaus auf die Wellen und zähle die Minuten auf der tickenden Uhr am Bett. Ab und zu gebe ich einen Kommentar ab und manchmal setze ich mich neben meine Uroma und halte ihre Hand. Ich glaube, sie mag das, denn ich spüre den schwachen Druck ihrer Finger.

So war es auch dieses Mal, nur dass am Ende etwas Seltsames passierte.

Nach ein paar Minuten meinte Granny, die Brötchen müssten aufgebacken werden, und dann ging sie in die Küche, um dort Bescheid zu sagen.

Uroma wandte sich mir zu; die verschwommenen grauen Augen blickten plötzlich ganz klar und sahen mich prüfend an. Zuerst dachte ich, sie sähe auf meine Pickel, und ich wollte mich schon wegdrehen, aber sie hielt meine Hand fest. Da ging mir auf, dass sie gar nicht meine Haut anschaute, sondern mir direkt in die Augen sah. Noch mehr überraschte mich, dass sie einen ganzen Satz sagte.

»Wie alt bist du, Hinny?«

(So nennt sie mich immer. Das ist ein altes Kosewort. Uroma ist wohl die einzige noch lebende Person, die es benutzt. Sie nennt mich nie Esther. Nur Hinny.)

Ihr Stimme war ein leises Krächzen; es waren die ersten Worte, die sie an diesem Morgen sagte.

»Ich bin fast dreizehn.«

Sie nickte kurz. Granny war gerade hereingekommen, aber Uroma hatte es noch nicht bemerkt.

»Tiger«, sagte Uroma.

Nichts weiter.

Dann sammelte sie noch einmal alle Kraft und wisperte: »Pss-cat.«

Ich beugte mich vor. »Wie bitte?«

»Tiger. Pussycat.« Sie zeigte auf mich und lächelte schmal.

Ich sah zu Granny, die ganz weiß im Gesicht wurde. Alle Farbe war daraus verschwunden. Dann riss sie sich zusammen und sagte superlaut und superenergisch: »Okay, es geht gleich los. Wollen wir, Mum? Ich hab gesagt, dass sie mit den Würstchen noch warten sollen … « Es folgte ein langer Monolog der Geschäftigkeit, der offensichtlich nur von dem ablenken sollte, was Uroma gesagt hatte.

Ich hatte keine Ahnung, worum es ging. Keinen blassen Schimmer. Ein Tiger? Hatte sie wirklich Pussycat gesagt? Oder etwas anderes? Denn Uroma ist nun mal hundert, da funktioniert nicht mehr alles, wie es sollte – aber senil ist sie nicht.

Uroma wandte sich um. Ihr Blick war immer noch klar, und

einen Augenblick lang war es, als würde man eine Person sehen, die nur halb so alt war.

»Dreizehn«, sagte sie. Irgendwas entging mir da, aber ich hätte es nicht weiter verfolgt, wenn Granny nicht urplötzlich so schroff und sachlich reagiert hätte.

»Sie wird schnell groß, nicht wahr?« Grannys Lachen klang ein wenig gequält. »Wie schnell die Zeit vergeht … Ach du meine Güte, die Zeit! Wir sehen wohl besser zu, dass wir in den Gemeinschaftsraum kommen. Die Leute warten schon.«

Geständnis

Es gibt noch ein anderes Problem mit den Besuchen bei Uroma, selbst wenn der Anlass eine fröhliche Geburtstagsfeier ist: Alte Leute machen mich traurig.

So wie: Ich werde groß, aber sie haben das alles schon Jahrzehnte hinter sich und werden wieder klein. Alles wird für sie getan, alles wird ihnen gemacht, sie können gar nichts mehr selbst entscheiden, genau wie kleine Kinder.

Ein Mann in Uromas Heim ist sehr alt und sehr taub; das Personal muss also schreien, damit er sie versteht. Das können dann auch alle anderen hören, was irgendwie witzig ist, andererseits aber auch nicht.

»He, Stanley! Sie haben heute Morgen ja Stuhlgang gehabt!«, brüllte eine Schwester neulich. »Gut so! Darauf haben wir doch schon die ganze Woche gewartet!«

Der arme alte Stanley. Er lächelte mir zu, als ich an seiner Tür vorbeiging. Sie steht immer offen. (Die meisten Türen stehen offen und man kann nicht anders als hineinsehen. Ein bisschen ist es wie in einem überheizten Zoo.) Als er lächelte, wirkte er mit einem Schlag siebzig Jahre jünger, und da musste ich auch lächeln, doch dann wurde ich wieder traurig und fühlte mich schuldig, denn warum freute es mich, wenn er jünger aussah?

Was ist so falsch daran, alt zu sein?

7. Kapitel

Ein Pfleger schob Uroma im Rollstuhl aus dem Zimmer, Granny tippelte hinterher und ich blieb allein zurück, schaute hinaus aufs Meer.

Etwas fehlte. Genauer gesagt: Jemand fehlte.

Meine Mutter. Sie hätte dabei sein sollen. Es gab vier Generationen von Frauen in der Familie und eine – meine Mutter – wurde allmählich vergessen.

An wie viel erinnert man sich aus der frühen Kindheit? Sagen wir mal, vor dem Alter von vier.

Granny meint, sie erinnert sich an kaum was.

Ich glaube, es ist so: Das Gedächtnis ist wie ein großes Fass, das immer voller wird. In Grannys Alter ist es dann ziemlich voll, da muss man Teile davon loswerden, um Raum zu schaffen, und am leichtesten wird man das los, was am ältesten ist.

Diese frühen Erinnerungen sind alles, was mir von Mum geblieben ist. Und ein paar Erinnerungsstücke in einem Schuhkarton mit Deckel.

Das Hauptstück ist ein T-Shirt. Das sehe ich als Erstes, wenn ich den Karton öffne, denn es ist der größte Gegenstand. Ein einfaches schwarzes T-Shirt. Es hat Mum gehört und riecht nach ihr. Immer noch.

Der Karton steht meist auf meinem Regal. Wenn ich den Deckel anhebe, das T-Shirt herausnehme und meine Nase hineinstecke, dann versuche ich, mich an Mum zu erinnern, ohne traurig zu werden.

Der Geruch ist nur noch sehr schwach, genau wie die Erinnerungen. Es riecht nach Parfum und Waschmittel und Schweiß, sauberer Schweiß – nicht der käsige Schweiß, der Elliot Boyd nachgesagt wird. Es ist der Geruch eines Menschen. Meines Menschen, meiner Mum. Am stärksten ist er unter den Ärmeln, klingt ein bisschen fies, ist es aber nicht. Eines Tages wird der Geruch ganz verschwunden sein. Davor habe ich ein wenig Angst.

Im Karton liegt auch eine Geburtstagskarte für mich; den Spruch kenne ich auswendig:

Meinem kleinen süßen Spatz
alles Gute zum Geburtstag!
Einen dicken runden Schmatz,
Glück und Freude Tag für Tag

Und darunter steht in schöner runder Schrift: *Für meine Boo, einen wunderschönen ersten Geburtstag wünscht Dir Mummy*

Boo war Mums Kosename für mich. Granny will ihn nicht benutzen, weil er nur was zwischen mir und Mum war, das finde ich cool. Als hätten Mum und ich ein Geheimnis, etwas, das nur wir beide teilen.

Das Schöne an der Karte ist, dass sie auch etwas von dem Geruch angenommen hat, sodass sie nach Papier und nach Mum riecht.

Das alles ging mir in dem Augenblick durch den Kopf, als Granny wieder in Uromas Zimmer kam und mich aus meinen Gedanken riss.

»Kommst du, Esther, oder willst du lieber deinen Tagträumen nachhängen? Was machst du denn für ein Gesicht? Wir feiern doch!«

Ich werde die Party schnell abhaken, denn so aufregend war sie nicht, wie auch nicht anders zu erwarten … mal abgesehen davon, dass am Ende noch etwas Seltsames geschah.

Uromas Party

Die Gäste:
Etwa zwanzig. Abgesehen von mir und einer Auszubildenden namens Chastity waren alle erwachsen oder uralt.

Was ich getragen habe:
Ein violettes Kleid mit Blumenmuster und passendem Haarband. Granny meinte, ich sähe wunderschön aus. Das war nicht der Fall. Mädchen wie ich sollten so lange Jeans und T-Shirts tragen, bis sich die Sache mit den Pickeln und den staksigen Beinen erledigt hat. Ich sah aus wie die Zeichentrickversion eines hässlichen Mädchens im hübschen Kleid.

Was ich gesagt habe:
»Guten Tag, schön, dass Sie kommen konnten ... Ja, ich werde bald dreizehn ... Nein, ich habe mich noch nicht entschieden, in welchen Fächern ich meinen Abschluss mache ... Nein, (schüchternes, falsches Grinsen) ich habe noch keinen Freund ...« (Wenn ich mal kurz einwerfen darf: Warum glauben alte Leute eigentlich, sie hätten das Recht, einen zu fragen, ob man einen Freund hat? Bekommt man das automatisch, sobald man die siebzig überschreitet?)

Was ich gemacht habe:
Ich habe Häppchen herumgereicht. Granny hatte mich gefragt, was sie anbieten sollte, doch meine Vorschläge – Jelly Bellys und Tortilla Chips – wurden ignoriert und stattdessen gab es Oliven, in Speck gewickelte Pflaumen (uäh, wessen Idee war das bitte?) und winzige Gurkensandwiches. Die Chance, dass viel davon in meinem Magen landen würde, ging gegen null.

Was Uroma gemacht hat:
Sie saß mitten im Raum, lächelte ein wenig verloren und nickte, wenn jemand zu ihr kam und ihr gratulierte. Ich dachte, sie wäre »nicht ganz da« und wüsste nicht, was vor sich ging. Damit lag ich vollkommen falsch.

Das Foto:
Ein Fotograf des *Whitley New Guardian* machte ein Foto von Uroma, Granny und mir neben einem riesigen Kuchen. Er hatte nur eine kleine Digitalkamera, keines der großen Dinger mit dem lauten Blitz. Ich war etwas enttäuscht. Wenn wir schon im lokalen Blättchen erscheinen sollten, dann hätte es doch dramatischer sein müssen, eben ein ganz besonderer Moment. (Aber Achtung: Ironischerweise sollte dieses Foto noch dramatische Konsequenzen nach sich ziehen.)

8. Kapitel

Natürlich war auch Mrs Abercrombie auf der Party, mit Geoffrey, ihrem dreibeinigen Yorkshire Terrier, der wieder jeden schlecht gelaunt anknurrte. Mir ist eine neue Theorie dazu eingefallen: Wahrscheinlich ist er so bissig, weil sie ihn nie frei rumlaufen lässt. Sie hat ihn immer auf dem Arm. Ich wäre auch angepisst, wenn man mich dauernd an Mrs Abercrombies fetten Busen drücken würde.

Granny sah hübsch aus. »Bildschön«, sagte Reverend Henry Robinson.

Sie nippte an einem Glas Mineralwasser und lächelte freundlich, wenn jemand mit ihr sprach, was für sie das Äußerste an Fröhlichkeit ist. Sie lacht niemals laut. »Damen brechen nicht in schallendes Gelächter aus. Das ist schon schlimm genug bei Männern. Für Frauen schickt es sich gar nicht.«

(Wenn man mich fragt, hat es nichts damit zu tun, ob es sich »schickt« oder nicht. Irgendwas macht Granny sehr traurig. Es hat nichts mit mir oder mit Uroma zu tun. Es könnte mit Mum zu tun haben, aber ich glaube, es steckt mehr dahinter.)

Der Pfarrer ging als Letzter. Vorher spielte er noch »Happy

Birthday« auf dem Klavier und danach auswendig ein klassisches Stück und alle klatschten. Der alte Stanley klatschte besonders begeistert und rief: »Bravo! Bravo!« Doch eine der Schwestern brachte ihn wie ein unartiges Kind zum Schweigen, was ich ein bisschen gemein fand.

Granny wurde unruhig nach Reverend Robinsons Abgang, als nur noch sie und ich und Uroma im Raum waren und die Pflegekräfte, die aufräumten.

»Meine Güte, wie die Zeit vergeht. War doch eine ordentliche Sause, Mum!« »Sause« ist ein typischer Granny-Ausdruck für »Party«, aber eigentlich war es 1 Uhr mittags. Ich glaube, je älter man wird, desto früher finden Partys statt.

Ganz ehrlich, wenn ich nicht sowieso schon vermutet hätte, dass irgendwas im Busch war, hätte mich spätestens Grannys gespielte Geschäftigkeit alarmiert. Sie wollte dringend weg, so viel war klar.

Auf jeden Fall hatte das »wie die Zeit vergeht« eine Wirkung auf Uroma, als hätte man ein Licht ausgeknipst. Der leere Blick kehrte zurück und das unentwegte Nicken. Das war's dann.

Dachte ich jedenfalls.

Als ich mich jedoch vorbeugte, um sie auf die pergamentene Wange zu küssen, flüsterte sie: »Komm wieder, Hinny.«

»Klar«, sagte ich. »Wir sind bald wieder da.«

Uromas Blick huschte kurz zu Granny, die schon auf dem Weg zur Tür war, und in diesem Moment wusste ich, was sie wirklich gemeint hatte: *Komm ohne sie wieder.*

Das war das Seltsame, von dem ich gesprochen habe. Das und die Sache mit dem »Tiger«.

Was war los? Und warum machte es Granny solche Sorgen?

9. Kapitel

Wir fuhren nach Hause. Zwei Meilen, in denen ich Granny gut hätte fragen können, was Uroma mit »Tiger« und »Pussycat« gemeint hatte.

Doch das war unmöglich, denn kaum saßen wir im Wagen, redete Granny ununterbrochen. Es war geradezu ein verzweifelter Versuch, mich davon abzuhalten, das zu fragen, was ich so unbedingt wissen wollte.

Reverend Henry Robinson hier, Mrs Abercrombie da, die Würstchen nicht heiß genug, obwohl sie darum gebeten hatte, das schöne Englisch von »dem netten fremden Mädchen« (Chastity), selbst das Teppichmuster kam zur Sprache (»Spiralen auf dem Teppich finde ich doch ein wenig gewöhnlich.«) und so weiter und so fort. Sie hat nicht ein einziges Mal Luft geholt. Echt jetzt.

Ich wusste, dass ich keine Gelegenheit mehr haben würde, mich an diesem Tag auf die Sonnenbank zu legen. Das musste warten, bis Granny eine Weile fort war, was erst am nächsten Tag der Fall sein würde, wenn sie in der Kirche und mit einem ihrer Komitees beschäftigt war.

Dann hätte ich einen ganzen Vormittag für mich. Obwohl mich diese Sache zwischen Granny und Uroma etwas verwirrte, freute ich mich also auch, weil ich bald meine neueste Waffe im Kampf gegen die Akne ausprobieren konnte.

Übrigens, Sonnenbänke fallen bei Granny ganz sicher unter die Kategorie »ziemlich gewöhnlich«. Es gibt vieles, was für Granny »ziemlich gewöhnlich« ist:

- Sonnenbänke, wie schon gesagt. Im Grunde jede Art von künstlicher Bräune,
- Teppiche mit Spiralmuster anscheinend auch, aber nur »ein wenig«,
- Tattoos und Piercings, außer Ohrringe,
- Ohrringe, solange man noch nicht sechzehn ist,
- wenn man Kindern die Namen von Orten gibt, was auf jeden Fall für Jarrow und Jesmond Knight gilt. Allerdings nicht für Brooklyn Beckham, weil Granny David Beckham mal auf einer Wohltätigkeitsveranstaltung begegnet ist und er definitiv »ein wirklicher Gentleman« war.
- Designer-Hunde. Eigentlich alles mit dem Zusatz Designer, also auch Jeans, Küchen, Handtaschen und so weiter,
- die meisten Leute im Fernsehen,
- Blumenampeln,
- und falls ihr jetzt angesichts dieser Liste die Augen verdreht, dann lasst euch eins gesagt sein: Augen verdrehen ist auch »gewöhnlich«.

Ich könnte ewig weitermachen. Ich könnte das ganze Buch mit der Liste füllen, dabei habe ich noch nicht einmal anfangen, die

Dinge aufzuzählen, die nicht nur »ziemlich gewöhnlich« sind, sondern »furchtbar gewöhnlich«. Hier die aktuellen Top Drei:

- auf der Straße essen,
- das Tagesprogramm im Fernsehen und die Leute, die es sich ansehen, und so gut wie alles, was auf anderen Sendern außer der BBC läuft,
- Fußball (allerdings nicht David Beckham, aus bereits oben dargelegten Gründen).

Übrigens heißt »gewöhnlich« hier nicht etwa »häufig«, sondern »fehlende Kultiviertheit«, was man wiederum nicht mit »vulgär« verwechseln darf. Damit hat Granny im Allgemeinen kein Problem, obwohl die Grenzen zwischen »gewöhnlich« und »vulgär« manchmal nicht so ganz klar sind.

Den *Eurovision Song Contest* findet sie vulgär, mag ihn aber. Die Castingshow *X Factor* dagegen ist für sie gewöhnlich, die darf nicht eingeschaltet werden.

Fußball ist gewöhnlich, wie schon gesagt. Rugby ist vulgär.

Noch ein Beispiel? Okay. Fish & Chips vom Imbiss = vulgär und deswegen erlaubt. Zum Glück, denn ich mag Fish & Chips. Hamburger und Pommes (schon allein das Wort) = gewöhnlich. Und Burger King ist *gewöhnlicher* als McDonald's.

Nicht leicht, sich da zurechtzufinden, ich weiß.

»Aufstoßen« ist Grannys Begriff für rülpsen. Sie sagt, es ist sowohl vulgär als auch »fürchterlich gewöhnlich«. Also, keine Ahnung, wie sie das finden würde, was als Nächstes passiert. Wenn es euch wie Granny geht und ihr rülpsen ebenso schrecklich findet, solltet ihr das folgende Kapitel überspringen.

10. Kapitel

Sonntagmorgen. Sonnenbankmorgen.

Granny war zur Kirche gegangen. Manchmal gehe ich mit, aber ich hatte ihr gesagt, ich hätte Bauchschmerzen (was auch stimmte), und ihr war's anscheinend egal. Sie konnte gar nicht schnell genug wegkommen und ließ mich mit Lady zurück.

Granny würde fast den ganzen Tag weg sein. Übrigens ist das ein großer Fortschritt in unserem kleinen Haushalt. Seit etwa einem Jahr darf ich allein zu Hause bleiben, hin und wieder sogar am Abend. Anfangs war ich noch ein wenig nervös, aber bald hat es mir gefallen.

Nach der Kirche würde sie zum Frühstückskaffee einer Bibelgruppe gehen, danach zum Mittagessen bei Mrs Abercrombie und dann zum Jahrestreffen irgendeiner ihrer anderen Aktivitäten. Manchmal frage ich mich, woher sie die Energie nimmt.

Am Abend vorher hatte ich Dr. Changs Haut-So-Klar runtergewürgt und vielleicht des Guten zu viel getan, denn mir war wirklich etwas übel. Das Getränk – man bekommt ein Pulver, aus dem man eine Art kalten Tee zubereitet – riecht nach Pilzen und schmeckt so, wie ich mir den Geschmack von Würmern vorstelle. Es ist widerlich, aber Dr. Xi Chang (»ein hochgeachteter Arzt der traditionellen chinesischen Kräutermedizin« steht auf der Website) behauptet, es wäre sehr effektiv bei schwerer Akne. Als Beweis dienen ziemlich beeindruckende Vorher-Nachher-Aufnahmen.

Bei mir hatte es an diesem Morgen den Effekt, dass ich mit einem Blähbauch aufwachte. Wirklich und wahrhaftig, mein Bauch war rund wie ein Ball und machte ein Geräusch wie eine Trommel, als ich mit dem Finger dagegentippte.

Und auch wenn es peinlich ist, muss ich ein Geständnis machen, bitte »vergebt mir die Taktlosigkeit«, wie Granny sagen würde. Ich könnte alle möglichen Ausdrücke benutzen, um es zu umgehen, zum Beispiel »aufstoßen« oder »austreibende Gase«, doch nur Erwachsene, Lehrer und Ärzte sagen so etwas, deshalb ganz direkt: Sofort nach dem Aufwachen gab ich einen Riesenrülpser von mir, dessen Geruch ihr – wenn ihr es nicht besser wüsstet – für den Gestank eines verrottenden Tierkadavers gehalten hättet. Von einem Stinktier vielleicht, obwohl ich nie ein Stinktier gerochen habe, denn sie sind ja in England nicht heimisch. Ich weiß nur, dass sie stinken.

Doch das Seltsamste war, dass ich gar nichts schmeckte (Gott sei Dank).

Wir machen ja alle mal Witze über das, was der Körper so von sich gibt. (Granny selbstverständlich nie – muss ich das noch extra betonen?) Auf alle Fälle finden die meisten von uns es saukomisch.

Das war es nicht.

Es roch so widerlich, dass es schon fast … beängstigend war. Völlig anders als jeder … Furz, den ich je gerochen habe, und viel schlimmer als der, den Cory Muscroft in der sechsten Klasse in der Aula losgelassen hat und an den sich die Leute noch heute erinnern. Wenn ich geahnt hätte, was noch kommen würde, hätte ich es vielleicht als Warnung verstanden. Doch natürlich weiß man bei diesen Dingen immer erst nachher, was passiert.

Auf alle Fälle war mein Bauch nach ein paar weiteren Rülpsern etwas kleiner und ich ging in die nach Staub und alten Teppichen müffelnde Garage. Ich fröstelte ein wenig in meiner Unterwäsche und mit bloßen Füßen auf dem Betonboden. Das war überhaupt nicht wie in den Bräunungsstudios. Ich ging wieder ins Haus und holte mein Handy.

Auf Spotify fand ich langsame elektronische Trancemusik aus den Neunzigern, die so klang wie die Stücke, die sie in den Studios spielten, und ich steckte die Stöpsel in die Ohren. Nackt legte ich mich auf die Sonnenbank, die ultraviolett glimmte. Den Timer stellte ich auf zehn Minuten – lieber vorsichtig anfangen –, dann zog ich den Deckel runter, bis er nur noch ein paar Zentimeter von meiner Nase entfernt war.

Die Augen hatte ich geschlossen, die Musik tönte sanft in meinen Ohren, das Licht der UV-Röhren war warm, und es machte mir nichts aus, ein wenig wegzudriften, denn der Timer würde mich ja wecken.

Doch stattdessen weckten mich eine ganze Weile später das grelle Licht, das durch meine unsichtbaren Lider schien, und der Lärm, den Lady mit ihrem Fressnapf veranstaltete.

Damit haben wir angefangen – erinnert ihr euch?

11. Kapitel

»Hörst du mich, Granny? Ich bin unsichtbar.«

Ich sitze auf der Sonnenbank in der Garage, spreche in mein Handy und habe richtig vermutet. Noch bevor ich Grannys Nummer eingegeben habe, fragte ich mich, ob es nicht vollkommen lächerlich klingt, wenn ich jemanden anrufe und erzähle, dass ich unsichtbar bin.

Das tut es. Sehr sogar.

Versuchen muss ich es trotzdem.

»Ich bin unsichtbar.« Dann schluchze ich wieder.

Langes Schweigen.

Richtig. Langes. Schweigen.

Im Hintergrund höre ich Stimmen.

»Ich weiß nicht, ob ich dich richtig verstanden habe, mein Spatz. Im Moment kann ich nicht groß sprechen, aber du scheinst sehr erregt zu sein. Was ist denn los?«

Ich hole tief Luft. »Ich bin unsichtbar. Vollkommen verschwunden. Ich bin auf der Sonnenbank eingeschlafen, und als ich aufgewacht bin, konnte ich mich nicht mehr sehen.«

»Schon gut, Liebling. Sehr lustig. Das ist aber gerade nicht der richtige Augenblick. Ich muss wieder rein. Mrs Abercrombie verliest gleich das Protokoll der letzten Sitzung. Im Kühlschrank ist kalter Schinken und Lady braucht Auslauf. Ich muss los. Bis später.«

Klick.

Leise schluchzend ziehe ich Unterwäsche, Jeans und ein T-Shirt über und verstumme gebannt, während ich beobachte, wie mein unsichtbarer Körper die Kleidung ausfüllt. Irgendwie beruhigt mich diese alltägliche Handlung (allerdings nur ein wenig – innerlich blubbere ich immer noch wie ein Milchtopf kurz vorm Überkochen) und ich kriege besser Luft, zumindest heule ich nicht mehr.

Auf dem Weg in die Küche sehe ich mich kurz im mannshohen Spiegel. Ich sage »mich«, dabei sehe ich nur eine Jeans und mein rotes Lieblings-T-Shirt durch den Flur laufen. Das könnte lustig sein, wie ein *Special Effect* aus dem Kino im wahren Leben, ist es aber nicht, da ich es bin, die in den Kleidern steckt. Ich halte die Luft an und muss ordentlich schlucken, sonst heule ich gleich wieder.

Lady liegt in ihrem Korb in der Küche und hebt den Kopf. Sie trottet zu mir und schnüffelt an meinen Füßen beziehungsweise an der Stelle, wo meine Füße sein müssten. Ich beuge mich runter und streichele sie.

»Hallo, mein Mädchen«, sage ich automatisch.

Sie schaut hoch. Ich weiß nicht, ob irgendjemand tatsächlich die Mimik von Hunden deuten kann, aber ich könnte schwören, dass Lady ängstlich und verwirrt dreinschaut. Um sie zu beruhigen, hocke ich mich hin, aber das bewirkt genau das Gegenteil. Ich kraule sie hinter den Ohren, denn das mag sie, doch anstatt mich abzulecken und zum Lachen zu bringen, klemmt sie den Schwanz ein und verzieht sich winselnd in den Garten. Als die Küchentür hinter ihr zuschlägt, sacken meine Mundwinkel nach unten.

Ich wähle noch einmal Grannys Nummer.

Nur die Mailbox.

Ich hinterlasse keine Nachricht.

In meinem Kopf laufen in einer Art Dauerschleife Gedanken, mit denen ich verschiedene Handlungsmöglichkeiten durchspiele.

Die Vorstellung, dass alles doch nur ein Traum ist, habe ich immer noch nicht ganz aufgegeben. Vielleicht ist es einfach ein besonders hartnäckiger Traum, bei dem die normale Prüfung versagt? Ich kneife mich weiter und schüttele den Kopf – all so was eben.

Und als das nicht funktioniert, versuche ich etwas Stärkeres. Ich gebe mir eine Ohrfeige, mitten in der Küche. Zuerst sanft, dann heftig und noch heftiger, und schließlich schlage ich mir mit der rechten Hand so kräftig auf die Wange, dass es laut knallt und sehr wehtut und noch mehr Tränen kommen.

Im Kopf stelle ich eine Liste auf. Das sind die Fakten:

1. Ich bin allein und unsichtbar.
2. Ich träume ganz, ganz sicher nicht. (Kneifen, noch mal – autsch! – schlagen.)
3. Granny geht nicht an ihr Handy. Wahrscheinlich glaubt sie, ich mache nur Quatsch, oder – was ebenso wahrscheinlich ist – sie hat das Handy stumm geschaltet, damit Mrs Abercrombie nicht vom Klingeln gestört wird.

4. Ich könnte dorthin gehen. (Wohin überhaupt? Ich weiß gar nicht genau, wo sie ist. In der Küsterei vielleicht. Die ist in Culvercot, und was mache ich dann da? Gehe ich einfach rein und verkünde, dass ich unsichtbar bin? Nein.)
5. Habe ich eine Freundin, der ich vertrauen kann? Früher war das Kirsten Olen, aber in letzter Zeit? Nein, ich vertraue ihr nicht mehr.
6. Ich bin so durstig, dass es richtig im Hals schmerzt.

Zuerst kümmere ich mich um das, was am leichtesten zu beheben ist. Außerdem bringt es mich auf andere Gedanken.

Ich mache mir erst mal einen Tee. Tee ist Grannys Universallösung für praktisch alle Probleme. Sie hat mir mal erklärt, dass die Zubereitung – Wasser aufsetzen, Tassen hinstellen und so weiter – ebenso effektiv die Nerven beruhigt wie das Teetrinken selbst.

Dann klingelt mein Handy.

Es ist Granny. Juchhuu!

»Wir sind gerade fertig, Esther. Du hast mich noch einmal angerufen. Was ist denn nun schon wieder?« Ihr energischer Tonfall ist nicht gerade leicht zu ertragen – echt jetzt.

»Das habe ich doch schon gesagt: Ich bin unsichtbar, Granny.« Und dann platze ich mit allem raus: der Akne, »Pizzafresse«, dem Spott, der Sonnenbank, meinem Schlaf, dem Aufwachen neunzig Minuten später in einer Schweißlache, dem Blick in den Spiegel, meinem Schrei nach Hilfe …

Mit allem, was bis jetzt passiert ist, bis zu diesem Moment, wo ich hier sitze, Tee trinke und mit Granny spreche. Ein bisschen durcheinander kommt das schon heraus, sicher, aber nicht komplett ohne Sinn und Verstand.

Zuletzt sage ich noch: »Deshalb habe ich dich angerufen. Du musst mir helfen.«

Eine ganze Weile sagt Granny kein Wort.

12. Kapitel

Da weiß ich, dass sie mir nicht glaubt.

Warum sollte sie auch? Es klingt doch komplett durchgeknallt. Sie glaubt mir nicht, weil ich nicht vor ihr stehe, denn so kann sie ja nicht sehen, dass ich wirklich unsichtbar bin. Warum um alles in der Welt sollte sie mir also glauben?

Es ist verrückt, sogar »absurd«, um einen von Grannys Lieblingsausdrücken zu gebrauchen.

Ich warte. Alles habe ich gebeichtet. Die Wahrheit und nichts als die Wahrheit. Nun kann ich nur abwarten, was sie dazu sagt.

Das ist Folgendes:

»Esther, Spatz. Erwachsenwerden ist schwer. Du stehst an einem Scheideweg …«

O-kaay. Das geht zwar nicht in die richtige Richtung, aber sprich nur weiter.

»Ich glaube, fast jeder von uns hat sich irgendwann einmal unsichtbar gefühlt. Als würden alle anderen einfach nur durch einen hindurchsehen. Das ist mir in deinem Alter ganz genauso ergangen. Ich habe mich bemüht, mich anzupassen, aber manchmal hat es einfach nicht gereicht …«

Gibt es etwas Schlimmeres als eine mitfühlende Antwort, die vollkommen am Wesentlichen vorbeigeht?

Ich bin sprachlos, und während Granny endlos weiterredet über »sich unsichtbar fühlen«, beobachte ich, wie meine Teetasse wie von Zauberhand vor meinem Mund auf und ab schwebt.

Ich hebe mein T-Shirt an und schnappe nach Luft. Der gerade getrunkene Tee schwebt als unförmiger Klumpen etwa in Höhe meines Magens.

Granny unterbricht sich. »Was ist, Liebling?«

»Mein … mein Tee. Ich kann ihn sehen!« Kaum habe ich das gesagt, fällt mir auf, wie blöd das klingt.

»Wie bitte?«

»Oh … ach, nichts. ’tschuldigung. Ich … ich hab grad nicht zugehört.«

»Also, es tut mir leid, dass du dich so fühlst, aber wir können erst darüber reden, wenn ich am Nachmittag zurück bin. Als Nächstes ist der Bericht des Schatzmeisters an der Reihe, und da Arthur Tudgey krank ist, werde ich ihn vortragen. Ich muss wieder rein.«

»Du hörst mir nicht zu, Granny! Ich bin wirklich verschwunden. Nicht nur in Gedanken. Wirklich und wahrhaftig – nicht nur gefühlt. Mein Körper ist unsichtbar. Gesicht, Haare, Hände, Füße – alles unsichtbar. Wenn du mich sehen könntest, dann … könntest du mich gar nicht sehen.«

Da kommt mir ein Gedanke.

»FaceTime! Du musst FaceTime einschalten, dann siehst du es!« Dabei weiß ich nicht mal, ob Granny das kann, aber ich bin sowieso schon völlig hysterisch.

Ich gebe mein Bestes, aber es kommt ganz falsch raus und Granny klingt nun nicht mehr mitleidig und besorgt, sondern schroff, fast streng.

»Ich glaube, das geht jetzt zu weit, Esther. Wir sprechen uns später. Bis dann.«

Diesmal bin ich diejenige, die auflegt.

13. Kapitel

Wann wart ihr das letzte Mal ganz allein auf euch gestellt? Und wie allein wart ihr in diesem Moment wirklich?

War jemand in der Nähe? Vater oder Mutter? Ein Lehrer? Eine Freundin? Hättet ihr jemanden bei Problemen um Hilfe bitten können?

Ich bin sicher nicht die Beliebteste in der Schule, aber es ist ja nicht so, dass mich tatsächlich keiner leiden kann. Das glaube ich nicht.

»Es ist nicht schlimm, wenn man ›still und zurückhaltend‹ ist«, sagte Granny, als sie das einmal auf meinem Zeugnis las (und bis zu diesem Zeitpunkt wäre ich auch nie darauf gekommen, dass es schlimm sein könnte). »Besser, die anderen halten einen für dumm, weil man nichts sagt, als dass man ihre Vermutung durch dummes Geschwätz bestätigt«, fügte sie in typischer Granny-Manier hinzu.

Granny war immer schon »der Anstand in Person« – um noch einen Ausdruck zu verwenden, den sie gern benutzt. Eine wohlerzogene, gebildete Engländerin sollte in jeder Situation wissen, wie man sich benimmt. Das ist ihr Wahlspruch.

Sie hat sogar Bücher darüber. Die haben Titel wie: *Manieren im 20. Jahrhundert*. Sie sind ganz lustig; die meisten sind zu Grannys Lebzeiten erschienen, sind also noch gar nicht so alt. Da liest man dann Dinge wie:

Wie lautet die korrekte Anrede für eine kürzlich geschiedene Herzogin?

Oder:

Welche Summe hinterlässt man als Trinkgeld für die Bediensteten, wenn man ein Wochenende im Landhaus von Freunden verbracht hat?

Wenn man Granny nicht näher kennt, könnte man sie für zugeknöpft und puritanisch halten – zum Beispiel, weil sie darauf besteht, Dankesbriefe innerhalb von drei Tagen zu schreiben oder immer um Erlaubnis zu fragen, bevor man einen Erwachsenen mit Vornamen anredet. Doch es geht eigentlich nur darum, höflich zu anderen zu sein, und das ist ziemlich nett, nur dass Granny es damit weiter treibt als jeder andere, den ich kenne.

Einmal hat sie mir beigebracht, wie man korrekt die Hand gibt. Genau, es geht ums Händeschütteln.

»Eklig, wie ein toter Fisch!« Das war ihre Beschreibung eines schlaffen Handschlags. »Du musst fester zugreifen. Au. Nicht so fest. Und ich bin hier. Schau mich an, wenn du mir die Hand schüttelst. Freust du dich? Dann zeig mir das. Und ... was sagt man?«

»Hi.«

»*Hi?* Was glaubst du, wo wir sind? In Kalifornien? Wenn man jemanden begrüßt, fragt man: ›Wie geht es Ihnen?‹ So, nun bist du dran: fester, kurzer Händedruck, Augenkontakt, lächeln und ein ›Wie geht es Ihnen?‹«

(Ich habe es versucht, als ich Mr Parker zum ersten Mal traf. Er hat sich gefreut, war aber auch ein bisschen verunsichert, als hätte ihn noch nie ein Schüler auf diese Weise begrüßt, was vielleicht auch der Fall war. Seitdem ist er immer supernett zu mir. Granny meint, das sei ein Zeichen, dass es funktioniert. Ich glaube, es liegt eher daran, dass er mich einfach mag.)

Granny ist gar nicht so alt, aber sie ist altmodisch, auf jeden Fall bei der Kleidung. Sie ist stolz darauf, dass sie noch nie eine Jeans hatte, selbst als sie jung und hübsch war. Ihre Abneigung ist aber kein Protest gegen alles Moderne. Sie verabscheut Jeans, weil sie unvorteilhaft aussehen.

»Trägt man sie eng, sind sie unschicklich, und trägt man sie weit, sieht man aus wie ein ›Gangster Rapper‹.«

Ihr könnt mir glauben, wenn Granny »Gangster Rapper« sagt, ist es, als würde sie eine Fremdsprache benutzen. Man kann die Anführungszeichen quasi hören.

Mit jedem sprechen zu können, ganz egal, aus welcher gesellschaftlichen Schicht er stammt, ist eine Kunst, aber selbst wenn ich sie beherrschte, würde es mir in meiner jetzigen Situation nicht helfen. Es gibt niemanden, mit dem ich über die Unsichtbarkeit sprechen könnte.

Granny. Habe ich schon versucht.

Ich könnte es Flora McStay auf Instagram mitteilen, die jetzt in Singapur lebt.

Hey, große Neuigkeiten. Ich bin unsichtbar. Auf diesem Foto stehe ich neben einem Baum.

Sehr witzig.

Ich bin vollkommen auf mich selbst gestellt. Das ist kein gutes Gefühl.

Was würdet ihr an meiner Stelle tun?

Ich entscheide mich fürs Krankenhaus. Ein Krankenwagen muss her, und zwar schnell. Das ist ein Notfall.

Ich wähle 999.

14. Kapitel

Notrufzentrale. Worum geht es?«

»Ich brauche einen Krankenwagen«, sage ich mit zitternder Stimme. Noch nie habe ich den Notruf angerufen. Das geht echt an die Nerven, kann ich euch sagen.

»Ich stelle Sie durch.«

Ich warte.

»North Tyneside Ambulanz. Bitte den Namen und die Rufnummer.«

Eine junge Frauenstimme, regionaler Dialekt. Sie hört sich nett an und ich entspanne mich etwas.

»Esther Leatherhead. 07877 654 344.«

»Vielen Dank. Um was für einen Notfall handelt es sich?«

Meine Lektion habe ich beim Gespräch mit Granny gelernt. Es hat dort lächerlich geklungen und wird sich jetzt kaum weniger lächerlich anhören, wenn ich jemandem von der Ambulanz erzähle, dass ich unsichtbar bin.

»Kann ich nicht sagen. Aber ich brauche dringend einen Krankenwagen.«

»Tut mir leid, ähm … Esther, so heißt du doch? Ich muss wissen, um was für einen Notfall es sich handelt, bevor ich einen Wagen schicke.«

»Kann ich nicht sagen. Aber es ist … wirklich dringend. Es ist sehr ernst.«

Die Frau klingt immer noch nett. Sie ist freundlich.

»Hör zu, Schätzchen. Wenn du mir nichts sagst, kann ich dir auch nicht helfen. Du bist zu Hause?«

»Ja.«

»Hast du dich verletzt?«

»Nein … eigentlich nicht, nur … «

»Okay, Süße. Ganz ruhig. Hast du Schmerzen?«

»Nein.«

»Hat jemand anderes Schmerzen oder ist in Gefahr?«

Ich seufze. »Nein. Nur …«

»Ist jemand bei dir? Wirst du bedroht?«

»Nein.« Schon klar, worauf das hinausläuft.

»Wenn kein Notfall vorliegt, bekommt man ärztliche Hilfe unter einer anderen Nummer. Hast du etwas zu schreiben?«

Ich bin kurz davor, in Tränen auszubrechen, und wenn ich noch überlegen könnte, wüsste ich genau, welche Konsequenzen mein Ausbruch haben wird, doch mein Kopf ist alles andere als klar.

»Ich bin unsichtbar geworden und habe fürchterliche Angst und brauche jetzt sofort einen Krankenwagen.«

Das ist der Augenblick, in dem die Frau von beruhigend und freundlich auf verdrossen und starr umschaltet.

»Du bist unsichtbar geworden? Alles klar, Schätzchen. Das reicht jetzt. Die Anrufe werden aufgezeichnet und können zurückverfolgt werden, damit du's weißt. Ich werde deinen Anruf als Unfug speichern. Solltest du es noch einmal probieren, melde ich es der Polizei. Leg auf, damit die wirklichen Notrufe durchkommen. Unsichtbar? Mal ehrlich, Kinder. Ihr könnt einem echt auf den Wecker gehn.«

Damit endet der Anruf, genau wie meine Hoffnung, es könnte eine einfache Lösung für mein Problem geben.

15. Kapitel

Zwei Stunden später bin ich immer noch unsichtbar.

Ich habe lange und heiß geduscht und mich gefragt, ob man Unsichtbarkeit vielleicht abwaschen kann – wie eine Beschichtung oder was Ähnliches. Habe mich wie wild geschrubbt, bis sich die Haut ganz wund anfühlte, doch die Seife schäumte auf etwas, das man nicht sah, und als ich sie abwusch, war noch immer nichts da, nur nasse Fußabdrücke auf den Badfliesen.

Seitdem wandere ich durchs Haus, frage mich, was ich tun soll, und komme nicht ein Stück voran.

Ich weine nicht mehr. Das hilft sowieso nicht. Doch ich gebe zu, ich bin restlos, total und hundertprozentig

ZU TODE ERSCHROCKEN.

Erschrocken im Quadrat. Hoch drei.

Alle fünf Minuten schaue ich in den Spiegel.

Dann gehe ich wieder an den Laptop und suche im Internet nach Themen, in denen »unsichtbar« oder »Unsichtbarkeit« eine Rolle spielen.

Das meiste ist unglaublich kompliziert, enthält mathematische, physikalische, chemische und biologische Erklärungen, die weit über das hinausgehen, was wir in der Schule durchnehmen. Dennoch scheinen die Menschen seit Jahrzehnten nach dem zu streben, was mir gerade passiert ist.

Auf YouTube gibt es ein Video von James Bond und einem unsichtbaren Auto.

»Anpassungsfähige Tarnung, 007«, erklärt Q. Er läuft um den Aston Martin herum. »Winzige Kameras projizieren das Bild, das Sie sehen, auf eine lichtemittierende Polymerhaut auf der gegenüberliegenden Seite. Auf den ersten Blick ist das so gut wie unsichtbar.«

Dann drückt er auf einen Knopf und das Auto verschwindet.

Wisst ihr was? Bis heute hätte ich behauptet, so was ist einfach Blödsinn. Das Video stand auf einer Liste: die Top Ten der irren James-Bond-Erfindungen.

Und nun?

Bin ich mir nicht mehr so sicher.

Wenn es mir passiert ist, warum nicht auch einem Auto?

Ich habe rausgefunden, dass es zwei Möglichkeiten gibt, wie etwas unsichtbar wird.

Bereit für Erklärungen?

Ich werde mich einfach ausdrücken.

Zuerst muss man verstehen, wie Sehen funktioniert. Dinge sind sichtbar, weil Lichtstrahlen von ihnen zurückgeworfen werden und in unsere Augen gelangen. Zum Beispiel: Das Licht trifft auf einen Baum und wird auf der Rückwand unseres Auges reflektiert. Gleichzeitig passiert etwas unglaublich Schlaues in unserem Gehirn und man *sieht* den Baum.

Man kann also etwas unsichtbar machen, indem man es mit einer »Tarnkappe« abdeckt. Dann werden die Lichtstrahlen um den Baum herumgelenkt, so wie Wasser, das sich um den Finger teilt, wenn man ihn unter den Hahn hält, und danach wieder in einem Strahl zusammenläuft.

Viele Wissenschaftler sagen, sie seien kurz davor, eine solche Tarnkappe zu erfinden, vor allem für militärische Zwecke. Dabei geht es garantiert um unsichtbare Panzer oder Schiffe oder Flugzeuge oder sogar Soldaten, was ja ganz cool wäre.

Könnt ihr mir noch folgen?

Okay. Es gibt außerdem die Möglichkeit, Licht durch einen Körper scheinen zu lassen. Bei Glas ist das so, und wenn ihr schon mal gegen eine Glastür gelaufen seid wie ich im Einkaufszentrum, dann wisst ihr, wie das täuschen kann.

Glas ist unsichtbar, wenn man direkt darauf schaut.

So funktioniert das auch mit den Röntgenstrahlen. Sie sind eine Sonderform des Lichts, die bestimmte Stoffe durchdringen, andere aber nicht. Röntgenstrahlen dringen durch Haut und Muskeln, nicht aber durch Knochen, daher können Ärzte in uns hineinsehen.

Bei mir muss es sich also um die zweite Möglichkeit handeln. Das Licht scheint durch mich hindurch, deshalb sieht es so aus, als wäre ich gar nicht da, obwohl ich doch da bin.

Nur hilft mir diese Erkenntnis auch nicht gerade weiter.

Ich spule die Ereignisse noch einmal im Kopf ab: lege mich auf die Sonnenbank, stelle den Timer ein, schlafe ein, wache auf, weil Lady mit dem Napf scheppert, und …

Lady! Wo ist sie eigentlich hin?

Zuletzt habe ich sie gesehen, als sie aus der Küchentür raus ist. Ich gehe zur Tür und rufe nach ihr, pfeife laut und rufe noch einmal.

Habe ich nicht schon genug Sorgen, auch ohne einen verschwundenen Hund?

Mir fallen die mit Suchanzeigen gepflasterten Laternenpfähle ein und mir wird schlecht. Alle reden davon.

Früher gab es im Jahr einen oder höchstens zwei Steckbriefe: Hund entlaufen, Katze fort, wer hat sie gesehen? So was eben.

Seit Kurzem taucht etwa jeden Monat ein neuer auf. Granny hat es erst gestern erwähnt und gesagt, ich solle gut auf Lady achtgeben, wenn ich sie ausführe.

»Man kann nie wissen, was für komische Leute sich draußen rumtreiben«, hat sie gesagt.

Wenn nun jemand Lady mitgenommen hat? Sie ist so ein braver Hund, sie geht mit jedem mit.

Ich muss sie finden und dafür muss ich aus dem Haus, vielleicht sogar an den Strand. Da würde ich jedenfalls hingehen, wenn ich ein Hund wäre.

Es ist riskant. Sehr riskant sogar, aber manchmal ist die einzige Alternative, einfach nichts zu tun, und das ist im Augenblick gar keine Alternative.

Ich muss also aus dem Haus, unsichtbar, wie ich bin.

16. Kapitel

Ich ziehe noch mehr Kleidungsstücke an. Socken und Turnschuhe, einen Rollkragenpullover, der meinen unsichtbaren Hals verdeckt, ein langärmliges Kapuzenshirt, und allmählich wirke ich ein wenig normaler – falls eine Schaufensterpuppe ohne Kopf unter den Begriff »normal« fällt.

In der untersten Schublade finde ich ein Paar Handschuhe – nun brauche ich noch etwas für den nicht vorhandenen Kopf.

Da fällt mir der Korb mit den alten Verkleidungssachen in der Garage ein. Ich finde eine Glitzerperücke von irgendeiner Schulaufführung und eine Clownsmaske. Clowns sind schrecklich, doch für meine Zwecke reicht es. Mit der Kapuze sehe ich aus wie …?

Wie jemand, der seltsamerweise eine Clownsmaske trägt. Etwas schräg, aber nicht vollkommen durchgeknallt.

Ich bin schon halb aus der Tür, als auf meinem Handy eine Nachricht eingeht.

Hi, Esther: Kann ich an meinem Strandbody arbeiten? Mach mich auch dünn. Bin in 2 min da. Elliot.

Da sieht man mal wieder, warum einem Elliot Boyd so auf die Nerven geht. Penetrant, aufdringlich und noch ein Dutzend andere Begriffe für »völlige Nervensäge« gehen mir durch den Kopf, als ich antworte:

NEIN. Will gerade weg. Versuchs später. Esther

Schon ärgere ich mich. Warum nur habe ich statt »will gerade weg« nicht »bin weg« geschrieben? Dann könnte ich so tun, als wäre ich nicht da, wenn es klingelt.

Was im selben Moment passiert, nur Sekunden nachdem ich auf »senden« gedrückt habe.

Ich stehe im Flur, sehe Elliots Schatten in der Milchglasscheibe der Tür und kann sogar hören, wie meine Nachricht bei ihm ankommt. Dann steckt er die Finger in den Briefschlitz und ruft durch den Spalt.

»Okay, Ess. Schön, dass ich dich noch erwische. Machst du auf?«

Was bleibt mir anderes übrig?

17. Kapitel

Als ich die Tür öffne, schnappen wir beide erst mal nach Luft. »Wow!«, sagt er. »Du hast gar nicht gesagt, dass ich mich verkleiden soll. Was hast du vor?«

»Was hast *du* vor?«, frage ich.

Ich sehe sicher seltsam aus mit der Glitzerperücke und der Clownsmaske – aber Boyd? Der macht den Eindruck, als wäre er auf dem Weg nach Florida: riesige Shorts, ein Hawaiihemd, auf dem sich Haie tummeln, Sonnenbrille (vollkommen unnötig) und eine viel zu kleine Baseballkappe auf den Locken. Eine Strandtasche hat er auch dabei, auf dem Handtuch liegen mehrere Tuben Sonnencreme.

Wir starren uns ziemlich lange an.

Wenn mich das, was sich unter meiner Kleidung versteckt, nicht so völlig fertigmachen würde, würde mir vielleicht etwas Schlaues einfallen, wie: »Sorry, aber jemand, der wegen seines schlechten Geschmacks in Disneyland rausgeflogen ist, kann mich wohl kaum in Modefragen beraten.« Tut es aber nicht.

Stattdessen sage ich: »Es geht um Spenden. Ich muss einen ganzen Tag so rumlaufen, um Geld zu sammeln für, ähm …«

Schnell, Esther. Lass dir was einfallen. Er wartet.

»… für die Sache mit dem Leuchtturm.«

Ausgerechnet! In meinem Kopf brüllt eine Stimme: *Warum hast du das gesagt, Holzkopf? Jetzt denkt der doch, du machst dir was aus seiner dummen Leuchtturmmacke. Du Trottel! Warum sagst du nicht Welthungerhilfe oder Krebsforschung oder Klimawandel? Oder irgendwas anderes?*

Und ich kann nur mit einer zweiten Stimme im Kopf antworten: *Ich weiß. Tut mir leid. Ich kann nicht mehr klar denken. Hab den Kopf mit anderen Dingen voll, falls dir das noch nicht aufgefallen ist.*

Boyd quatscht schon die ganze Zeit.

»… fabelhaft! Vielen Dank! Geld für Kostüme? Großartige Idee! Einen ganzen Tag? Wie nett. Egal, ich hab deine Nachricht bekommen. Hätte mich eher melden sollen. Willst wohl gerade weg. Wann kommste zurück? Ich kann warten oder … später selber abschließen?«

Nein. Ganz sicher nicht. Ich erzähle ihm das von Lady.

»Ich hab sie noch hinten im Garten gesehen. Dachte, sie wollte pinkeln.« Stimmt nicht ganz. Ich vermute, dass Lady sich so vor meiner Unsichtbarkeit erschreckt hat, dass sie einfach losgerannt ist.

In der Ecke ist ein Loch im Zaun, durch das sich ein Hund quetschen könnte, kein Zweifel. Das hat Lady als Welpe auch schon mal gemacht, und wir wollten das Loch immer flicken, sind aber nie dazu gekommen, weil sie auch nie wieder ausgebüxt ist. Doch jetzt … ist keine Lady mehr im Garten.

Deshalb rufe ich nun am Strand nach ihr, in meinem lächerlichen Clownskostüm und mit Elliot Boyd an meiner Seite.

Am Whitley Strand gehe ich am liebsten mit Lady spazieren, wir sind dort ein paarmal die Woche. Dann werfe ich ihren Ball in die Wellen, und sie hüpft hinein, holt ihn raus und schüttelt sich danach, wobei sie auch mich nass spritzt, aber das macht mir nichts aus.

Ich schwitze unter der Maske. Als Boyd vorläuft, hebe ich sie ein wenig an, damit die frische Seeluft mein Gesicht kühlt. Dann rufe ich zum fünfzigsten Mal:

»Lady!«

Ich bemühe mich, ganz normal und fröhlich zu klingen. Habt ihr schon mal einen Hund verloren? Man darf sich auf keinen Fall ärgerlich anhören, wenn man nach ihm ruft, ganz egal, ob man sauer ist oder nicht. Welcher Hund würde schon zu einem wütenden Besitzer zurückkehren?

Es sind Massen von Hunden da, aber keine Lady.

Bald haben wir das Ende des Strands erreicht und sind am Damm, der das Land mit der Insel verbindet, deren Leuchtturm weiß und riesig in die Höhe ragt.

»Komm schon! Willst du mit hoch?«, ruft Boyd.

Auf den Leuchtturm zu klettern ist so ziemlich das Letzte, auf das ich gerade Lust habe.

»Komm schon«, sagt er noch einmal. »Ich will dir was zeigen, wo du doch jetzt dazugehörst. Dauert nicht lange. Und von oben kannst du die ganze Bucht sehen, da findest du bestimmt deinen Hund.«

Auf der Leuchtturminsel sind wir ziemlich allein. In den Schulferien wird es voller, aber jetzt ist das Café geschlossen, nur das kleine Museum mit dem Souvenirladen hat auf, dort kauft man die Karten für den Aufstieg.

Ein paar Stufen führen zum Eingang und auf einen Weg um den Leuchtturm herum. Dort gehen wir entlang. Boyd drückt mit den Fingern eine rostige Tür zwischen zwei Mülleimern auf und bittet mich rein.

Wir stehen in einem kellerartigen Gewölbe am Fuß des Turms. Ein paar Besucher schauen sich das große Modell eines Rettungsboots und einige Fotografien an den Wänden an. Unsere Schritte hallen. Eine Frau dreht sich um und hebt die Augenbrauen, dann stupst sie ihren Freund an, der sich ebenfalls umschaut. Unsere Kostümierung ist sicher mehr als einen Blick wert, aber das war's auch schon.

»Komm weiter, Ess.« Boyd grinst. Er ist ziemlich aufgeregt. »Ich hab das noch keinem gezeigt.«

Eine enge Treppe schmiegt sich an runde Wände; wir halten uns am rostigen Geländer fest und steigen hinauf zum Leuchtfeuer.

Nach 328 Stufen (das sagt Boyd – ich habe sie nicht gezählt) keuche ich wie ein Rennpferd. Boyd aus unerfindlichen Gründen nicht, obwohl er doch zusätzliches Gewicht mit sich rumträgt. Vielleicht liegt es an der Begeisterung.

Das runde Lampenhaus ist wie ein riesiger Wintergarten umgeben von hohen Fenstern. Stellt euch ein Gebilde aus Glas in der Mitte vor, mehr als einen Meter hoch, das wie ein umgedrehter Becher aussieht. Die Öffnung des Bechers befindet sich etwa einen Meter über dem Boden und das Glasgebilde ist aus konzentrischen Kreisen zusammengesetzt. Das ist das Leuchtfeuer.

»Schau.« Boyd zeigt mit glühenden Wangen auf die Lampe. »Das sind Fresnel-Linsen. Das Licht im Innern wird reflektiert und vervielfältigt, deshalb leuchtet es meilenweit hinaus auf

See, ohne große Mengen an Energie zu benötigen. Doch hier leuchtet nichts. Schon seit Jahren nicht mehr.«

Jetzt mal ehrlich, nicht total uninteressant, aber eigentlich bin ich nur höflich.

Dann führt er mich zu einer kleinen Klappe im Boden.

»Geh mal zur Treppe, Ess. Kommt wer?« Er hebt die Klappe an. »Schau mal, was ich hier hab.«

Gehorsam schlurfe ich zu ihm und sehe hinunter. Ein sorgfältig zusammengerolltes Elektrokabel, mehrere Meter, und daran angeschlossen eine Glühlampe, etwa so groß wie eine Zwei-Liter-Flasche Cola.

»Vor einem Monat hochgebracht«, sagt Boyd und platzt fast vor Stolz. »Die hellste Birne, die man kaufen kann, 1000 Watt. Wenn's so weit ist, kommt sie da rein.« Er zeigt auf die Becheröffnung. »Und dann zieh ich das Kabel durch das Fenster bis zum Boden, schließe es an und lege den Schalter um und … *Light the Light*.« Er summt wieder den Song.

Ich starre ihn durch meine Maske an.

Er ist vollkommen verrückt. Wer denkt sich denn so was aus? Und warum?

»Verstehe«, sage ich matt.

Die Begeisterung auf seinem Gesicht verschwindet. »Du hältst mich für verrückt?«

»Ähm … nein. Der Plan ist nur sehr … ehrgeizig.«

»Du erzählst doch keinem was? Muss streng geheim bleiben. Wie bei einem »Flashmob«, du weißt schon, Ankündigung kurz vorher und dann krawumm! Das Licht geht an. Ein Flashmob mit einem richtigen Flash.«

Boyd schließt vorsichtig die Klappe.

Meine mangelnde Begeisterung hat ihn verletzt.

»Hast du keine Angst?«, frage ich.

Er sieht mich verwirrt an. »Angst? Wovor denn? Was mach ich denn? Wem schadet das? Vielleicht kriegt man mich wegen unerlaubten Betretens dran, ist aber keine richtige Straftat. Ich mache nichts kaputt, und wenn ich den Strom mit dem Geld bezahle, das du mit dem blödsinnigen Kostüm auftreibst, können sie mich nicht mal wegen Diebstahls anklagen.«

Er grinst und ich muss auch lächeln.

»Bist du sicher?«

»Klar. Mein Dad ist Anwalt.«

Boyd hat seinen Vater noch nie erwähnt. Seine Mutter auch nicht. Kaum ist der Satz raus, macht er ein Gesicht, als würde er ihn gern zurücknehmen. Er spricht schnell weiter, aber ich unterbreche ihn.

»Anwalt. Das ist ja cool. Auf welchem Gebiet?«

Doch Boyd antwortet mir nicht. Er steht auf, und bei seinen nächsten Worten ist der Londoner Akzent kaum noch zu hören, als würde er in einem Gerichtssaal vor einem Richter stehen.

»Nun gut. Das bürgerliche Recht – im Gegensatz zum Strafrecht – definiert ›verbotenes Betreten‹ als bloßes ›Vergehen‹, eine unerlaubte Handlung, die aber nicht strafrechtlich verfolgt wird und daher …«

»Okay, okay, ich glaub dir ja.«

»Und du schwörst, dass du nichts verrätst?«

»Was denn? Dass dein Vater Anwalt ist? Ist das etwa ein Geheimnis?«

»Nein, Dummerchen. Meinen Plan mit dem Licht. Da muss Stillschweigen herrschen, bis die Zeit reif ist.«

»Ich schwöre.«

»Ach, und ähm … in London nennen mich meine Freunde Boydy.«

»Echt?«

»Ja, also … wenn du … ähm … magst …«

Das Ende des Satzes hängt zwischen uns in der warmen Luft.

Boydy. Mein Freund?

Bin ich wirklich schon so verzweifelt?

INTERESSANTE FAKTEN ÜBER LEUCHTTÜRME

von Elliot Boyd

Besten Dank an Esther Leatherhead, die mir gestattet, hier zu erzählen, wie fantastisch Leuchttürme sind.

(Die Liste habe ich für ein Referat bei Mr Parker aufgestellt. Er sagte, es hätte allen gefallen, daher glaube ich, dass mein Interesse für Leuchttürme doch nicht so ein ausgefallenes Hobby ist.)

Seit es Schiffe gibt, haben Menschen Leuchttürme gebaut, um ebendiese Schiffe vor gefährlichen Felsen zu warnen. Zuerst waren es nur große Feuer auf den Klippen!

Inzwischen gibt es auf der Welt mehr als 17 000 Leuchttürme, davon stehen 300 in Großbritannien.

Der Leuchtturm auf der Insel Pharos vor der ägyptischen Stadt Alexandria gehört zu den sieben Weltwundern der Antike. Er wurde 270 vor Christus erbaut und stand 1 500 Jahre, bevor ein Erdbeben ihn zerstörte. 1994 fand man Teile davon am Meeresgrund!

Viele Sprachen leiten das Wort für Leuchtturm von »Pharos« ab. *Phare* (Französisch), *Faro* (Spanisch und Italienisch), *Farol* (Portugiesisch), *Far* (Rumänisch), *fáros* (Griechisch)!

Die Maßeinheit für die Lichtstärke von Leuchttürmen ist Candela – die Lichtstärke einer Haushaltskerze. Moderne Leuchttürme haben eine Lichtstärke von 10 000 bis 1 Million Candela!

Einer der hellsten Leuchttürme ist der Oak Island Leuchtturm in den USA: Seine Lichtstärke beträgt 2,5 Millionen Candela!!!

1822 entwickelte ein französischer Physiker namens Augustin-Jean Fresnel eine Linse, die eine dahinter liegende Lichtquelle verstärkt, sodass sie aus größerer Entfernung wahrgenommen werden konnte. Fast alle Leuchttürme verwenden heutzutage Fresnel-Linsen!

Auch lange nach der Erfindung der Elektrizität wurden die meisten Leuchttürme noch mit Öl betrieben. Der St. Mary's Leuchtturm in Whitley Bay wurde erst 1977 elektrifiziert. Seit 1984 ist er außer Betrieb, was ich sehr schade finde!

Mr Parker hat daruntergeschrieben: 9/10. Gut recherchiert und überzeugend vorgetragen. Sehr gut. Geh sparsamer mit den Ausrufezeichen um.

18. Kapitel

Eines der Fenster im Lampenhaus ist eigentlich eine Tür, die auf eine Aussichtsplattform rund um den Leuchtturm führt. Ein sehr amtlich aussehendes Schild warnt:

Gefahr. Betreten verboten.

»Komm schon«, sagt Elliot Boyd. Ich versuche noch, mich an »Boydy« zu gewöhnen. »Das musst du dir ansehen.«

Ich folge ihm nach draußen.

Wir stehen auf der schmalen Plattform, halten uns am Geländer fest und schauen in Richtung Süden auf die Küste, wo in etwa zwei Meilen Entfernung der nächste Leuchtturm an der Mündung des Tyne steht. Direkt vor unseren Augen segelt eine Möwe mit ausgebreiteten Flügeln vollkommen bewegungslos im Wind.

Boydy hat die blöde Baseballkappe abgenommen, und als der Wind sein Haar aus der Stirn weht, sieht er fast gut aus. Ich lächele hinter meiner Clownsmaske. Boyd? Gut aussehend? Ha!

Mir ist immer noch heiß unter meinen zwei Lagen Kleidung, den Handschuhen, der Kapuze und der Maske, und ich wage es, die Kapuze von der Glitzerperücke zu ziehen.

Ganz schlechte Idee.

Die Brise frischt kurz zu einer Bö auf und weht mir die Perücke vom Kopf. Ich kriege sie gerade noch zu fassen, bevor sie übers Geländer fliegt. Verzweifelt zerre ich an der Kapuze, um sie wieder hochzuziehen, als Boydy sich umdreht, um irgendwas zu sagen, und stattdessen plötzlich schreit.

»Was … oh … oh … oje! Was ist das? Oh mein Gott. Oh Mann!«

Na ja. *Irgendwann* musste es ja *irgendjemand* rausfinden.

19. Kapitel

Boydy ist zurückgewichen und starrt mich an, sein Mund öffnet und schließt sich wie bei einem Fisch und er stöhnt leise.

Der arme Kerl, er hat wirklich Angst. Die Möwe schreit und fliegt fort.

»Alles in Ordnung.« Ich versuche, ihn zu beruhigen. »Das bin nur ich. Mir geht's gut.«

»Aber … du … dein Kopf … was?«

Wo soll ich anfangen?

Nach etwa zehn Minuten habe ich ihn überzeugt, dass ich weder ein Geist noch ein Alien aus einer fernen Galaxie bin. Unter anderem habe ich folgende Fragen beantwortet:

1. Habe ich Schmerzen? (Nein, abgesehen von einem leichten Brennen, das Sonnenbrand sein könnte, aber ich kann ja nicht sehen, ob meine Haut rot ist.)
2. Weiß noch jemand davon? (Nein. Er ist der Erste. Darauf ist er unglaublich stolz, das sehe ich sofort.)
3. Bleibt das so? (Keine Ahnung.)
4. Was will ich dagegen tun? (Auch keine Ahnung. Die Sa-

che mit dem Krankenwagen lief anders als geplant, und er stimmt mit mir überein, dass ein Hinzuziehen der Polizei wahrscheinlich ebenso wenig Erfolg haben würde.)

Das klingt jetzt nach einem ganz normalen Gespräch auf einer Leuchtturmplattform. Wie:

»Ach, du bist unsichtbar? Cool. Sag mal, hast du Schmerzen oder fühlst du dich sonst irgendwie unwohl in diesem ungewöhnlichen Zustand?«

So war es überhaupt nicht. Boydy war ängstlich und verwirrt, er stotterte und streckte immer wieder die Hand aus, um meinen unsichtbaren Kopf und meine ebenso unsichtbare Hand zu berühren. Irgendwann nahm ich die Maske ab und er schwieg eine volle Minute, glotzte nur und schüttelte den Kopf, dann sah er weg und dann glotzte er wieder und streckte die Hand nach mir aus.

Allerdings muss ich gestehen, dass ich wahnsinnig erleichtert bin, weil er es nun weiß. Ich habe das Geheimnis über Stunden mit mir herumgetragen und das war höllisch anstrengend. Selbst wenn Boydy nicht wirklich etwas tun kann, macht allein die Tatsache, dass ich mein Problem jemandem mitgeteilt habe, die ganze Sache etwas weniger schlimm.

Minimal.

Aber warum weine ich dann? Tut mir leid, es passiert schon wieder. Eigentlich bin ich keine Heulsuse, ganz ehrlich. Doch in meiner Lage würde wohl jeder weinen. Nun heule ich schon das zweite Mal an diesem Tag.

Boydy hört mein Schluchzen und weiß nicht, was er tun soll, der Arme.

»He, Ess. Wird schon wieder«, sagt er und legt ungeschickt den Arm um mich. Ganz wohl ist ihm dabei nicht, das spüre ich genau. Wahrscheinlich macht er das nicht oft. Er sieht mich an.

»Ich kann deine Tränen sehen.« Er zeigt auf meine Wangen. »Dieser Teil von dir ist sichtbar.«

Ich wische mir übers Gesicht und schaue auf meine Hand. Die Fingerspitzen glänzen. Ich zwinge mich zu einem Lächeln (warum bloß? Es sieht ja doch keiner), setze Maske und Perücke wieder auf und ziehe die Kapuze so weit wie möglich hoch. Dann schniefe ich laut und lächele noch einmal schwach.

»Wie seh ich aus?«

Boydy schaut sich die Übergänge an. »Wenn man nicht so genau hinguckt, geht's. Oben eine kleine Lücke, aber im Schatten fällt's nicht so auf. Halt einfach den Kopf unten.«

Ich nicke und gehe zur Glastür.

»Dann war das Kostüm gar nicht für, na, du weißt schon …«, sagt er.

»Für Spenden? Nein, tut mir leid, Boydy.«

Er seufzt und macht ein enttäuschtes Gesicht, deshalb sage ich: »Aber ich mag Leuchttürme. Auf jeden Fall diesen hier. Und die anderen sind sicher genauso cool. Ich werde dir helfen beim *Light the Light*. Versprochen.«

Er lächelt, doch dann wird er irgendwie abgelenkt. Sein Blick geht an mir vorbei hinunter zum Strand. Ich drehe mich um. Am anderen Ende des Damms läuft ein schwarzer Labrador. So läuft nur Lady.

Sie ist nicht allein. Neben ihr spazieren zwei identisch aussehende Gestalten.

Das bedeutet Ärger, in Zwillingsgestalt.

Bislang habe ich noch nicht viel von den Knight-Zwillingen erzählt, aber nun ist wohl der ideale Zeitpunkt – falls es den überhaupt gibt.

Jesmond und Jarrow Knight sind berühmt-berüchtigt an unserer Schule. Sie scheinen ihren finsteren Ruf zu genießen und schaffen es stets – knapp –, dem Rausschmiss zu entgehen.

Mal ist es die eine, mal der andere, der gerade eine schriftliche Verwarnung erhalten hat. Im Augenblick ist es Jesmond. Er hat die Musiklehrerin Miss Swan beschimpft, als sie Zigarettenrauch an ihm bemerkte. (Ich werde nicht wiederholen, was er gesagt hat, aber stellt euch das Schlimmste vor, was man einer Lehrerin an den Kopf werfen kann, und dann schreit es heraus, so laut ihr könnt. Nein, tut es besser nicht. Aber genau das hat Jesmond in der Eingangshalle getan.)

Wenn diese Verwarnung am Ende des Halbjahrs gestrichen wird, ist sicher seine Schwester wieder an der Reihe und stellt etwas Schlimmes an. Im letzten Jahr hat man sie nach Hause geschickt, weil sie Tara Lookharts Haare mit einem Bunsenbrenner in Brand gesetzt hat, und dann musste ihr Dad kommen und mit Mrs Khan und dem Vorstand der Schule sprechen.

Die meisten halten sich von den Zwillingen fern, was leicht ist, wenn man ein bisschen aufpasst. Beide haben schulterlanges weißblondes Haar. Von hinten sehen sie ganz gleich aus, und selbst von vorn sind sie sich ziemlich ähnlich, nur dass Jarrow eine Brille trägt und Jesmond nicht.

Ihr Vater, Tommy Knight, sieht ganz genauso aus, abgesehen davon, dass er eine Glatze kriegt. Ich bin ihm nur einmal begegnet, als er etwas an einem Stand gekauft hat, den ich auf dem Weihnachtsbasar der Schule betreute. Er wirkte schüchtern und sah mich kaum an. Gekauft hat er eine Packung parfümierter Seife mit Hundebildchen, und als er sich für das Wechselgeld bedankte, klang seine Stimme sanft und freundlich, womit ich gar nicht gerechnet hatte.

Die Mutter habe ich nie gesehen. Ich weiß nicht einmal, ob sie eine haben.

Ihr Haus steht am Ende unserer Straße, gleich um die Ecke, mit Blick auf einen kleinen Park, der Links genannt wird und hinunter zur Promenade und zum Strand führt. Das Haus ist riesig: eine Villa mit zwei Stockwerken, strahlend weiß mit Säulen auf der Veranda und einem großen, verwilderten Vorgarten. In dem könnte man beim Fußballspielen sterben, ohne dass es einer merkt. Auf dem Schulweg komme ich fast immer dort vorbei.

Das sind also die Knights – meine Nachbarn, mehr oder weniger – und hier sind sie nun: Jarrow und Jesmond am Ende des Strands, wo der Sand in Felsen und kleine Tümpel übergeht.

Mit Lady, meinem Hund.

Weshalb ich zu ihnen hinuntergehen und sie zur Rede stellen muss, mit Clownsmaske und Glitzerperücke.

Wird schon gut gehen, sage ich mir.

Manchmal glaube ich, die größten Lügen sind die, die man sich selbst auftischt.

20. Kapitel

Es sind noch drei andere Leute im Lampenhaus, als wir wieder hineingehen. Sie schauen uns irgendwie komisch an, als wollten sie sagen: *Dürft ihr überhaupt hier sein?* Es könnte allerdings auch an unserer Kleidung liegen. Aber egal, wir verschwinden über die Treppe nach unten.

Als wir über den Damm rennen, fällt mir auf, dass die Flut hereinströmt; die Tümpel zwischen den Felsen stehen voll Wasser und es schwappt auch über die Ränder des Betons. Gut, dass wir zurückgehen. Die Gezeitentabelle hängt an beiden Enden des Damms aus, doch immer wieder werden Leute von der Flut überrascht (eingeschlossen), und alle Kinder von Whitley Bay wachsen mit Horrorgeschichten über Leute auf, die dennoch versucht haben, das Festland zu erreichen, und von der Flut hinausgezogen wurden.

Lady springt an mir hoch, als wir den Strand erreichen, offensichtlich ängstigt sie die Clownsmaske weniger als die völlige Abwesenheit des Kopfes. Wer könnte ihr das verübeln? Die Zwillinge sehe ich nicht, doch die Maske beschränkt mein Gesichtsfeld – sie könnten ganz nah sein, vielleicht hinter einem Felsen.

Egal, dafür hab ich jetzt keine Zeit.

Lady schnüffelt an meinen Füßen, um sich zu überzeugen, dass ich es wirklich bin, dann legt sie sich auf den Rücken, damit ich ihr den Bauch kraulen kann, was ich nur zu gern mache, obwohl es sich seltsam anfühlt mit den Handschuhen.

»Du verrückter Hund. Was war denn bloß los?« Ich versuche, sie zu beruhigen, denn ich habe Angst, sie könnte erneut ausflippen.

Ich greife nach dem Halsband, aber es ist nicht da. Deshalb mache ich eine Schlaufe in die Leine, die ich mitgenommen habe, und lege sie Lady um den Hals. Gleichzeitig luge ich durch die Löcher der Maske, um herauszufinden, wo die Zwillinge sind, in der stillen Hoffnung, dass sie abgehauen sind und dass Boydy hinter mir steht.

Unglücklicherweise stimmt weder das eine noch das andere.

Die Zwillinge sind genau vor mir.

Jarrow sagt als Erste etwas, sie blinzelt hinter ihren Brillengläsern.

»Ist das etwa dein Hund? Haben wir gefunden. Wollten … was zum Teufel?«

Ich habe den Kopf gehoben und nun starrt Jarrow auf die Clownsmaske.

»Ach, das ist … für einen wohltätigen Zweck«, sage ich. »Ich darf sie nicht absetzen, sonst gibt's keine Spende.«

»Momentchen. Die Stimme kenn ich«, sagt Jesmond. »Du … du bist doch in meiner Klasse, wie heißt du noch mal?«

Ich zögere lange genug, dass Jarrow einspringen kann. »Klaro. Das ist Pizzafresse! Schlaue Sache, das mit der Maske.«

Sie kichern. Beide sprechen den breiten regionalen Dialekt.

Der nordöstliche Zungenschlag ist normalerweise ein weiches, musikalisches Auf und Ab, sehr fröhlich und freundlich. Nur bei manchen Leuten klingt er hart und aggressiv – wie bei den Zwillingen, als würden sie beim Sprechen Lippen und Zähne fest zusammenbeißen.

Jarrow dreht sich weg und sagt leise was zu ihrem Bruder. Sie prusten los.

Wenn ich allein wäre, würde ich mich umdrehen und mit Lady weggehen. Das ist meiner Erfahrung nach das Einzige, was bei solchen Leuten hilft. Aber inzwischen steht Boydy neben mir.

»Alles in Ordnung, Ess?«, fragt er. Das reicht, um die Zwillinge in eine Stimmung zu versetzen, die alles noch schwieriger macht.

»He, Dickerchen. Wie geht's, Stinker?«, fragt Jesmond.

Boydy tut so, als hätte er die Beleidigung nicht gehört. »Danke, gut. Haben den Hund gesucht und endlich gefunden.«

»Aye. Dank uns. Den haben wir nämlich gefunden. Wollten ihn gerade zurückbringen, was, Jarrow?«

Ich schalte mich ein. »Wo ist denn sein Halsband?«

Jarrow sieht mich an und blinzelt. »Hatte keins. Dachten, is'n Streuner.«

»Hast du nicht eben gesagt, ihr wolltet sie zurückbringen?«, frage ich. »Wohin denn? Ihr wart ja in die falsche Richtung unterwegs.«

»Momentchen«, sagt Jarrow. »Wir reden doch nich mit 'nem dämlichen Ronald McDonald. Runter mit der Maske.« Sie streckt die Hand aus und ich weiche zurück.

»Nein! Ich … wie gesagt, das ist für einen wohltätigen Zweck.«

»Wir sind auch wohltätig, was, Jez?« Mit einer schnellen Bewegung reißt Jarrow mir Ladys Leine aus der Hand und gibt sie ihrem Bruder.

Jesmond nickt.

Jarrows schrille Stimme bekommt einen bedrohlichen Unterton. »Woher soll ich denn wissen, dass es dein Köter is? Wir könnten den Streuner auch zur Polizei bringen. Weißt ja, was die da mit denen machen.«

»Nur zu.« Eine leere Drohung erkenne ich, selbst wenn ich ängstlich und durcheinander bin. Unter anderen Umständen hätte ich wahrscheinlich laut losgelacht. »Sie hat einen Mikrochip. Da seid ihr dran, wegen Diebstahl.«

»Mikrochip?« Jarrow beugt sich zu Lady. »Hier ungefähr?« Sie legt die Hand auf Ladys Nacken, genau dorthin, wo die Mikrochips bei Hunden sitzen. »Unter der Haut? Kein Problem für uns, was, Jez?«

Jesmond schüttelt den Kopf. »Is schnell verheilt beim letzten Mal.«

Sie drehen sich um und laufen los, mit Lady an der Leine. Mir ist übel. Hab ich das richtig verstanden? Sicher nicht.

»Wartet!«

Sie drehen sich grinsend um.

Ich werde an das Gute in ihnen appellieren, falls es so etwas überhaupt gibt. »Gebt sie uns bitte wieder.«

»Deine Oma freut sich sicher ein Loch innen Bauch, wenn sie wieder da is, was?«, fragt Jesmond. Ich nicke.

Er fährt fort. »Eine Belohnung geht sicher in Ordnung für sie. Ihr wisst schon: *Belohnung für entlaufenen Hund*, wie auf den Steckbriefen. Normalerweise fünfzig Piepen.«

Jarrow geht einen Schritt vor. »Wir nehmen's gleich. Erspart deiner Oma 'ne Menge Ärger. Wie viel hast du? Zeig mal!«

Zögernd greife ich nach dem Zehn-Pfund-Schein in der Hosentasche, den mir Granny für Notfälle gegeben hat. Ob das einer ist?

Das Problem ist nur, dass ich mit dem Handschuh nicht in die Hosentasche komme. Jedenfalls nicht so leicht. Normalerweise würde man einfach den Handschuh ausziehen, aber dann würde auffallen, dass ich unsichtbar bin. Umständlich schiebe ich die Finger mitsamt Handschuh in die Tasche. Ich fasse den Geldschein und muss kräftig ziehen, um die Hand wieder rauszukriegen.

Das schaffe ich auch – doch der Handschuh bleibt in der engen Tasche stecken.

Mein Arm schwebt scheinbar ohne Hand ein paar Sekunden in der Luft, bevor ich mich wegdrehen kann. Es sieht aus, als hätte ich mir gerade die Hand vom Gelenk gezogen.

Ich höre, wie Jarrow nach Luft schnappt.

Jesmond flüstert: »Was zum … «

Doch ich habe es schon in Ordnung gebracht, drehe mich zurück und halte ihnen das Geld mit der nun wieder behandschuhten Hand entgegen.

Jarrow greift nach dem Schein. Sie will sich abwenden, aber ihr Bruder hält sie fest. Er blickt immer noch gebannt auf meine Hand.

»Hast du das gesehen? Was war …«

Ihm fehlen die Worte. Wer könnte ihm das verübeln? Ich glaube, er wollte eigentlich sagen: »Hast du gesehen, dass ihre Hand nicht da war, wo sie hingehört? Dass am Ärmel Schluss war? Der Handschuh steckte in der Hosentasche, aber wo war die Hand?« Doch Jesmond ist zu verwirrt, um ganze Sätze zu bilden. Außerdem redet Jarrow gerade.

»Momentchen, was ist mit dem Cockney? Hast du was dabei? Wie viel?«

Boydy hat sich bisher sehr ruhig verhalten. Ruhig? Vollkommen still. So groß, wie er ist, wirkt er doch eigenartig kraftlos, wenn es darum geht, den beiden Widerstand zu leisten.

»Nichts«, sagt er.

Jesmond hat sich inzwischen erholt und übernimmt seine Rolle beim Straßenraub, denn genau das ist es, auch wenn die Zwillinge keine Gewalt anwenden.

»Gar nichts? Du läufst hier rum und hast nicht mal Geld für'n Stück Kuchen dabei? Kauf ich dir nicht ab. Soll ich mal nachsehn?«

Jesmond geht drohend auf Boydy zu, das reicht schon. Boydy zieht eine Fünf-Pfund-Note und etwas Kleingeld aus der Hosentasche.

»Wusst ich's doch«, sagt Jesmond. »Besten Dank auch für die Belohnung. War nich nötig«, fügt er ausgesucht höflich hinzu.

Dann lässt er Ladys Leine fallen und geht mit seiner Schwester in die Richtung davon, aus der sie gekommen sind. Sie benehmen sich eigenartig, stecken die Köpfe zusammen und reden. Jesmond hält seiner Schwester die rechte Hand vor die Nase. Als sie zehn Meter entfernt sind, dreht sich Jarrow um.

»He, Pizzafresse! An deiner Stelle würd ich die Maske aufbehalten. Is 'ne Riesenverbesserung!«

21. Kapitel

Boydys Gesicht ist hochrot vor Ärger. Die Mundwinkel hängen unglücklich herunter, und ich weiß genau, dass seine Wut nicht nur den Zwillingen gilt, sondern auch sich selbst, weil er nicht den Mut aufgebracht hat, sich ihnen entgegenzustellen. Ich mache ihm keine Vorwürfe, doch das brauche ich auch nicht, er macht sich genug für zwei.

Gerade will ich ihm sagen, er soll damit aufhören, da bemerke ich eine Veränderung.

Erst kribbelt es in den Fingerspitzen, ein leichter Schmerz, der sich bis zur Kopfhaut ausbreitet. Als wir schon ein ganzes Stück weitergelaufen sind, spüre ich, wie der Schweiß in Strömen meinen Rücken runterrinnt. Meine Haut blubbert wie eine Brausetablette, die sich in Wasser auflöst.

»Warte, Boydy. Halt mal!«, rufe ich. »Ich fühle mich auf einmal ganz komisch.«

Mein Magen zieht sich zusammen und ich falle nach vorn auf die Knie und kotze in den Sand.

»Alles in Ordnung?«, fragt Boydy – völlig unnötig, denn offensichtlich ist es das nicht. »Soll ich Hilfe holen?«

Das Kotzen hört ebenso plötzlich auf, wie es begonnen hat. Ich rappele mich hoch und spucke noch mal, um den schlechten Geschmack im Mund loszuwerden. Dann ziehe ich den Handschuh aus, um mich im Gesicht zu kratzen.

Und da ist sie.

Meine Hand.

Ich ziehe auch den zweiten Handschuh aus und schaue in die Ärmel. Meine Arme sind zu sehen.

»Boydy, schau mal. Ich bin wieder da!«

Ich nehme Maske und Perücke ab.

Lady springt an mir hoch, sie ist wohl erleichtert, dass sie mich wieder sehen kann.

Boydy dreht sich um und grinst.

»Klar«, sagt er und nickt. »Das ist viel weniger seltsam, Ess.«

22. Kapitel

Eine Stunde später bin ich mit Boydy und Lady wieder zu Hause. Granny ist noch nicht da, müsste aber bald kommen. Ich stehe mit Boydy in der Garage und schaue mir die Sonnenbank an.

Boydy schüttelt den Kopf. »Warum sollte dich 'ne Sonnenbank unsichtbar machen? Dauernd benutzen Leute so was, is doch ganz harmlos. Was soll denn an der besonders sein?« Er überlegt. »Fragen wir die Frau im Bräunungsstudio?«

»Kann mir gut vorstellen, wie das läuft«, sage ich leicht sarkastisch. »›Hallo. Erinnern Sie sich noch an die Sonnenbank, die Sie mir gegeben haben? Hat mich unsichtbar gemacht.‹ Und spätestens am Nachmittag weiß es ganz Whitley Bay und dann ist es überall rum. Stell dir das mal vor: Zeitungen, Fernsehen, das Internet.«

»Falls sie dich nicht für völlig verrückt hält. Du wirst berühmt.«

»Genau. Ganz genau. Und das will ich nicht.«

»Echt nicht?« Er klingt ehrlich überrascht.

»Echt nicht. Falls ich jemals berühmt sein sollte – wobei ich nicht weiß, was daran so toll ist –, dann für etwas, was ich getan habe, und nicht für einen blöden Unfall auf einer Sonnenbank. Außerdem würde Granny es schrecklich finden. Wahrscheinlich hält sie es für gewöhnlich.«

Doch Boydy hört mir gar nicht zu. Er rümpft die Nase. »Mensch, Ess. Warst du das?«

Ich dachte, ich hätte unbemerkt gerülpst, aber offensichtlich doch nicht.

»Tut mir leid. Erwischt. Ein Rülpser, kein … du weißt schon. Wahrscheinlich eine Nebenwirkung.«

Er reißt die Augen weit auf, würgt beinahe beim Einatmen. »Was ist das? Das ist … unmenschlich.«

»Ich glaube, es sind die chinesischen Kräuter. Hab's wohl übertrieben, es rumort im Bauch und so …«

»Moment. Chinesische Kräuter? Wo hast du die her?«

»Aus dem Netz. Sollen gegen Akne …« Ich beende den Satz nicht, denn es dämmert uns beiden gleichzeitig.

23. Kapitel

In der Küche halte ich die Packung von Dr. Changs Haut-So-Klar in der Hand. Auf der Vorderseite lächelt mich eine junge Frau an und die Rückseite zeigt einen Chinesen im weißen Kittel. Die Beschriftung ist chinesisch, ausgenommen ein weißer Aufkleber, auf dem steht: *5 Gramm in Wasser jeden täglich.*

Mehr nicht.

»Hast du's abgewogen?«, fragt Boydy.

Ich zucke die Achseln. Wie peinlich. »Irgendwie schon.«

»Fünf Gramm Flüssigkeit ist etwa ein Teelöffel«, sagt er.

»Ach. Ich dachte ein Esslöffel.«

»Das sind fünfzehn Gramm. Und du hast es einmal am Tag genommen?«

»Manchmal öfter.« Ich murmele in mich hinein wie ein Kind, das an der Keksdose erwischt worden ist, doch aus Scham und nicht, weil ich den Mund voller Krümel habe.

»Also … dann könnte eine heftige Überdosis von einer unbekannten, nicht zugelassenen Substanz zusammen mit einer heftigen Überdosis UV-Strahlen von einer ausrangierten Sonnenbank dich unsichtbar gemacht haben?«

»Äh, ja.«

Sieht so aus.

Boydy öffnet meinen Laptop auf dem Küchentresen. »Von welcher Website hast du den Kram?«, fragt er.

Ich sage es ihm und er tippt die Adresse ein.

Fehler 404. Die von Ihnen angeforderte Seite wurde nicht gefunden.

Er versucht es noch einmal für den Fall, dass er sich vertippt hat, doch es kommt dieselbe Meldung.

Dann tippt er den Namen in die Suchmaske. Es gibt nur drei Ergebnisse, die alle zur Meldung führen, dass die Seite nicht gefunden werden kann.

Mir wird ganz kalt vor Angst, doch dann höre ich, wie jemand die Vordertür aufschließt. Lady schießt davon, um Granny zu begrüßen.

Schnell holt Boydy den Beutel mit dem Pulver aus der Schachtel und steckt diese in die Hosentasche.

»Vielleicht kann ich das übersetzen lassen«, sagt er. In dem Moment kommt Granny in die Küche.

Sobald sie Boydy sieht, richtet sie sich auf und lächelt.

Ich glaube, sie ist einfach nur froh, dass ich Besuch habe. Es kommt nicht oft jemand vorbei. Zuletzt Kirsten Olen und das ist schon ewig her.

Ich stelle sie einander vor und Boydy vermasselt es nicht. Er steht auf, gibt ihr die Hand, schaut sie dabei an und lächelt. Als hätte sie ihm das beigebracht.

»Bleibst du zum Tee, Elliot?«, fragt sie strahlend, weil ich jemanden mitgebracht habe, der nicht leise murmelnd auf seine Schuhe starrt.

»Nein, vielen Dank, Mrs Leatherhead. Ich muss los. Schön, Sie kennengelernt zu haben.«

Wow, denke ich, dann beherrscht er also auch die Regeln. Das ist ja, als würde man einer Geheimgesellschaft angehören.

24. Kapitel

Granny macht Tee, und ich versuche, so zu tun, als hätte ich nicht den seltsamsten Tag meines Lebens hinter mir.

Das Radio läuft. Granny hört immer Radio 3 oder Classic FM. (Manchmal fragt sie mich nach dem Komponisten, und wenn es ein Orgelstück ist, sage ich meistens »Bach« und liege damit in der Hälfte der Fälle richtig. Die falsch geratenen vergisst sie, deshalb ist sie vollkommen zu Unrecht der Meinung, ich wüsste jede Menge über klassische Musik.)

Wart ihr jemals in einer Situation, wo jemand nett und freundlich mit euch geplaudert hat, doch euch war es vollkommen egal? Und ihr konntet nichts sagen, weil das unhöflich gewesen wäre, und musstet so tun, als würdet ihr aufpassen, indem ihr an den richtigen Stellen etwas gesagt oder getan habt? Augenbrauen heben, »hmm« murmeln und so weiter, ihr wisst schon, was ich meine.

So ist das gerade mit Granny.

Sie quatscht über … genau das ist es ja gerade. Ich höre gar nicht zu, deshalb weiß ich auch nicht, worüber sie quatscht. Ich krieg irgendwas mit von Reverend Robinson und seiner Predigt am Morgen, von Mrs Abercrombie und der Tafel-Organisation und von irgendwas, das mit irgendwas anderem zu tun hat, und …

»Ist alles in Ordnung, Esther?«

»Hmm? Ja, danke. Alles super.«

»Nur weil ich gerade über Mrs Abercrombies Geoffrey geredet habe und du nichts dazu gesagt hast.«

Nun stellt sich raus – denn Granny erzählt mir alles noch mal und diesmal passe ich gut auf –, dass Mrs Abercrombies Yorkshire Terrier Geoffrey es auf die Liste der vermissten Hunde geschafft hat.

Ich tue so, als würde es mir leidtun, aber:

a) Ich bin viel zu erschöpft, um Mitleid mit irgendwem zu haben.
b) Geoffrey ist – auch wenn er nur drei Beine hat – ein widerlicher Köter. Vielleicht hat er sich diese Übellaunigkeit zugelegt, um das fehlende Bein zu kompensieren.

Und …

c) In meinem Kopf ist gerade nur für eine Sache Platz.

Ich habe ja vorhin gesagt, dass mit Weinen Schluss ist.

Hab mich wohl geirrt.

Auf einmal kommen alle Gefühle hoch und ich sitze schniefend am Küchentisch. Granny nimmt mich in den Arm, obwohl sie gar nicht weiß, was los ist.

»Schon in Ordnung«, sagte sie. Aber woher will sie das bitte wissen?

Ich halte mich an ihr fest; das fühlt sich gut an. Ich rieche

Grannys Tee-Atem und die Blütenseife. In diesem Augenblick, in dieser Umarmung, scheint wirklich alles in Ordnung zu sein, und einen kurzen Moment gestatte ich mir zu vergessen, dass alles ganz und gar nicht in Ordnung ist. Dafür ist so eine Umarmung gut. Sie gibt mir die Stärke, noch einen Versuch zu wagen.

»Granny? Heute Morgen hab ich dir doch gesagt, dass ich unsichtbar geworden bin …«

Ich hoffe, dass sie mir zuhört, wenn ich ihr alles sage, was mir durch den Kopf geht.

Tut sie aber nicht. Stattdessen zieht sie sich einen Stuhl heran und macht genau da weiter, wo sie aufgehört hat: von dem Gefühl, dass die ganze Welt einen nicht wahrnehme, dass man schreien müsste, um Gehör zu finden, dass die Leute durch einen hindurchschauten, als wäre man unsichtbar. Und so weiter. Sie ist richtig nett und so, aber es hilft mir nicht.

In meiner Kehle stauen sich Wörter an, die ich sagen will: »Nein, ich war wirklich unsichtbar.«

Aber ich schlucke sie wieder runter.

»Ich bin müde«, sage ich. »Ich gehe am besten ins Bett.«

»In Ordnung, mein Spatz. Ich bring dir gleich einen warmen Kakao.«

Ich gehe hoch und schaue mich wieder und wieder im großen Badezimmerspiegel an. Alles scheint ganz normal zu sein – kein Stückchen von mir ist unsichtbar.

Und noch was: Ich glaube, meine Pickel sind ein bisschen weniger geworden. Wirklich – so ist es. Das bilde ich mir sicher nicht ein.

Ich fühle mich sehr allein und deshalb denke ich an Mum.

Schon ewig habe ich den Schuhkarton mit Mums Sachen nicht mehr geöffnet. Er steht auf dem Regal neben meinen Büchern und Kuscheltieren. Ich hole ihn runter, hebe den Deckel ab und nehme die Sachen nacheinander raus.

WAS IM KARTON MIT DEN SACHEN MEINER MUM IST

- Das T-Shirt, von dem ich schon erzählt habe. Ich atme den Duft tief ein; es wirkt wie ein Zauber, beruhigend und tröstend. Dann halte ich es hoch und stelle mir vor, wie Mum in dem schwarzen Teil ausgesehen hat. XS steht dort als Größenangabe, Mum war also nicht besonders groß. (Ich breite das T-Shirt auf dem Bett aus.)

- Als Nächstes nehme ich die Karte. (Ich lese die Zeilen, obwohl ich sie auswendig kenne, aber ich stelle mir gern vor, wie sie den Stift hält, mit dem sie die Worte schreibt. Vielleicht trug sie dunklen Nagellack und ihre Hände waren sehr weiß und schmal.)

- Es gibt drei verschiedene Bean-Bag-Kätzchen. Eins schwarzweiß, eins getigert und eins rosarot. Eigentlich sollten es vier sein, denn ich habe den kompletten Satz mal in einem Spielzeugladen gesehen – das blaue Kätzchen fehlt. Namen habe ich ihnen nie gegeben, denn falls Mum ihnen schon welche gegeben hat, möchte ich sie nicht anders nennen. (Ich stelle sie in einer Reihe auf das T-Shirt.)

- Eine kleine Packung Haribo. Das ist vielleicht etwas seltsam, aber Granny sagt, Mum hätte sie so gern gemocht und auf ihrer Beerdigung hätte jeder eine Packung bekommen. Daran kann ich mich nicht mehr so genau erinnern, aber mir gefällt die Vorstellung, dass Leute auf einer Beerdigung Süßigkeiten essen, obwohl ich offensichtlich meine nicht gegessen habe, deswegen habe ich sie ja noch. (Die Packung lege ich neben die Kätzchen.)

- Das Letzte ist ein Flyer für das Konzert einer Sängerin namens Felina auf einem Festival am Kai in Newcastle. Doch Mum ist gestorben, bevor das Konzert stattfand. Ich stelle mir gern vor, dass sie sich ebenso darauf freute wie ich mich auf Weihnachten und ähnliche Feste.

25. Kapitel

Ich habe das schon unzählige Male gemacht, habe die Sachen aus dem Schuhkarton herausgenommen und vor mir ausgebreitet. Jedes Mal tue ich es auf die gleiche Weise und es macht mich nie traurig.

Doch dieses Mal werde ich traurig, völlig überraschend, was mich noch trauriger macht. Schnell packe ich die Sachen wieder ein, falls die Tränen kommen. Und dann sitze ich auf dem Bett und lausche meinen Atemzügen.

An dieser Stelle hätte die Sache mit der Unsichtbarkeit enden können. Nur ein seltsamer Tag, der vorbeiging, ohne dass irgendwer bestätigen konnte, dass ich die Wahrheit sagte – außer einem unbeliebten Jungen, der bekannt dafür ist, das Maul aufzureißen, sodass niemand ihm glauben würde.

Dabei hätte ich es belassen können. Das wäre ganz in Ordnung gewesen.

Doch dann hätte ich auch nie erfahren, wer ich wirklich bin.

Teil 2

26. Kapitel

Wenn mal was passiert, kommt schnell eins zum anderen. Zuerst ist es eigentlich kein großes »Ding«.

Es geht um Elliot Boyd. Eigentlich um Elliot Boyd und Kirsten Olen. Und um mich.

Den Anfang macht Boydy. Er glaubt auf einmal, wir sind beste Freunde, und hält sich schon seit Tagen andauernd in meiner Nähe auf – ist superfreundlich zu mir, wartet, bis ich mich fürs Mittagessen anstelle und nach Hause gehe –, was anderen schon aufgefallen ist.

Ich will gar nicht gemein zu ihm sein, aber er geht mir immer noch auf den Geist mit dem einseitigen Gequatsche über sich und Sachen, die ihn interessieren. Das Einzige, worüber er reden will – abgesehen vom Leuchtturm –, ist meine Unsichtbarkeit, und darüber können wir natürlich nicht mit anderen reden, sondern nur miteinander. So teilen wir ein Geheimnis, und ich bin gezwungen, ihn zu ertragen. Noch dazu hat er die Verpackung von Dr. Changs Haut-So-Klar. Ich könnte mir selbst in den Hintern treten.

Die letzten Nachmittage habe ich schon in den Toilettenräumen neben den Spinden ausgeharrt, bis er aufgegeben hat und nach Hause gegangen ist. Gestern hat er ein halbe Stunde mit traurigem Gesicht dort rumgehangen. Beinah wäre ich rausgekommen.

Heute beim Mittagessen sind die Knight-Zwillinge nirgends zu sehen. Kirsten Olen, Aramynta Fell und Katie Pelling stehen in der Schlange bei der Essensausgabe. Schnell geselle ich mich zu ihnen, damit ich nicht allein bin, wenn Boydy auftaucht.

Die Mädchen sind in Ordnung. Es ist ja nicht so, dass ich Kirsten Olen nicht mag. Wir haben uns nicht verkracht, sondern nur irgendwie verloren.

Bei Aramynta bin ich mir nicht so sicher. Es geht schon los, als wir uns setzen (für alle Fälle achte ich darauf, dass weder rechts noch links neben mir ein Platz frei ist). Aramynta lächelt so zuckersüß, dass mir ganz kalt wird. Sie senkt die Lider, tut geheimnisvoll.

Oh Gott, das wird nicht gut enden – nicht mit diesem Lächeln. Es ist viel zu freundlich. Was mache ich eigentlich hier?

»Die Gang und ich, wir haben überlegt …«

Ach, bitte. »Die Gang«, das sind Aramynta Fell und noch ein paar andere am Tisch – wahrscheinlich gehört auch Kirsten Olen dazu, eine weitere Enttäuschung. Einzeln sind sie ganz in Ordnung. Katie Pelling hat mich mal die Hausaufgaben in Chemie abschreiben lassen, was richtig nett von ihr war. Doch als Gruppe sind sie ziemlich unangenehm. Ihr einziges Ziel im Leben scheint es zu sein, alle Verbote der Schule im Hinblick auf Make-up, Schmuck und kurze Röcke zu missachten. Wofür sie sich jede Menge Ärger einhandeln.

Mal ehrlich: Was soll das?

Aber egal, Aramynta fährt fort: »Wir haben überlegt, und wir glauben alle, dass deine Haut jetzt irgendwie viel besser ist.«

»Ähm … danke?«

Katie Pelling kichert los. Wenn Katie kichert, weiß man immer, dass noch irgendwas kommt, selbst wenn man keine Ahnung hat, was es sein könnte. Sie tut so, als müsste sie husten, aber darauf falle ich nicht rein.

»Geh da weg«, würde Granny sagen. »Geh weg und begib dich nicht auf ihr Niveau.«

Guter Ratschlag, aber wenn man nun mal wissen will, worum es geht?

»Und wir haben uns alle gefragt, ob das jetzt was Festes ist – mit dir und deinem Freund?«

Katie Pelling versucht nicht mehr, ihr Lachen zu verbergen, sie schnaubt geradezu – wobei ihr ungewollt Schnodder aus der Nase schießt, woraufhin alle anderen noch mehr lachen.

Aramynta ist sauer, weil die Mädchen die coole Verarsche ruiniert haben, aber sie behält den Unschuldsblick bei.

»Mein Freund?« Ich runzle die Stirn und gebe mir Mühe, möglichst erstaunt zu wirken, obwohl ich natürlich weiß, was sie meint. »Ich habe keinen Freund. Das weißt du genau, Aramynta.« Gut gemacht, sage ich mir, ruhig, aber bestimmt.

»Aber Boyd und du – ihr seht so süß zusammen aus! Nicht wahr, Kirsten? Sind sie nicht süß? Elliot und Esther. Esthiot!«

Kirsten nickt und bemüht sich, gleichmütig auszusehen. »Richtig süß. Für mich das perfekte Paar.« Das tut weh, denn mit diesem Satz verliere ich meine älteste Freundin.

»Du solltest auf der Hut sein, Esther. Alle Mädchen sind hinter ihm her.«

»Da muss sie sich keine Sorgen machen«, sagt Katie Pelling. »Ist genug von ihm für alle da.«

Noch mehr Gekicher und Gelächter.

Mir reicht's. Tagelang unterdrückte Gefühle steigen hoch und mir wird ganz heiß vor Wut.

»Dieser … Brocken ist nicht mein Freund. Wir sind nicht mal befreundet. Ich kann ihn nicht leiden. Wer tut das schon? Der nervt doch nur. Ich hasse ihn. Werde ihn einfach nicht los, wie einen üblen Geruch in der Nase.«

Das war billig. So sehr Boydy auch nervt, immerhin bin ich ihm nahe genug gekommen, um zu wissen, dass »Stinker« einfach nicht stimmt. Dennoch war das wohl deutlich genug: Aramynta und Kirsten machen große Augen.

Doch sie sehen nicht mich an, sondern an mir vorbei. Ich drehe mich nicht um, nur meine Lippen formen lautlos die Frage: »Ist er da?« Kirsten nickt kaum wahrnehmbar.

Ich stehe auf und nehme mein Tablett. Im Augenwinkel sehe ich Boydy, so nah, dass er sicher jedes Wort verstanden hat.

Ohne ihm richtig ins Gesicht zu schauen, weiß ich, dass er genauso traurig und verwirrt aussieht wie gestern im Flur bei den Spinden.

Ich hasse mich.

27. Kapitel

An eine Sache aus meiner frühen Kindheit kann ich mich noch erinnern: an Mums Beerdigung.

Granny sagt, es war eine ganz kleine Beerdigung, aber in meiner Erinnerung ist sie das nicht. Das liegt wohl daran, dass wir alle gern glauben, dass unsere Eltern wirklich wichtig sind, und dazu würde eine kleine Veranstaltung ja wohl kaum passen. Oder was meint ihr?

Auf alle Fälle ist die Kirche groß und statt einer Orgel spielt Rockmusik. Lauter, hämmernder Rock und jede Menge Leute, die Haribos futtern.

(Das ist übrigens kein Traum – jedenfalls halte ich es nicht dafür. Es muss eine Erinnerung sein, aber vielleicht haben sich andere Dinge eingeschlichen? So genau weiß ich es nicht, normalerweise wird auf Beerdigungen keine laute Rockmusik gespielt, aber das mit den Haribos stimmt ja auf jeden Fall.)

Granny ist da und Uroma auch, glaube ich. Sie sitzt in einem Rollstuhl. Und Granny ist wütend, aber nicht auf mich.

Sie ist nicht traurig, nur wütend, und wirkt hart und kalt wie die See an der Whitley Bay an einem Wintertag.

Das ist meine Erinnerung. Seltsam, oder?

Viel ist es nicht, das gebe ich zu.

Ich will euch ja keinen Schreck einjagen, aber wusstet ihr, dass die Asche von Toten im Grunde gar keine Asche ist? Es sind hauptsächlich pulverisierte Knochen. Die bleiben übrig nach der Einäscherung, wenn man die Toten verbrennt, statt sie in der Erde zu bestatten. Diese Asche bekommen dann die Angehörigen, um sie zu vergraben oder ins Meer zu streuen oder sonst was. So wird das heute bei den meisten Leuten gemacht, sagt Granny.

Wie ich darauf komme? Ich weiß, das klingt alles gruselig, aber ich bin auch gleich fertig. Die Antwort ist: Meine Mum hat kein Grab.

In sämtlichen Filmen, die ich gesehen, und Büchern, die ich gelesen habe, haben die Toten Gräber. Die Überlebenden – meistens der Mann oder die Freundin oder so – gehen ans Grab und reden mit den Toten, erzählen aus ihrem Leben. Dann legen sie Blumen aufs Beet oder berühren den Grabstein, und es ist alles so schön und traurig, dass ich oft an diesen Stellen weine.

Doch ich kann das nicht – ich kann das Grab meiner Mutter nicht besuchen, weil sie eingeäschert wurde.

Wenn ich es recht überlege, weiß ich nicht einmal, was mit ihrer Asche passiert ist. Ich muss Granny danach fragen.

Warum ich das alles jetzt erzähle?

Vermutlich, um mich zu bestrafen. Die Sache mit Boydy hat mich vollkommen aus der Bahn geworfen, und ich habe es verdient, mich schlecht zu fühlen, deshalb denke ich an Mum.

Die meisten würden wahrscheinlich glückliche Erinnerungen an ihre Mum heraufbeschwören. Ich nicht.

Außer wenn ich mir die Sachen im Schuhkarton anschaue.

(Und selbst dann bin ich nicht richtig glücklich.)

Stattdessen bin ich weiter traurig und fühle mich schuldig. Das ist einer der Gründe, warum ich beschließe, ein zweites Mal unsichtbar zu werden. Was – gelinde gesagt – nicht zu empfehlen ist.

28. Kapitel

Über eine Woche ist vergangen und ich habe Uroma noch immer nicht wieder besucht.

Ganz ehrlich, ich glaube langsam, ich habe mir das alles nur eingebildet. Ihr wisst schon: die Sache mit dem heimlichen Zeichen, dass ich allein wiederkommen soll. Warum sollte Uroma so etwas tun? Wieder und wieder bin ich die Szene im Kopf durchgegangen und eigentlich war es ja nur ein Blick.

Uroma ist hundert. Es könnte auch gar nichts bedeuten.

Doch instinktiv weiß ich, dass es nicht so ist. Da war etwas – Uroma wollte mir was Wichtiges sagen.

Auf dem Heimweg (allein natürlich) fiel mir ein neuer Zettel zwischen den Anschlägen von vermissten Haustieren am Laternenpfahl auf. Es ging um Geoffrey. Unter seinem Foto stand folgender Text:

VERMISST
Yorkshire Terrier mit fehlendem Vorderbein
Rotes Halsband
Hört auf den Namen Geoffrey

Nachrichten an Mrs Q. Abercrombie
07974 377 337
BELOHNUNG

Das gemeinsame Teetrinken mit Granny ist heute mehr als seltsam. Sie ist sehr still. Und da ich mich wegen der Sache mit Boydy schlecht fühle und Granny ihren Gedanken nachhängt, nippen wir in vollkommenem Schweigen an unserem Tee.

Außerdem gibt es gekaufte Kekse. Das ist *äußerst* außergewöhnlich.

Ich sage nichts dazu.

Später schicke ich Boydy eine Nachricht aufs Handy. Noch nie ist mir etwas so schwergefallen.

> Hi. Tut mir leid wegen gestern. So denke ich gar nicht. Wieder Freunde?

Dreizehn Wörter. Ich frage mich gerade, ob das ausreicht, als eine Antwort kommt.

> Zu spät. Vergiss es. Brocken? Ich dachte, manche Dinge wären tabu. Offensichtlich nicht.

Er hat also alles mitbekommen, auch den »Brocken«. Das ist nicht dasselbe wie fett, spielt aber in der gleichen Liga. Warum hab ich das bloß getan?

Boydy hat bei unseren Begegnungen nicht ein einziges Mal etwas über meine Pickel gesagt oder überhaupt über mein Äußeres. Nur einmal hat er erwähnt, meine Haare würden nett aussehen – und da ist er so rot geworden, dass ich glaube, er hat es sofort bereut.

Und ich habe mich nie zu seinen Maßen geäußert.

Manches verbietet sich einfach, ganz egal, wie sauer man ist. Bemerkungen über Boydys Gewicht gehören dazu, das wird mir jetzt klar. Die Nachricht zeigt deutlich, wie verletzt er ist.

Er hat mir mal anvertraut, dass er immer schon »kräftig« war und wie schlimm er das fand. Nun habe ich es noch schlimmer für ihn gemacht.

Andere Menschen zu verletzen, gehört sicher auf Grannys Liste der »ziemlich gewöhnlichen« Dinge. Wenn ich es mir recht überlege, gehören verletzende Bemerkungen über das Aussehen sehr wahrscheinlich auf die Liste »fürchterlich gewöhnlich«.

Um mich auf andere Gedanken zu bringen, gehe ich auf die Website der Schule. Miss Hall hat gesagt, sie würde meine Hausarbeit online stellen, aber da ist sie nicht oder ich finde sie einfach nicht. Beim Herumklicken sehe ich die Ankündigung für *Whitleys Supertalent*. Die Show findet morgen statt und Boydy ist einer der Teilnehmer.

Unvermeidlich, was sonst. Wenn es jemanden gibt, der sich nicht durch völlige Talentlosigkeit von der Teilnahme an einem Talentwettbewerb abhalten lässt, dann ist es der übertrieben selbstsichere Boydy. Er hatte mir schon von dem Auftritt erzählt, in einem seiner Heimweg-Monologe, aber es war im allgemeinen Boydy-Gebrabbel untergegangen.

Seit gerade einmal einem Monat nimmt er Gitarrenstunden und bei dieser Konkurrenz ist er jetzt schon erledigt:

- Eine Thrash-Metal-Band namens *Mother of Dragons* aus der Zehnten, die schon mal in der Aula gespielt hat und richtig laut und gut ist,
- Savannah und Clem Roeber – Paartanz zu moderner Musik wie im Fernsehen. Sie sind ebenfalls gut,
- Nilesh Patel aus der Elften, der richtige Stand-up-Comedy macht und nicht nur eine Reihe von auswendig gelernten Witzen abspult.

Alle sind gut. Sie werden ihn niedermachen. Der arme Boydy kann nicht die Bohne spielen und sie werden ihn ausbuhen.

Na gut, ausgebuht wird er wohl nicht, denn das ist nicht erlaubt. Aber alle werden schweigend zuschauen, halbherzig applaudieren und ihn in alle Ewigkeit damit aufziehen.

Mir wird Folgendes klar:

a) Ich möchte nicht, dass ihm so was passiert. Und …
b) falls ich es irgendwie verhindern kann, wird er mir vergeben, dass ich mir mit Aramynta Fell & Co. das Maul über ihn zerrissen habe.

Das ist der Augenblick, an dem ich beschließe, erneut unsichtbar zu werden. Ich will Boydy retten. Das ist das Mindeste, was ich tun kann, nachdem ich ihn so verletzt habe.

Dennoch ist es schon eigenartig, wie schnell mir dieser Gedanke in den Kopf kommt. Ich starre nur auf die Ankündigung auf dem Monitor und schon – plopp – ist er da. Das beruhigt mich. Es muss ja ein guter Plan sein, wenn er mir so schnell einfällt. Oder etwa nicht?

Was meint ihr? Es ist weniger bekloppt, als es sich anhört. Ein bisschen zumindest.

Während Boydys Auftritt werde ich auf die Bühne gehen. Unsichtbar, wenn ich es schaffe, mir an diesem Tag von der Schule freizunehmen, und den Morgen auf der Sonnenbank verbringe. Ich werde Boydy Anweisungen ins Ohr flüstern und ihm die Gitarre aus den Händen nehmen, was wie ein fabelhafter Zaubertrick wirken wird: die schwebende Gitarre.

Ich kann tatsächlich ein bisschen Gitarre spielen, auf jeden Fall besser als Boydy. Deshalb werde ich auf der Gitarre ein paar Akkorde anschlagen und er wird die leeren Hände wie ein Zauberer bewegen und sein Auftritt wird mit wunderbarem, donnerndem Applaus belohnt werden.

Hört sich super an, oder?

Nein, gar nicht. Im Detail klingt der Plan vollkommen lächerlich, Fantasien eines von Kräutergebräu und zu vielen UV-Strahlen benebelten Hirns.

Denkt, was ihr wollt, aber ich habe mich bereits entschieden. Klar ist es ein Risiko. Aber Nebenwirkungen hat es beim letzten Mal … nicht gegeben. Meine Haut ist besser geworden. Ich kann mir sogar einbilden, dass meine Haare mehr glänzen, und könnte versuchen, sie zurückzuwerfen wie Aramynta Fell. (Lieber nicht, sonst sehe ich noch aus wie ein verrücktes Pferd, das lästige Fliegen vertreibt.)

Es ist also beschlossene Sache. Aber zuerst muss ich noch was anderes erledigen. Heute Abend werde ich Uroma allein besuchen und herausfinden, was sie mit diesem Blick gemeint hat – falls sie irgendwas gemeint hat –, den sie mir an ihrem Geburtstag zugeworfen hat.

Granny ruft von unten: »Ich bin dann weg. Tschüss, mein Spatz. Es wird heute nicht so spät.«

Heute ist Grannys »Konzertabend«. Etwa einmal im Monat geht sie mit ein paar Freunden ins Theater. Klassische Musik oder Jazz – hauptsächlich Musik für alte Leute.

Heute fängt das Konzert früh an. Um sechs im Whitley Bay Theater. Ein Jazz-Quartett. Um acht ist Schluss.

Also bleiben mir etwas mehr als zwei Stunden, um zum Altenheim zu fahren und herauszufinden, warum Uroma sich an ihrem Geburtstag so eigenartig verhalten hat.

29. Kapitel

Es ist sieben, als ich am Klosterblick ankomme, und ich bin klatschnass – außen vom Regen, der genau in dem Moment anfing, als ich aus der Tür trat, und darunter vom Schwitzen in der wasserdichten Jacke.

Ich bin mit der Bahn gekommen und habe Lady dabei. Es ist immer nett, mit Lady bei Uroma zu sein, denn wenn Uroma im Schweigemodus ist (so wie normalerweise), können wir Lady streicheln, der es egal ist, was man sagt, solange man ihr den Bauch krault. Außerdem lächelt Uroma, sobald sie Lady sieht.

Es sind nur drei Stationen bis Tynemouth. Und dann fünf Minuten am Meer entlang im salzigen Nordseeregen.

Ich gehe also mit Lady an der Leine durch die Eingangstür des *Klosterblick Seniorenheims,* da kommt mir ein Mann entgegen. Er passt nicht auf und rennt mich fast um, aber nur fast. Doch sofort fällt mir auf, dass er Raucher ist, eine Fahne von altem Zigarettenqualm umgibt ihn.

Er tippt irgendwas in sein Handy, schaut kurz hoch und mich an. Eigentlich ganz normal, aber auch irgendwie beunruhigend und verwirrend.

Wir sagen beide: »Entschuldigung!« Wie man das so sagt. Er bleibt vor mir stehen, verstellt mir den Weg, nicht bedrohlich oder so, doch er betrachtet mich prüfend.

Dann senkt er den Blick, als wäre ihm das Starren aufgefallen, und sagt: »Hübscher Hund!«

Habt ihr einen Hund? Ob nun ja oder nein, »hübscher Hund« ist der allgemein übliche Beginn einer Unterhaltung zwischen Leuten, von denen mindestens einer einen Hund hat. Etwa so wie Gespräche über das Wetter, nur nicht so langweilig.

Es läuft folgendermaßen ab:

»Hübscher Hund.«

»Ein Er oder eine Sie?«

»Welche Rasse?« (Das wird nur gefragt, wenn die Rasse nicht offensichtlich ist. Bei einem Hund wie Lady fragt man: »Ein Labrador, nicht wahr?«)

»Wie alt ist sie/er denn?«

»Wie heißt sie/er?«

Das ist es in etwa. Dann kann man sprechen, worüber man will, und wenn man nicht will, geht jeder seiner Wege.

Und so ist das auch mit dem Mann, wenn auch ein wenig unbehaglicher, denn:

a) Wir stecken beide im Eingang eines Altenheims fest und
b) er starrt mich weiterhin an.

Eigenartigerweise macht mir das keine Angst, was ja normal gewesen wäre. Ein Unbekannter, der einen anstarrt, ist schon Grund, Angst zu bekommen, aber in dem Fall offensichtlich nicht. Sobald ich aufschaue, trifft mich sein starrer Blick.

Er ist noch relativ jung – Anfang dreißig, vermute ich – angezogen wie ein Lehrer. Cordhosen, Hemd mit offenem Kragen, ein Pullover mit V-Ausschnitt und glänzende Schuhe. Er hat kurze fahlblonde Haare, ein schmales Gesicht und vollkommen ebenmäßige, viel zu weiße Zähne, mit denen er mich angrinst – ein wenig zu breit für jemanden, dem man gerade erst begegnet ist.

Lady schnüffelt an seinen Schuhen und wackelt mit dem Schwanz, und als der Mann die Hand ausstreckt, um ihr den Kopf zu streicheln, fällt mir etwas auf, das – für mich zumindest – nicht zu dem vernünftigen Erdkundelehrer-Outfit passt: Auf Zeige- und Mittelfinger sind gelbliche Nikotinstreifen. (So etwas habe ich bislang nur bei dem abgerissenen alten Mann in der Kirche gesehen, den Granny immer grüßt, weil sie meint, dass es sonst niemand tut.)

»Also, ich geh dann besser, ähm …«, sage ich und recke den Kopf in Richtung Innenräume.

»Ja, klar, natürlich«, sagt er, als wäre es ihm plötzlich peinlich.

Er hat einen Londoner Akzent. Stammt sicher nicht von hier. Einen Moment überlege ich, ob er vielleicht Boydys Vater ist oder so. Aber warum sollte der hier sein?

»Tschüss, ähm … wie war noch mal dein Name?«

Okay, das macht mir jetzt doch Angst. Hundegespräche führen normalerweise nicht dazu, dass man sich vorstellt.

»Esther«, sage ich. Es sollte gar nicht so kühl klingen, wie es rauskommt.

»Schön.« Er hört sich auf einmal matt an. »Na, dann tschüss, Esther. Und tschüss, Lady.«

»Wiedersehen.«

Er geht die Stufen hinunter, doch der Geruch nach kalten Zigaretten bleibt. Lady und ich spazieren an der warmen, mit Teppichboden ausgelegten Rezeption vorbei zu Uromas Zimmer. Als ich mich an der Ecke umschaue, steht der Mann immer noch auf den Stufen, zündet sich eine Zigarette an und blickt sofort weg, beschämt, weil ich ihn beim Hinterherschauen ertappt habe.

»Igittigitt, Süße – du tropfst!«, sagt jemand vom Personal, als ich reinkomme. Lady schüttelt sich gründlich, aber die Frau ist nicht sauer, sondern lacht nur. Sie kennt mich vom Sehen, weiß aber nicht, wie ich heiße.

»Willst du deine Oma besuchen?«

»Meine Uroma.«

»Die hatte gerade ihre heiße Milch. Ist jetzt auf.«

»Wie geht's ihr?«

Die Schwester schweigt, überlegt offensichtlich, wie viel sie mir erzählen kann. »Mal so, mal so. Besser und manchmal auch schlechter. Nicht ganz bei sich heute. Aber sie freut sich sicher. Du bist schon der zweite Besuch.«

Ich kenne sonst niemanden, der Uroma besucht, aber ich weiß ja auch nicht alles über sie.

Lady und ich patschen mit nassen Füßen und Pfoten über den Flur am Zimmer vom alten Stanley vorbei. Wie immer sitzt er am Fenster und schaut in den Flur, hebt die Hand zu einem schwachen Gruß – wohl mehr an Lady als an mich gerichtet, aber das ist mir egal. Ich bleibe stehen.

»Hallo, Stanley«, sage ich.

Ich würde ihn auch mit dem Nachnamen anreden, aber den kenne ich nicht. Wahrscheinlich hört er mich gar nicht.

Dann stürmt eine Schwester ungeduldig an mir vorbei ins Zimmer.

»Okay, Stanley, mein Schätzchen. Ich hab deine Zäpfchen!«, brüllt sie.

Ich wende mich ab. Mehr möchte ich über Stanleys Abführmittel gar nicht erfahren.

Uroma sitzt genauso da wie beim letzten Mal, aber sie reagiert kaum. Scheint mich nicht zu erwarten, obwohl ich im Klosterblick Bescheid gesagt habe, dass ich komme.

Ihr Stuhl steht am großen Fenster und die Hände liegen unter der Decke mit dem Schottenmuster.

»Hallo, Uroma«, sage ich. Lady schiebt den Kopf unter Uromas Arm, will gestreichelt werden.

Uroma reagiert nicht, sie starrt hinaus; ihr Kiefer mahlt. Vielleicht hat sie etwas Süßes im Mund, ein Pfefferminzbonbon zum Beispiel. Die mag sie nämlich.

»Wie geht es dir? Du siehst gut aus. Ich mag die Strickjacke. Ist die neu?«

Nach jeder Frage mache ich eine kurze Pause, und wenn Uroma nicht antwortet, tue ich so, als hätte sie es getan. Das habe ich von Granny – so macht sie das immer.

Ich erzähle von der Schule, was dazu führt, dass ich von Aramynta Fell und ihrer Gang spreche und wie schrecklich sie sind. Dabei versuche ich, witzig zu sein, was aber nicht so einfach ist, wenn man keine Reaktion bekommt.

Von Aramynta komme ich auf Boydy, und bevor ich weiß, wie mir geschieht, habe ich Uroma schon alles darüber erzählt, wie ich unsichtbar geworden bin.

Ich weiß, das hätte ich nicht tun sollen, aber selbst wenn sie es weitererzählt, wer würde ihr schon glauben? Man würde es für das Geschwafel einer alten Frau halten. Als mir das klar wird, fühle ich mich schuldig, weil ich Uromas Schweigen ausnutze. Sie sitzt einfach da, schaut hinaus in den Regen, der ans Fenster pladdert, und lutscht ihre Süßigkeit. Schon seit zehn Minuten. Vielleicht wollte ich sie ja insgeheim einweihen.

Lady hat sich zu Uromas Füßen ausgestreckt und hält ein Nickerchen.

Dann machen wir eine Gesprächspause. Besser gesagt: Ich mache eine Pause. Eine einseitige Unterhaltung ist ziemlich anstrengend. Was hat sie überhaupt gehört? Und was hat sie verstanden?

Dann sagt sie was: »Unsichtbar.«

Nur das. Mehr nicht. Aber nun weiß ich, dass ich meinen Atem in den letzten zehn Minuten nicht komplett verschwendet habe. Ich quatsche weiter.

»Ich habe gehört, du hattest heute noch einen Besucher. Wer war das denn? Ein alter Freund aus Culvercot? Ist doch schön, Besuch zu haben, oder?«

Oje, so langsam geht mir der Gesprächsstoff aus. Nicht weiter schlimm, denn Uromas Kopf ist nach vorn gesunken und sie ist in ihrem Sessel eingeschlafen. Ich stehe auf und will gehen; Lady springt auch hoch.

In dem Augenblick kommt eine Schwester rein.

»Okay, Lizzie. Wollen wir zu Gemeinschaftsraum? Da läuft *EastEnders.* Wir nehmen Rollstuhl und fahren hin.« Sie hat einen ausländischen Akzent. Ich weiß nicht, was für einen, aber sie spricht ein bisschen wie Nadiya aus der siebten Klasse, die kommt aus Litauen.

»Sie schläft«, sage ich.

»Schläft? Glaub ich nicht – Lizzie doch nicht. Du schläfst nicht, Lizzie?«, ruft sie.

Uromas Lider flattern. Sie scheint überrascht, dass ich da bin.

»Da bitte. Sie hat nur Augen ausgeruht.«

»Entschuldigung«, sage ich so freundlich wie möglich zu der Schwester. »Wer war denn der Besuch, der heute hier war?«

Die Schwester sieht mich nicht an. »Besuch? Was ein Glück. Zwei an eine Tag.« Dann dreht sie den Kopf zu mir. »Tut mir leid, Schätzchen. Bin gerade angefangen. Schau in Besuchbuch. Da müssen alle reinschreiben.«

Ich aber nicht. Die scheinen hier ziemlich entspannt zu sein, was diese Regel angeht.

»He, Lizzie. Heiß unter Decke? Komm, wir nehmen weg.«

Die Schwester hebt die Decke hoch. Uromas Hände haben die ganze Zeit darunter gelegen. Sie umklammern ein Stück festes Papier.

Es ist ein Foto. Ein altes, die Oberfläche glänzt.

Ich weiß sofort, wer der Mann ist – mein Vater mit Bart und schmuddeligem Haar. Er hat ein Kind im Arm, das könnte ich sein oder auch nicht (es ist etwas verwackelt). Von hinten beugt sich eine Frau über ihn, sie lächelt und hat eine Hand auf meinen Fuß gelegt, als würde sie unbedingt mit aufs Foto wollen und zeigen, dass sie dazugehört.

Doch es ist nicht meine Mutter. Ihr Mund ist stark geschminkt und in dem Wust von kastanienbraunen Locken thront eine dunkle Sonnenbrille. Sie kommt mir vage bekannt vor, wie jemand Berühmtes, eine Rocksängerin vielleicht, aber ich habe keine Ahnung, wie sie heißt.

Was hat eine Frau, die nicht meine Mutter ist, auf einem solchen Foto zu suchen? Vielleicht die Schwester meines Vaters? So gesehen könnte es einfach irgendjemand sein.

Irgendjemand Wildfremdes.

Doch so ist es nicht, oder?

Uroma wollte mir das Foto zeigen, deshalb sollte ich noch einmal herkommen.

30. Kapitel

Uroma dreht und wendet das Bild mit zitternden Fingern und sieht mich an.

»Bin ich das?« Ich nehme es ihr aus der Hand. »Wer ist die Frau?«

Uroma sieht mich nicht an. Ihr Mund bewegt sich und sie leckt mit der Zunge über die Lippen. Das kenne ich: So sammelt sie Kraft, um etwas zu sagen.

»Wer bist du?« Ihr Blick ist klar.

Sie muss doch wissen, wer ich bin? In mir zieht sich alles zusammen, als mir dämmert, dass sie vielleicht doch den Verstand verliert. Wenn man nicht mal die eigene Urenkelin erkennt?

Ganz sanft sage ich: »Ich bin's, Esther. Deine Urenkelin.« Dann noch ein wenig lauter: »Esther.«

Sie kneift die Augen zusammen und ihr Mund bekommt einen ungeduldigen Zug.

»Wer bist du, Hinny?«

Ich sehe mir das Foto näher an. Das bin bestimmt ich und das ist mein Dad. Ich zeige auf die Frau mit der wilden Frisur.

»Wer ist das?«

Doch Uromas Blick hat sich wieder getrübt, als hätte sie einen Schleier vor die Augen gezogen, und sie dreht sich zum Fenster.

Ich halte das Foto ganz nah vor die Augen, damit ich es besser erkennen kann. Da rieche ich etwas.

Kalter Tabak. Ich rieche am Foto und überzeuge mich, dass es wirklich schwach, aber deutlich nach kaltem Zigarettenrauch riecht.

Wie ich am Foto schnüffle und es immer wieder anstarre, was wahrscheinlich ziemlich seltsam wirkt, merke ich, dass die Schwester mir über die Schulter schaut. Ohne dass ich es mitbekommen habe, hat sie wohl die ganze Zeit zugehört.

»Weißt du, wie die aussieht?« Die Schwester schüttelt ein Kissen auf und stopft es Uroma in den Rücken. »Na, du bist zu jung. Sie ist lange tot. Schon vor deine Geburt. Sieht aus wie Felina. Aufs Haar. War ihr Song: ›*Light the light* … dadadida …‹«

Die Schwester singt dieselbe Zeile wie Boydy vor ein paar Tagen. Den Namen Felina hab ich auch schon gehört. Bestimmt ein Künstlername.

Ich nicke. »Klar, das kenne ich.«

Das Foto ist sicher ein Geschenk für mich, denke ich mir. Ich stecke es ein.

Dann sagt die Schwester noch was. Sie plappert einfach weiter, will wohl im Gespräch bleiben. »Kaputt gemacht von Showbusiness, sagt man.«

»Wer? Felina?«

»Ja. Drogen. Alkohol … alles. Ganz zerstört. Hat sie umgebracht, du verstehst? Lass dir Lehre sein, Schätzchen.« Sie droht mir mit dem Finger, aber scherzhaft. »Ich weiß, dass Lizzie Lieder von Felina mag.« Sie sieht Uroma an und hebt die Stimme: »Du magst Lieder von Felina, Lizzie? Bist richtige Fan?«

Uroma blinzelt und blickt weiter aus dem Fenster. Ich glaube, sie lächelt.

»Ich bin gestern auch hier und da lief Lied von Felina im Radio. Lizzie hat zugehört. Die Finger haben sich bewegt, Gott ist Zeuge.«

31. Kapitel

Auf dem Nachhauseweg verbrauche ich einen Teil meines monatlichen Datenvolumens, um mir »Light the Light« von Felina anzuhören. Es ist ein langsames Lied mit viel Gitarre, einem Saxofon (glaube ich) und tiefen Trommeltönen. Felinas Stimme ist heiser, aber wunderschön.

»You always said that I never should,
and I always said that I would and I could.
You were never there
but I didn't want to care, so …
Light the light! Let me see you tonight.
Light the light! Let me put it right …«[1*]

---

[1] Du hast gesagt, tu's bitte nie,
und ich hab gesagt, ich mach's, weil ich's will.
Du warst niemals da,
aber mir war's egal, deshalb …
Lass das Licht scheinen! Triff mich beim Abendrot.
Lass das Licht scheinen! Ich bring alles ins Lot …

Ich bin nicht besonders gut in der Analyse von Liedtexten. Viele scheinen gar keinen Sinn zu haben. Doch dieser ist sicher das wütende Lied einer Frau über einen Mann, mit dem sie nicht zurechtkommt. Es macht mich traurig, dennoch höre ich es mir drei Mal an.

Ich bin nur kurz vor Granny zu Hause, die von Reverend Henry Robinson gebracht wird.

Ich erzähle ihr nicht, dass ich Uroma besucht habe, und ich zeige ihr auch das Foto nicht. Es hat garantiert was zu bedeuten. Ich weiß nicht, was, doch es ist bestimmt ein Geheimnis.

Warum in aller Welt hat Uroma mich bloß gefragt, wer ich bin?

32. Kapitel

Ich hüte ein Geheimnis. Granny und Uroma auch. Das macht einen einsam. Ob ich das, was ich vorhabe, auch tun würde, wenn alle mit offenen Karten spielten?

Am Abend trinke ich vor dem Schlafengehen einen Liter Dr. Changs Haut-So-Klar, in Vorbereitung für den morgigen Tag. Beinahe hätte ich alles wieder ausgekotzt, aber nur beinahe.

Morgen werde ich wieder unsichtbar sein. Morgen werde ich wiedergutmachen, dass ich so gemein zu Elliot Boyd war.

Doch das ist es nicht allein. Das wisst ihr und ich weiß es auch.

Etwas wieder in Ordnung zu bringen ist ja schön und gut – und natürlich sollte man sich immer bemühen, erst gar niemanden zu verletzen –, doch das allein ist kein Grund, sich auf ein solches Risiko einzulassen. Also warum tue ich es dann?

Der letzte Gedanke, der mir in den Kopf kommt, bevor ich in einen unruhigen Schlaf falle, ist eine Frage:

Wer bin ich?

Wer bin ich?

Deshalb werde ich noch einmal unsichtbar werden und es herausfinden.

33. Kapitel

Und noch ein Geständnis:

Ich bin eine Diebin.

Nicht richtig schlimm. Ich habe nur das Zeug aus China im Internet mit Grannys Kreditkarte bezahlt.

Das war falsch, das ist mir klar, und wenn Granny das rauskriegt, wird sie sicher wütend auf mich sein.

Aber ich glaube nicht, dass es rauskommt. Zumindest nicht so bald. Ich weiß genau, dass sie ein hoffnungsloser Fall ist, was ihre Kontoauszüge angeht. Die Briefe der Bank liegen wochenlang in einer Schublade in der Küche, bis sie alle an einem Abend öffnet und die Auszüge in einem Ordner abheftet, den sie ein- oder zweimal im Jahr an Mr Chatterjee übergibt, der sich um ihre Finanzen kümmert.

Wenn ich wollte, könnte ich wahrscheinlich alles Mögliche mit ihrer Kreditkarte bestellen, aber das will ich gar nicht. Ich habe es nur dieses eine Mal getan und auch nur, weil Granny sich geweigert hat, das Pulver für mich zu bestellen, weil es »unnützes Zeug« und »sicher gefährlich« sei.

Deshalb bin ich eine Diebin.

Und nun bin ich kurz davor, auch noch eine Betrügerin zu werden.

Ich muss eine Krankmeldung fälschen – wenn ich unsichtbar bin, werden sie mich sowieso für abwesend halten, oder? Wie sich rausstellt, ist so was ganz einfach, seit die Schule auch E-Mails als Krankmeldungen akzeptiert.

Am nächsten Morgen stehe ich um sechs auf und setze mich unten an den Computer, bevor Granny aufwacht. Ich öffne ihr Postfach.

AN: admin@whitleybayacademy.ac.uk

VON: beatriceleatherhead12@btinternet.co.uk

BETRIFFT: Esther Leatherhead, Klasse 8a

Ich bitte Sie, Esthers Fehlen im heutigen Unterricht zu entschuldigen. Sie fühlt sich nicht wohl und klagt über Bauchschmerzen. Ich gehe davon aus, dass sie morgen wieder am Unterricht teilnehmen wird.

Mit bestem Dank

B. Leatherhead (Mrs)

Ich drücke auf »Senden«. Dann öffne ich den Ordner mit gesendeten Nachrichten und lösche die E-Mail.

Nun geht die Warterei los. Ich muss warten, bis die Verwaltung antwortet, damit ich diese E-Mail auch sofort löschen kann. Denn sonst taucht sie auf Grannys Handy auf, wenn sie bei der Arbeit ihr Postfach öffnet.

Der Computer zeigt eine eingehende Nachricht an. Es ist nicht die, auf die ich warte, deshalb stelle ich den Ton leise.

Die Verwaltungssekretärin Mrs Moncur ist normalerweise ab Viertel vor acht in der Schule. Das habe ich mitbekommen, als ich noch zur frühen Chorprobe ging (bis Granny mich abgemeldet hat, weil sie fand, ich bekäme so nicht genügend Schlaf).

Um halb acht kommt Granny runter.

Ich bin nervös, versuche aber, mich ganz normal zu verhalten, und behalte den Computer im Auge.

»Hast du die Zeitung reingeholt?«, fragt Granny, als sie zum Frühstück in die Küche kommt.

Die Tageszeitung wird am Morgen gebracht, und Granny liest sie immer, während sie eine Scheibe Vollkorntoast und eine halbe Grapefruit isst. In der Zeit mampfe ich mein Müsli.

»Nein«, sage ich.

Auf den Zeitungsjungen kann man sich nicht verlassen, etwa einmal die Woche vergisst er uns. So wie heute. In dem Fall pflegt Granny sich immer an den Computer zu setzen, um sich die Schlagzeilen online anzusehen.

Mir muss schnell was einfallen. Der Router befindet sich neben dem Kühlschrank an der gegenüberliegenden Wand. Als Granny sich setzt, nehme ich unauffällig mein Glas, um mir Saft zu holen, und stelle den Router aus.

Das ist nur eine vorübergehende Lösung. Granny ist zwar keine Computerexpertin, aber einen Router anstellen kann sie schon.

Ich höre, wie sie missbilligend mit der Zunge schnalzt.

»Also ehrlich. Esther, kannst du dir das mal anschauen? Ich komme nicht ins Internet.«

»Hast du die Fehlerdiagnose durchlaufen lassen?« Ich beuge mich über sie und klicke etwas mit der Maus an. »Gestern ging's noch.«

Eine Fehlerdiagnose braucht etwas Zeit, aber dann wird unweigerlich die Nachricht erscheinen: *Sie haben keine Verbindung zum Internet. Bitte überprüfen Sie den Router.*

Granny verlässt die Küche, während die Fehlerdiagnose durchläuft.

Ich muss mich beeilen.

Also öffne ich Word, wähle irgendeine langweilige Schrift und tippe schnell das Folgende:

IHR INTERNET-PROVIDER IST ZURZEIT NICHT ERREICHBAR. FEHLER NO. 809. BITTE VERSUCHEN SIE ES SPÄTER NOCH EINMAL.

Ich mache schnell ein Bildschirmfoto, das ich im Fotoordner ablege.

Mist, ich habe ganz vergessen, dass es eine Ewigkeit dauert, bis Fotos geladen sind …

Sobald es da ist, öffne ich das Bild und beschneide es, sodass nur noch ein rechteckiger Textbalken übrig bleibt, den ich auf den Desktop ziehe.

Ich höre Grannys Schritte auf der Treppe.

Schnell bewege ich die Nachricht in die Mitte des Bildschirms und mache noch ein Bildschirmfoto, das ich in dem Moment auf dem ganzen Bildschirm öffne, als Granny die Küche betritt.

Ich passe meine Mimik an, wechsle von völliger Panik zu leichtem Ärger und schnalze ebenfalls missbilligend.

»Irgendein Problem mit dem Server«, sage ich. »Schau mal.«

Granny kommt und liest die Fehlermeldung. Eigentlich sieht es gar nicht wie eine richtige Fehlermeldung aus, aber wenn man nicht misstrauisch ist, geht es doch als eine durch.

Zum Glück ist Granny nicht misstrauisch. Sie rückt die Maus hin und her, schnalzt selber noch einmal missbilligend und setzt dann den Wasserkessel auf.

Voller Erfolg! Ich schalte den Router an und im selben Moment leuchtet ein kleines Fenster in der rechten Ecke des Bildschirms auf: »Eingehende Nachricht«.

Vielen Dank für die Krankmeldung Ihres Kindes. Ich hoffe, Esther geht es bald besser.

Mit freundlichen Grüßen

Mrs D. Moncur (Verwaltung)

Behutsam drücke ich hinter Grannys Rücken auf »Nachricht löschen«.

Geschafft. Und der ganze Stress nur für ein oder zwei schulfreie Tage.

34. Kapitel

Nachdem Granny zur Arbeit gegangen ist (mir ist plötzlich eine Hausaufgabe in Erdkunde »eingefallen«, die ich noch schnell erledigen muss, weshalb sie ohne mich gefahren ist), habe ich zwei Tassen Dr. Changs Mordsübles-Haut-So-Klar getrunken, wie ich es nun nenne.

Ich kann es inzwischen ganz gut bei mir behalten. Mir ist nicht mehr so übel, obwohl mein Bauch brennt und sich aufbläht wie beim letzten Mal.

Ich werde warten, bis die Luft im Bauch wieder entweicht, bevor ich mich auf die Sonnenbank lege. Alles soll genauso ablaufen wie zuvor.

Lange muss ich nicht warten. Etwa eine Stunde nachdem Granny aus dem Haus ist, beginne ich zu rülpsen.

Ich rechne die Zeit zurück: *Whitleys Supertalent* beginnt um halb zwei gleich nach dem Mittagessen. Beim ersten Mal war ich fünf Stunden unsichtbar, also darf ich die Sonnenbank nicht vor halb elf verlassen. Bislang liege ich im Zeitplan.

Mein Herz rast, mein Magen zieht sich zusammen, im Kopf überschlagen sich die Gedanken und was das Rülpsen angeht –

das wollt ihr gar nicht so genau wissen. Der Geruch ist echt nicht normal. Selbst beim Essen von Curryeiern oder Ähnlichem würde niemals so was rauskommen. Der Gestank hängt in der Garage wie giftiger Nebel.

Diesmal ist es dann doch ganz anders, als ich mich auf die Sonnenbank lege. Hauptsächlich, weil ich weiß, was passieren wird, was mir auch ein bisschen Angst macht, und ich schlafe auch nicht ein, liege nur mit geschlossenen Augen da. Und ich habe das Radio angestellt, wo eine Anruferin gerade sagt: »… bitte spielen Sie *Light the Light* von Felina für mich, Jamie.«

Das ist eigenartig. Ich weiß ja, dass es nur ein Zufall sein kann, aber …

»Gute Wahl! Sehr gute Wahl. Eins meiner Lieblingsstücke. Warum gerade dieses Lied, Chrissie?«

»Für meine Mutter«, sagt die Anruferin. »Es erinnert mich an sie. Sie starb, als …«

Doch Jamie Farrow lässt sie nicht ausreden, wahrscheinlich ist halb zehn am Morgen nicht die richtige Zeit, um im Radio rührselig zu werden.

»Für Ihre Mutter! Das ist ganz wunderbar, Chrissie. Welch nette Idee, die sie sicher zu schätzen weiß, wo immer sie auch ist. Also, für Chrissie aus Blaydon und ihre wunderbare Mutter, die leider verstorbene großartige Felina mit *Light the Light*.«

Das Lied kenne ich inzwischen sehr gut: die langsame Basstrommel zu Beginn, dann der dunkle Gitarrenakkord und Felinas heisere Stimme. Aus irgendeinem Grund – zweifellos aufgrund der Angst und allem, was sonst noch passiert ist – werde ich traurig. In meinem Hals sitzt ein Kloß, ich muss schwer schlucken und schalte das Radio aus.

Es ist still und die Zeit vergeht. Ich halte die Augen geschlossen, denn es ist nicht gut, in das Licht der UV-Röhren zu sehen.

Eingeschlafen bin ich nicht, dennoch ist es wie Aufwachen. Ich weiß, dass es losgeht, denn das Licht scheint durch die Lider, am Anfang nur schwach.

Ich öffne die Augen, um zu prüfen, was passiert.

Eine Hand halte ich vors Gesicht und kann hindurchsehen, als wäre sie aus durchsichtigem Plastik und würde sich von Sekunde zu Sekunde mehr in Luft auflösen. Genau kann ich es nicht erkennen, denn das starke Licht blendet unheimlich, doch offensichtlich funktioniert alles genau wie vorgesehen.

Ich weiß, dass der Vorgang abgeschlossen ist, als ich die Lider zusammenkneife und dennoch das violette UV-Licht sehe.

Um ganz sicherzugehen – obwohl ich nicht weiß, ob »sicher« in dem Zusammenhang der richtige Ausdruck ist –, bleibe ich noch ein paar Minuten liegen, bevor ich den Deckel hochschiebe und von der Sonnenbank steige.

Ich gehe zum Spiegel und staune wie beim ersten Mal, dass ich gänzlich und vollkommen unsichtbar bin.

Und nun geht's in die Schule.

35. Kapitel

Auf der Türschwelle merke ich, dass es doch nicht geht. Ich kann nicht ganz selbstverständlich auf die Eastborne Gardens hinausmarschieren und so wie sonst zur Schule laufen.

Und das liegt garantiert daran, dass ich nackt bin.

Natürlich kann mich niemand sehen. Aber ich spüre den Wind auf der bloßen Haut, überall, und das ist einfach zu schräg.

Ich versuche, mir vorzustellen, dass ich einen Badeanzug trage. Das hilft.

Kaum bin ich ein paar Meter gelaufen, kehre ich wieder um, weil der alte Paddy Flynn mit seinem Rollator zum Meer runterwackelt. Ich weiß genau, dass er mich nicht sehen kann. Das alles spielt sich nur in meinem unsichtbaren Kopf ab.

Während ich auf der Türschwelle ausharre, gehe ich meinen Plan noch mal durch.

1. Unsichtbar auf die Bühne treten.
2. Boydy, der gerade irgendein Lied zu Tode klampft, die Gitarre wegnehmen.

3. Es so aussehen lassen, als brächte er die Gitarre zum Schweben.
4. Boydy bekommt einen Riesenapplaus, alle sagen, er ist wundervoll, daher …
5 … vergibt er mir, dass ich ihn fett genannt habe, was ich zwar nicht getan habe, irgendwie aber doch.

Ich kann mir nicht erklären, warum mich das so dermaßen beschäftigt. Vor nicht allzu langer Zeit wollte ich nicht mal mit ihm befreundet sein. Doch es lässt mir keine Ruhe. Vielleicht, weil ich nicht so schlimm sein will wie Aramynta und die anderen, was ich wäre, wenn ich es nicht wieder in Ordnung bringen würde.

Mehr als alles andere verfolgt mich Boydys Blick an jenem Tag in der Schulkantine. Es war der Blick eines Menschen, der entdeckt, dass alles anders ist, als er gedacht hat.

Das muss es sein.

Im Moment sieht es jedenfalls ganz danach aus, als würde ich es durchziehen, egal aus welchem Grund.

Allerdings müsste ich dazu erst mal das Haus verlassen. Vielleicht sind Kleider eine Lösung.

Doch die Clownsmaske setze ich nicht wieder auf, so viel ist sicher.

36. Kapitel

Eine halbe Stunde später stehe ich vorm Schultor. Echt ein Kinderspiel.

Jeans, Socken, Turnschuhe, eine alte Regenjacke, die niemand an der Schule kennt (ziemlich vorausschauend, oder?), ein Paar weiße Handschuhe von Granny, eine Sonnenbrille und …

… ein Nylonstrumpf. Überm Kopf wie ein Bankräuber (wie damals, als Banken noch ausgeraubt wurden). Ich habe ein Bein von einer Strumpfhose von Granny abgeschnitten und mir über den Kopf gezogen. Der Strumpf ist natürlich hautfarben. Dann habe ich den Reißverschluss der Regenjacke ganz hochgezogen und die Kordel der Kapuze so eng geschnürt, dass nur noch Nase und Sonnenbrille rausgucken.

Sieht ein bisschen eigenartig aus, das gebe ich zu. Es ist ein schwüler Junitag, und kaum jemand trägt eine Jacke, doch wenn ich den Kopf senke, fällt niemandem was auf. Rede ich mir zumindest ein.

Und nun stehe ich draußen vor dem verschlossenen Schultor. Noch vor einem Jahr hätte es dieses Problem nicht gegeben, doch seit ein Mädchen aus der Zehnten beinah von seinem

Onkel entführt worden wäre, hat die Schule diesen Sicherheitsoverkill mit biometrischen Sensoren und Kameras an den Toren.

Mein unsichtbarer Daumenabdruck würde vielleicht sogar das Tor öffnen, doch die Kamera würde mich erfassen und ich sehe in dieser Aufmachung nun wirklich nicht wie eine normale Schülerin aus.

Doch mal wieder – entschuldigt mein Prahlen – habe ich klug vorausgeplant. Ich hole eine Plastiktüte aus der Jackentasche. Zehn Meter neben dem Tor steht ein großer Rhododendronbusch am Drahtzaun. Unter ihm ist Platz für zwei Personen und die älteren Schüler nutzen ihn zum Rauchen. Der Boden ist mit Kippen übersät, aber das ist mir egal. Ich muss mich jetzt ausziehen, und außerdem gibt es genug andere Dinge, die mir Sorgen bereiten.

Schnell lege ich meine Kleidung ab, stopfe sie in den Plastikbeutel und schiebe alles weit unter den Busch.

Dann krieche ich wieder raus.

Nackt und unsichtbar.

Der Weg hierher hat mir Mut gemacht, ich glaube, ich bin nicht mehr ganz so nervös.

Ich laufe zum Tor, vor dem gerade ein Kastenwagen mit der Aufschrift *TYNE CATERING* hält. Nur einen Augenblick später öffnet sich das Tor. Es ist ganz leicht, hinter dem Wagen hineinzuschlüpfen, und schon bin ich auf dem Schulgelände.

Niemand ist auf dem Hof. Alle haben Unterricht.

Eine lange Auffahrt führt zum Haupteingang und daran vorbei zur Rückseite des Gebäudes, im Grunde umrundet der Weg den zweistöckigen Bau mit seinen unzähligen Erweiterungen und Anbauten, die alle zu verschiedenen Zeiten errichtet und mit Tafeln geschmückt sind, die erklären, welcher Gemeinderat den jeweiligen Gebäudetrakt eingeweiht hat.

Der neueste Bau beherbergt die Darstellenden Künste. Er steht ganz rechts und dahin begebe ich mich. In etwa einer Stunde werden dort Whitleys Supertalente die Bühne betreten.

Die Luft ist warm und schwül, der Himmel leuchtet grauviolett. Doch solange es nicht regnet, kann mir nichts passieren.

Denn bei Regen fallen Tropfen auf meine Haut und machen meine unsichtbare Silhouette sichtbar.

37. Kapitel

Tropf.
Tropf.
Tropf.

38. Kapitel

Ich habe es bisher für mich behalten, aber jetzt komme ich nicht mehr drum herum:

Nass geregnet zu werden – so richtig nass – ist das Schlimmste für mich. Immer schon, nicht erst, seitdem ich unsichtbar bin.

Ich wollte nicht, dass ihr mich für verrückt haltet, deshalb habe ich das bisher verschwiegen. Aber ich bin wohl verrückt, zumindest ein kleines bisschen.

Nicht dass Regen Panik in mir auslöst. Das ist es nicht.

Aber bei Regen – richtigem Regen, nicht nur einem kurzen Schauer – muss ich an Mum denken. Und ich werde traurig. Und ich will nicht traurig sein, wenn ich an Mum denke. Deshalb macht mir das Angst. Könnt ihr das irgendwie verstehen?

Von den wenigen Erinnerungen, die ich an Mum habe, ist die mit dem Regen keine schöne, das ist wahrscheinlich der Grund.

Sie gehört zu meinen frühesten Erinnerungen und liegt natürlich vor der Beerdigung – ich muss so zweieinhalb gewesen sein, vielleicht noch jünger. Ich laufe auf einem Bürgersteig in irgendeiner Stadt. Mum geht neben mir und hält mich fest an der Hand.

Es regnet, richtig doll. Überall blitzt es und die Leute schreien und Mum ist klitschnass und schreit zurück. Sie flucht und sagt den Leuten, sie sollen verschwinden, aber mit noch gröberen Ausdrücken. Sie umklammert mein Handgelenk so fest, dass es wehtut, und ich weine, und Mum weint auch.

Es müssen auch Autos auf der Straße gewesen sein, als Mum und ich dort waren, denn manchmal kommt die Erinnerung zurück, wenn ich Regen und Auspuffgase rieche, vor allem am Abend und …

Das ist es eigentlich. Ich war erschrocken und Mum war es auch; die Leute waren unfreundlich und mein Handgelenk tat weh. An mehr kann ich mich nicht erinnern, es ist nur ein ganz vages Bild.

Ich war eben noch sehr klein.

Deshalb werde ich sofort traurig, wenn es regnet.

Und jetzt werde ich zu allem Übel auch noch sichtbar.

Ich sehe, wie Wassertropfen dort in der Luft hängen, wo meine Arme sind, und sie erschaffen eine Art glitzernde Geister-Esther.

39. Kapitel

Mit dem Regen fällt auch die Temperatur. Von warm und stickig zu kalt und nass. Ich drücke mich unter einen Dachvorsprung am Gebäude für Darstellende Künste, wische mir notdürftig den Regen ab und zittere in der Kälte. Ich habe Angst und bin wütend.

Warum ich zittere, ist ja klar.

Die Angst hat mit Mum und dem Regen zu tun, deshalb atme ich ganz flach und mein Herz rast.

Und die Wut. Das bin ich. Ich bin wütend auf mich selbst, weil ich so dumm war, solch ein Risiko einzugehen. Was zum Teufel ist nur in mich gefahren? Von wegen guter Plan!

Ich wette, ihr habt gleich beim Lesen gedacht, dass es vollkommen verrückt ist. Gratulation: Ihr hattet recht.

Ich schaue mich um. Den größten Teil des Regens habe ich wohl abgewischt. Bis auf …

Oh. Mein. Gott. Der Kopf!

Mein Haar ist klitschnass. Ich spüre es, obwohl ich es nicht sehen kann. Vorsichtig schiebe ich mich an der Wand entlang zu einem Fenster. Ein dunkles Rollo ist heruntergezogen, deshalb ist es fast ein perfekter Spiegel, in dem ich – schwach, aber deutlich sichtbar – den wässrig-silbernen Umriss meiner Haare sehe.

Ein … seltsamer Anblick. Ich gehe näher ans Fenster und mein Atem schlägt sich als runder Fleck auf der Scheibe nieder.

Die Haare muss ich unbedingt trocken kriegen und dafür brauche ich den Handtrockner im Mädchenklo.

Ich muss mich beeilen, kann aber nicht widerstehen und male meine Initialen in den hellen Atemfleck.

E. L.

Dann erstarre ich, denn hinter mir höre ich eine Stimme.

»Hast du das gesehen?«

Ich wage nicht, mich umzudrehen, doch die Stimme habe ich sofort erkannt.

Ich sehe auch ihr Spiegelbild. Etwa drei Meter hinter mir stehen Aramynta Fell und Katie Pelling.

»Was?«, fragt Katie.

Sie bleiben stehen und starren mich an. Durch mich hindurch, genau genommen.

»Das da.« Aramynta zeigt nach vorn. »Die Buchstaben sind von selbst erschienen.«

Zum Glück verschwindet der Fleck gerade und mit ihm auch meine Initialen.

»Wovon redest du?«, fragt Katie. »Welche Buchstaben?«

»Sie waren da … genau … und was ist das?« Sie zeigt auf meinen Kopf.

Auf mich.

Doch Katie hat das Interesse verloren. Sie verschwindet um die Ecke und schaut nicht einmal zurück.

»Das ist eine Wand, Aramynta. Die trägt das Dach. Komm schon, sonst sind wir zu spät.«

Aramynta scheint das egal zu sein, sie geht auf mich zu. Vorsichtig streckt sie die Hand aus. Gleich wird sie meinen Kopf berühren.

»Komm jetzt!«, ruft Katie.

Ich könnte weglaufen. Doch dann würde Aramynta hinterherrennen – den neugierigen Blick kenne ich.

Ich könnte auch etwas anderes tun. Etwas, das sie davon abhält, mich anzufassen. Keine Ahnung, wie ich darauf komme, aber mir bleibt nicht viel Zeit, ihre Hand ist nur noch Zentimeter von meinem Kopf entfernt.

Ich strecke die Zunge raus und stoße ein lautes, seltsam heiseres Gurgeln aus. Das hört sich so an: *rrrrruuuugh.*

Zusätzlich lecke ich an ihrer Hand.

Alles im selben Augenblick.

Wahrscheinlich liegt es an der Kombination, dass sie so ausflippt.

Es dauert einen Moment, dann schreit Aramynta kurz auf und sinkt auf die Knie. Sie tut mir fast leid.

Der Schock raubt ihr buchstäblich die Sprache. Ich bin nicht sicher, ob es tatsächlich Furcht ist, denn sie weiß ja nicht, ob da wirklich etwas ist, das sie fürchten müsste. Sie schluchzt heftig, robbt zurück und starrt auf ihre Hand.

»Mynt! Was hast du?« Katie kommt besorgt zurück.

Aramynta hat mich oder eher mein Haar nicht aus den Augen gelassen, doch nun senkt sie den Blick. Ich nutze die Gelegenheit und verschwinde um die Ecke, bleibe aber noch kurz vor der Tür stehen.

»Es … es … da hat … mich was … geleckt … ieeeh … baah!«

Katie ist nun sehr besorgt. »Schon in Ordnung, Süße. Komm jetzt. Was ist denn? Du sitzt ja in einer Pfütze …«

Sie gehen den Weg zurück, den sie gekommen sind. Ich lehne mich an die Wand, atme tief durch und muss mich zusammennehmen, um nicht laut loszulachen.

Doch war das überhaupt lustig?

Befriedigend schon.

Aber lustig?

Die Sache mit der Unsichtbarkeit ist doch komplizierter, als ich gedacht habe.

40. Kapitel

In den Kulissen der kleinen Bühne des Schultheaters habe ich das perfekte Versteck gefunden.

Hier stehen aufgestapelte Stühle und eine Kamin-Attrappe aus dem Musical *Oliver!*, das die Unterstufe im letzten Jahr aufgeführt hat. Wenn ich mich dahinterquetsche, bin ich nicht im Weg und wäre selbst dann unsichtbar, wenn ich nicht schon sowieso unsichtbar wäre.

Beuge ich mich vor, kann ich sogar einen Teil des Publikums sehen, das lautstark und aufgeregt hereinströmt. Ich bin ein wenig nervös, schon allein, weil ich auf der Bühne bin, und obwohl ich – definitiv – weiß, dass niemand mich sehen kann, ist das alles doch sehr seltsam.

Whitleys Supertalent läuft folgendermaßen ab:

Zwanzig Auftritte à drei Minuten, wobei jede Klasse der Unterstufe zwei Kandidaten stellen darf. Mit den einleitenden Worten, den Wechseln und der Preisverleihung am Ende dauert alles insgesamt etwa zwei Stunden.

Die Jury gibt keine Bewertungen ab oder so was – nicht in diesem Jahr. Bei der allerersten Show – das war vor meiner Zeit an der Schule – haben sie es versucht, doch die Jury aus Schülern hatte sich zu witzig und zu gemein verhalten. Zwei Teilnehmer waren sogar in Tränen ausgebrochen. Im letzten Jahr gab es eine Lehrerjury, aber die waren zu nett und sagten, alle Auftritte seien fabelhaft, selbst die, die es nicht waren, bis das Publikum die Jury ausbuhte.

Dieses Jahr besteht die Jury deshalb aus drei Schülern und drei Lehrern, die geheim abstimmen und keine Kommentare abgeben.

Mr Parker kündigt die Auftritte an. Heute trägt er eine Fliege und läuft unter Jubel und Applaus die Stufen hoch, mindestens einer pfeift sogar laut, was Mr Parker mit einem spöttischen Diener quittiert, der ihm ein paar Lacher einbringt.

(Mal ehrlich, Mr Parker sollte in der Show auftreten, er würde ganz leicht gewinnen.)

»Danke, vielen Dank. Etwas mehr Anstand bitte, während wir uns auf ein wahres Füllhorn der Unterhaltung freuen. Uns erwarten Komödianten, Sänger, Kontorsionisten und Schöpfer der Tanzkunst – unterlassen Sie doch bitte das Gekicher, Mr Knight, und schlagen Sie im Wörterbuch nach, sollten Sie der Meinung sein, die Wahl meiner Worte würde die klare Aussage verdunkeln.«

Die Hälfte der Zeit kann ich nur raten, was er wohl meint, aber ich höre ihm unglaublich gern zu.

Mr Parker macht noch eine Weile so weiter und kommt dann zum ersten Auftritt.

»Und nun begrüßen Sie mit einem dooonnnnernden Applaus die Herrin der Harmonie aus der Klasse 7e – Miss Delancey Nkolo!«

Delancey ist eine Klasse unter mir und sie ist richtig gut.

Das Licht geht kurz aus und blendet wieder auf, als sie die Bühne betritt, und alle klatschen. Zwei Jungs aus der Achten bedienen die Scheinwerfer und Delancey singt ein Lied von Beyoncé mit allen hohen und tiefen Tönen.

Sie bekommt überwältigenden Applaus und ich denke nur: *armer Boydy.*

Nach zwei weiteren Auftritten – Finbar Tuley spielt ein wirklich schwieriges Stück auf dem Klavier und zwei Mädchen aus Mrs Gowlings Klasse machen seltsame Yogaverrenkungen zu Musik – ist Boydy an der Reihe.

Mr Parker stellt ihn vor.

»Meine Damen und Herren, Sie haben sicher schon von Eric Clapton und Jimi Hendrix gehört – zumindest jene, die Musikgeschmack besitzen … Beruhigt euch. Ruhe, wenn ich bitten darf. Nun werden Sie Boyd hören, den Gitarrengott der 8a, ein Gitarrist der Extraklasse. Applaus für … Elliot Boyd!«

Wow. Was für eine Einführung. Als Boydy die Bühne betritt, merke ich, wie nervös er ist – wer wäre das nicht nach diesen Worten?

Er stimmt seine Gitarre. Pling, pling, pling. Pling, pling, pling … plong.

Nein.

(Ein Tipp für Gitarrenauftritte: Stimmt das Instrument auf jeden Fall vorher!)

Boydy schlägt ein paar Akkorde an und stimmt noch einmal. Aus dem Publikum kommt sarkastisches Lachen.

Los, Boydy, fang endlich an, denke ich.

Das Publikum murrt.

Es verliert das Interesse und ich muss eingreifen. Ich verlasse meinen Platz am Kamin, atme tief durch und bereite mich innerlich darauf vor, den Schritt zu tun, vor dem ich so viel Angst habe wie noch nie zuvor in meinem Leben.

41. Kapitel

Hattet ihr schon jemals einen Traum, wo ihr nackt vor einem Publikum steht?

Das ist nicht weiter ungewöhnlich. Offensichtlich ist »Nacktsein in der Öffentlichkeit« der häufigste Angsttraum. Noch vor fallen, fliegen, verfolgt werden und unvorbereitet in eine Prüfung gehen.

In meinem wiederkehrenden Angsttraum bin ich in der Schule, allerdings nicht in dieser, sondern in meiner Grundschule. Ich bin auf dem Spielplatz und stelle mit Schrecken fest, dass ich vollkommen nackt bin. Nicht einen Faden habe ich am Leib, wobei komisch ist, dass es anscheinend niemandem auffällt. Egal ob ich einfach weiterlaufe oder mich hinter Türen verstecke, alle ignorieren mich. Die Garderobe ist gar nicht weit weg, da hängen genügend Kleidungsstücke. Doch obwohl ich die richtige Richtung einschlage, komme ich nicht näher ans Ziel, und mein Gefühl, jeden Moment ertappt zu werden, wird von Sekunde zu Sekunde stärker. Aus Scham wird blanke Angst. Gleich werden sich alle zu mir umdrehen … und dann wache ich auf.

Ich kenne den Traum inzwischen so gut, dass ich dabei manchmal selbst zu mir sage: »Ach, Esther, das ist nur wieder dieser dumme Traum. Wach doch einfach auf.« Und das tue ich dann.

Ich geb's ja zu: Die Träume von anderen sind meistens langweilig, und normalerweise würde ich niemandem einen Traum erzählen, denn ich langweile mich selbst immer schrecklich, wenn mir jemand seinen erzählt. Doch der hier ist wichtig, denn das ist genau das Gefühl, das ich habe, als ich die Bühne betrete.

Ich bin nackt, wie Gott mich schuf, doch mit einem Unterschied: Niemand kann mich sehen.

Ob das ein eigenartiges Gefühl ist? Darauf könnt ihr wetten!

Ich stehe vor der ganzen Schule auf der Bühne und habe nichts an.

Ein paar Sekunden bin ich starr vor Schreck.

Ich rechne damit, dass jeden Moment jemand schreit: »Schaut mal! Esther Leatherhead ist ganz nackt.«

Doch das passiert nicht.

Nur Boydy spielt stockend ein Stück auf der Gitarre und es ist ganz furchtbar. Die Zuschauer fangen schon an zu kichern.

Ich stelle mich hinter ihn und beuge mich vor.

»Ich bin's, Esther.«

Er schnappt nach Luft, dreht den Kopf und fasst wieder daneben.

Das Publikum lacht lauthals, die ersten Buh-Rufe sind zu hören, obwohl es strikt verboten ist, sich über die Auftritte lustig zu machen.

Dann lässt Boydy das Spielen ganz sein.

Ich greife nach vorn und nehme ihm die Gitarre aus der Hand.

»Lass los. Alles wird gut. Du wirst schon sehen.« Ich flüstere, damit das Mikrofon nichts aufnimmt.

Boydys linke Hand löst sich vom Gitarrenhals und ich hebe das Instrument hoch.

Es wird still im Publikum – dann schnappt einer nach Luft und dann noch einer und noch einer.

Ich flüstere: »Tu so, als würdest du die Gitarre zum Schweben bringen.«

Das muss man ihm lassen: Darin ist er wirklich gut. Hat gleich begriffen, um was es geht, und bewegt die Hände wie ein Zauberer, als ich die Gitarre von einer Seite zur anderen schwinge und die Melodie dort aufnehme, wo Boydy aufgehört hat.

Richtig spielen kann ich nicht, während ich die Gitarre bewege, so gut bin ich nicht. Aber ich schaffe ein paar ganz ordentliche Akkorde beim Drehen und Wenden und den Zuschauern gefällt's.

Boydy lächelt, beugt sich vor und sagt, ohne die Lippen zu bewegen: »Bist du, ähm … bist du nackt?«

»Schhh. Ja. Ist doch klar. Denk nicht mal dran.«

Er lächelt immer noch. »Hab ich nicht. Ehrlich. Bis jetzt.«

»Klappe.«

»Kapiert.«

Die Leute klatschen und rufen begeistert, als ich die Gitarre noch höher hebe. Ich lache in mich hinein bei der Vorstellung, was die anderen wohl sehen. Es muss ihnen wirklich wie Zauberei vorkommen.

Boydy grinst wie blöd und wedelt mit den Armen, als würde

er die Gitarre steuern. Wir wandern von einer Seite der Bühne zur anderen, und ich fühle mich so sicher, dass ich ihm zuflüstere: »Folge mir.«

Zwischen den Stuhlreihen ist ein Mittelgang, der zum Hinterausgang führt. Boydy folgt mir mit weit ausholenden Gesten, als ich die Stufen runtersteige und den Mittelgang entlanglaufe.

Ein hohes Risiko, ich weiß. Doch bis zu diesem Tag habe ich ein ziemlich risikoloses Leben geführt und ich habe da wohl was aufzuholen.

Wahrscheinlich gibt mir die Aufregung das Zutrauen. Die Aufregung, unsichtbar etwas so Unerhörtes zu tun.

Jederzeit könnte jemand die Hand ausstrecken und mich anfassen, aber alle sind so gebannt, dass sich niemand rührt. Mit offenem Mund schauen sie Boydy zu, der wie ein Irrer grinst und die schwebende Gitarre durch den Gang dirigiert, mitten durch das begeisterte Publikum.

Manche schütteln erstaunt die Köpfe, mit leuchtenden Augen und offenen Mündern. Sie sind hin und weg von dem Auftritt und sie sind hin und weg von *ihm*. Für mich hätte es ewig so weitergehen können.

Aber immer wenn ich richtig Spaß habe, meldet sich eine kleine Stimme in meinem Hinterkopf und sagt mir, dass etwas schiefgehen wird. Kann mir jemand mal sagen, warum das so ist? Nie kann ich mich einfach »im Augenblick verlieren«, ganz egal, ob das überhaupt erstrebenswert ist oder nicht. Stattdessen lande ich stets bei dem, was Granny in diesem Augenblick sagen würde: »Hochmut kommt vor dem Fall, Esther.«

Nicht buchstäblich, natürlich, aber ich hätte es kommen sehen müssen.

Hätte ich? Keine Ahnung. Hätte irgendjemand das gekonnt?

Wahrscheinlich liegt es an Jesmond und Jarrow Knight. Wo die sind, muss man sich auf alles gefasst machen.

Auf dem Rückweg zur Bühne sehe ich sie am Gang sitzen. Mit Wasserflaschen. Ganz unschuldig.

Keine Wasserpistolen oder Super-Soaker mit Tank oder so was. Nur Wasserflaschen mit Sportverschlüssen, die ein Loch in der Mitte haben.

Im Augenwinkel nehme ich Jesmond wahr, aber da ist es zu spät.

Die Wasserflasche schon im Anschlag, ein blödes Grinsen auf dem blöden Gesicht. Er gibt seiner Schwester irgendwas – wohl sein Handy. Dann drückt er die Flasche zusammen und richtet den Wasserstrahl auf Boydy. Es ist nur ein dünner Strahl, doch er spritzt mir voll ins Gesicht und in die Haare.

Und Jarrow steht neben Jesmond und filmt alles.

42. Kapitel

Zuerst merkt keiner was.

Jesmond spritzt noch einmal und trifft mich wieder. Er kann mich auch kaum verfehlen, ich bin nur einen Meter weg.

Alles geht rasend schnell, doch ich weiß sofort, dass er mich teilweise sichtbar gemacht hat.

»Fang, Boydy!«, rufe ich und werfe ihm die Gitarre zu. Es ist mir egal, was die Leute denken, wenn sie eine Stimme aus dem Nichts hören. Ich hoffe einfach, dass in dem ganzen Trubel niemand genau sagen kann, woher meine Stimme kommt.

Allerdings sehen die Leute neben mir genau in diesem Moment einen wässrigen Umriss an den Stellen, wo mich Jesmond getroffen hat, und es wird still in diesem Teil des Saals.

»Oh mein Gott«, sagt Aramynta in der Reihe neben mir. »Da ist es wieder.«

Boydy fängt die Gitarre auf, doch da laufe ich schon den Gang entlang.

Ein paar Schüler stehen auf und recken die Köpfe, um das seltsame Geschehen zu verfolgen. Sie denken wahrscheinlich, es gehört zu Boydys Auftritt, ist ein weiterer Zaubertrick.

Hinter mir schreit Mr Parker: »Hinsetzen, setzt euch wieder. Lasst die Akteure ihren Auftritt beenden – zollt ihnen ein Quäntchen Respekt!«

Doch er besitzt nun einmal keine natürliche Autorität, und der Saal ist in Aufruhr, alle drängen in den Gang, um zu sehen, was da los ist.

Die Beleuchter haben ein paar Scheinwerfer ins Publikum gerichtet, als Boydy die Bühne verlassen hat, doch richtig hell ist es nicht.

Inzwischen schießt Jesmond unablässig mit seiner Wasserflasche, als hätte er ein Gewehr, und jemand auf der anderen Seite des Gangs, der getroffen worden ist, erwidert das Feuer mit seiner Wasserflasche. Ich bekomme genug ab, um zumindest teilweise sichtbar zu sein.

»Was ist das?«, fragen einige. »Guck mal – eine Hand.« Aber die meisten bringen nur ein »Oh, Gott« oder etwas ähnlich Erschrockenes zustande. Niemand weiß genau, was er da sieht, und eine ganze Reihe von Schülern sagt einfach nur so was wie: »Wahnsinn« und »wow«.

Riley Coleman, der letztes Jahr den Preis in Physik gewonnen hat, ruft so laut, als wüsste er genau Bescheid: »Verdammt noch mal – das ist nur ein Lichteffekt!« (Und natürlich hat er recht: Die Unsichtbarkeit ist tatsächlich ein »UV-Lichteffekt«.)

Ich habe die Menge ein paar Meter hinter mir gelassen. Falls ich rauskomme und weglaufe, sieht mich keiner mehr, da bin ich sicher.

Der Saal ist hinten mit doppelten Sicherheitstüren verschlossen, die man mit Stahlriegeln öffnet. Das tue ich und bleibe wie angewurzelt stehen.

Es schüttet draußen wie bei einem Monsun. Ein Schritt nach vorn und ich werde vollkommen sichtbar sein – ein Regengeist.

Ich drehe mich um und schaue auf eine aufgeregte Meute.

Was sie sehen, weiß ich nicht. Vielleicht ein paar Tropfen auf Haar und Gesicht. Wie mag das aussehen?

Hinter der Menge steht Boydy mit angstverzerrtem Gesicht. Und in dem Augenblick tut er etwas wirklich Geniales: Er schreit.

»Aaaah! Er hat mich! Der Geist von Jimi Hendrix will mich bestrafen.«

Einfach brillant. Sofort wenden sich alle zu Boydy um, der mit den Armen rudert, als würde er angegriffen, und sie lachen.

Ich nutze die Gelegenheit, um mich an der Wand entlangzuschleichen, wische das Wasser vom Gesicht und auch überall sonst ab und glaube schon, ich hab's geschafft.

Doch dann dreht sich Jesmond um und zeigt auf den Boden.

»Fußabdrücke!«

Ich habe nasse Spuren hinterlassen, die genau zu mir führen. Ohne Zögern renne ich durch die Vordertür des Saals auf den Flur.

43. Kapitel

Ein Blick zurück zeigt mir, dass ich keine Fußabdrücke mehr hinterlasse, sodass die Menge, angeführt von Jarrow Knight, nicht mehr weiß, wohin ich gelaufen bin. Sie bleiben an der Tür stehen, und ich höre, wie Mr Parker und die anderen Lehrer versuchen, die Ordnung wiederherzustellen.

Vorsichtig öffne ich die Tür zur Mädchentoilette. Und dank des Händetrockners bin ich kurz darauf vollkommen trocken.

Zufrieden mit mir selbst überprüfe ich das Ergebnis im Spiegel. Kein Zweifel, ich bin wieder unsichtbar, von Kopf bis zu den Füßen. Mitten in den Überlegungen, wie es nun weitergehen soll, fliegt die Tür auf und schlägt mir ins Gesicht. Volle Kanne.

Ich heule auf vor Schmerz und gehe in die Knie. Eine Gruppe Mädchen stürmt herein. Zusammengekrümmt presse ich die Hand auf die Nase und bemühe mich, ein Stöhnen zu unterdrücken, weshalb ich nicht sehen kann, wer gerade spricht.

»'tschuldigung, ich wusste nicht … hallo? Hast du das gehört? Was war das? Hast du was getroffen? Ich habe jemanden gehört … Hast du geschrien, Jarrow?«

»Das is mir zu irre«, sagt Jarrow Knight.

Ich spüre warmes Blut in der Nase und dann spritzt es auch schon raus. Gerade noch rechtzeitig ziehe ich die Hände weg und beuge mich vor, damit nichts auf mich tropft. Ein scharlachroter Bach ergießt sich auf die weißen Fliesen und breitet sich aus. Selbst auf mich wirkt das unheimlich, obwohl ich doch weiß, was es ist, und mit den höllischen Schmerzen zu kämpfen habe.

»Mein Gott. Jarrow, schau nur. Blut!« Das ist Gemma, jetzt erkenne ich die Stimme.

»Igittigitt! Wo kommt das denn her?«

Ich kann nicht hochsehen, denn dann müsste ich den Kopf heben und das Blut würde mir übers Gesicht laufen. So bin ich in der seltsam gekrümmten Haltung gefangen. Das Blut wird zu einem kleinen Bach, der sich in den Fugen sammelt und zu den Füßen der Mädchen fließt.

»Es wird immer mehr, Gemma. Gott, wie krass. Als würde jemand … igitt! Ich hole Mrs McDonald.«

Zwei Mädchen verlassen die Toilette.

Den Schuhen nach ist es Jarrow, die bleibt. Sie tritt mit einem Fuß vorsichtig in meine Richtung. Will … was denn bloß? Keine Ahnung, doch sie ist viel zu neugierig.

Bei Aramynta Fell hat es geklappt, vielleicht funktioniert es auch diesmal.

Ich öffne den Mund und gurgele heiser. Es ist mehr ein Blubbern wegen des Bluts in der Nase und feine Spritzer landen auf Jarrows Schuhen, werden zu größeren Flecken.

Das gibt ihr den Rest. Sie schreit und rennt raus, dabei tritt sie in die Lache und hinterlässt einen blutigen Abdruck auf den Fliesen.

Die Musikanlage im Saal spielt hämmernden House-Sound, das Mikrofon knackt und Mr Parker ruft: »Ruhe! Nun macht schon, lasst ein bisschen Ruhe einkehren.«

Ich hocke noch immer zusammengekrümmt am Boden und stöhne leise, weil meine Nase so wehtut und sich meine Augen mit Tränen füllen.

In dem Moment beginnt meine Haut zu kribbeln und ich bekomme Kopfschmerzen.

Es hört auf.

Die Unsichtbarkeit verschwindet.

Ich werde nackt sein. Mitten im Schulgebäude.

Mit einem Unterschied: Dieses Mal werde ich vollkommen, zu hundert Prozent sichtbar sein.

44. Kapitel

Was bleibt mir übrig?

Ich habe mir nicht den besten Augenblick ausgesucht, um nackt durch die Schule zu laufen, denn gerade als ich die Tür der Mädchentoilette öffne, klingelt es, und aus einem halben Dutzend Klassen drängen Schüler auf den Flur, zusammen mit den Zuschauern von *Whitleys Supertalent*.

Es gibt zwei Wege: zurück durch das Gebäude für Darstellende Künste oder den Flur entlang zur großen verglasten Eingangshalle, die jetzt schon gerammelt voll ist.

Ich überlege, ob ich in einer Kabine das Ende der Pause abwarten soll, doch meine Haut kribbelt schon so stark, und nach der Erfahrung beim letzten Mal bleiben mir höchstens noch fünf Minuten, um meine Kleider unter dem Rhododendronbusch rauszuholen.

Ich sehe noch einmal in den Spiegel und wische eine Blutkruste von der Nase.

»Alles klar«, sage ich mir und dann lächle ich trotz der Aufregung. Denn genau das bin ich: vollkommen klar wie ein Glas Wasser.

Ich verlasse die Toilette in dem Moment, als vier Mädchen aus der Sechsten reinkommen, und kann gerade noch einen zweiten Zusammenstoß vermeiden.

Nun ist es ein Rennen gegen die Menge und die schnell schwindende Unsichtbarkeit.

Ich ducke und drücke mich an den Massen vorbei durch den Flur. Manchmal stoße ich gegen jemanden oder bleibe an Taschen hängen. Einige drehen sich um. »He! Pass doch auf!«, sagen sie, doch es ist viel zu voll, als dass man rausfinden könnte, wer einen angestoßen hat.

In der Eingangshalle trommelt der Regen aufs Dach und sofort packt mich wieder die alte Angst, fast schon eine Panik.

Stopp, Esther. Bloß nicht jetzt, sage ich mir.

Ich verstecke mich hinter einem großen Farn und atme ein paarmal tief durch, drücke die Fingernägel in die Handballen, bis es schmerzt. Das lenkt mich von der Furcht ab.

Irgendjemand müsste die Tür öffnen, damit ich hinauskann. Doch niemand will raus. Warum auch? Es gießt in Strömen.

Mein Kopf brummt, und es fühlt sich so an, als würden eine Million Ameisen unter der Haut spazieren gehen. Und …

Oh nein.

Nein, nein, nein.

Wenn ich meine Hand ganz genau ansehe, kann ich schon vage einen Umriss wahrnehmen.

Noch eine Minute? Vielleicht noch weniger? Ehe ich tatsächlich den schlimmsten Albtraum der Welt erlebe und in aller Öffentlichkeit nackt dastehe.

Ich schlucke, atme tief ein und dann …

Renne. Ich. Los.

Sekundenschnell bin ich an der Tür und stoße sie auf. Es kommt mir vor, als würden sich Hunderte Augenpaare gleichzeitig auf die Tür richten, als der Regen sie wieder zuschlägt.

Jemand ruft: »Was ist das? Seht mal!«

Ich renne durch den Regen.

Kalte Tropfen klatschen auf Arme und Beine, bilden einen durchsichtigen Umriss, der sich mit meinen Bewegungen verändert.

In zwanzig Metern kann ich beim Naturwissenschaftstrakt um die Ecke biegen und bin außer Sicht. Ich drehe mich noch einmal um, sehe Gesichter an den Glaswänden und sogar Schüler an der offenen Tür, die versuchen, einen besseren Blick auf die Geistergestalt im Regen zu erhaschen.

Dann bin ich hinter dem Gebäude verschwunden und halte auf das Haupttor zu. Es ist verschlossen.

Ich muss es mit einem Fingerabdruck öffnen und die Konsequenzen tragen – später, was auch immer dann auf mich zukommt.

Der Umriss meines Daumens presst sich auf den Sensor. Das Tor geht auf und ich hechte unter das sichere Blätterdach des Rhododendrons.

Dort falle ich neben Zigarettenstummeln und altem Laub rücklings auf den Boden. Ich bekomme kaum noch Luft, mein Kopf explodiert fast, und ich kneife die Augen zusammen, bevor ich mich umdrehe und kotze.

Dann setze ich mich auf und schaue mich an.

Ich bin da. Ich bin zurück. Da ist mein Schenkel, dort meine Hand. Ich schließe die Augen, und alles wird dunkel, genau so, wie es sein sollte.

Ich bin sichtbar.

Sofort hole ich meine Sachen aus der Plastiktüte und ziehe mich an. Dann lehne ich mich gegen einen Pfosten und warte unter den tropfenden Blättern, bis der Regen aufhört.

45. Kapitel

Ich bin vor Granny zu Hause und ziehe meine Schuluniform an wie an einem ganz normalen Schultag.

Normal? Haha.

Auf meinem Handy ist eine Nachricht von Boydy.

Das war FANTASTISCH! Kommst du nachher vorbei? Ich koche.

Anscheinend ist mir vergeben. Außerdem bin ich superneugierig, wie es bei Boydy aussieht.

Der Tee mit Granny zieht sich, vor allem weil ich fast platze und unbedingt erzählen möchte, was passiert ist, aber das ist natürlich unmöglich.

»Geht es dir gut, Esther?«, fragt Granny mich mehr als einmal.

»Ja, danke. Ich bin nur müde.«

Das ist zumindest ein Teil der Wahrheit. Ich bin völlig erledigt. Ansonsten geht es mir gut. Ich schaue jedes Mal in den Spiegel, wenn ich an einem vorbeikomme, um zu überprüfen, ob wirklich alles in Ordnung ist. Es ist kaum zu glauben, aber abgesehen von der Übelkeit direkt danach scheine ich die Unsichtbarkeit ohne Nebenwirkungen zu überstehen.

Und was das Größte ist: Meine Haut ist noch besser geworden. Bis auf ein paar Pickel am Kinn ist die Akne fast vollkommen verschwunden. Ich lächle mir im Spiegel zu. Granny kriegt das mit.

»Eitelkeit, mein Spatz. Es ist nicht gut für dich, so lange vor dem Spiegel zu stehen.«

»Ist dir was an meiner Haut aufgefallen, Granny?«

»Ich habe dir doch gesagt, dass es besser wird, Liebling.«

Sie geht heute Abend aus, anscheinend irgendein Treffen, irgendein Komitee. Sagt sie zumindest. Ich weiß nicht recht.

Würdet ihr euch für so ein Treffen schminken? Sicher nicht, nein, das tun Kinder nicht. Aber Erwachsene? Vor allem, wenn man wie Granny nur sehr selten Schminke benutzt?

Und sie schminkt sich auch nicht in ihrem Zimmer. Sie verabschiedet sich und setzt sich ins Auto. Von meinem Fenster sehe ich, wie sie den Rückspiegel einstellt, damit sie sich anschauen kann, und dann Rouge, Lippenstift und Wimperntusche aufträgt. Erst danach fährt sie los.

Als ich zu Weihnachten ein Smartphone bekommen habe, hat Granny darauf bestanden, eine Tracking-App einzurichten. »Nur zu deiner Sicherheit, Esther, Spatz.«

Garantiert weiß sie nicht, dass FindU in beide Richtungen funktioniert.

Heute Abend werde ich es zum ersten Mal nutzen. Ich will herausfinden, wohin Granny geht.

46. Kapitel

Ich weiß nicht, was ich erwartet habe. Wahrscheinlich habe ich mich wegen des Ausdrucks »Stinker« gefragt, ob Boydy in fürchterlichen Umständen lebt, doch …

Bei Boydy zu Hause sieht es ganz normal aus. Das Haus ist kleiner, als ich angenommen habe, wo sein Vater doch Rechtsanwalt ist, aber sonst vollkommen normal. Und es riecht stark nach Aromakerzen.

»Tut mir leid, dass es so müffelt«, sagt Boydy vollkommen uneitel. »Mum hat einen Klienten.«

Seine Mutter praktiziert Reflexologie und Reiki. Keine Ahnung, was das ist, doch es hat mit Aromakerzen und Walgesängen zu tun, die man im ganzen Haus hören kann.

Boydys Dad ist nicht oft da. Ich habe ihn noch nie gesehen. Deshalb frage ich Boydy, wo er ist, und er antwortet knapp: »Ist nicht da. Er arbeitet viel. Gib mir mal das Messer, Ess.«

Ich sitze am Küchentresen und schaue zu, wie Boydy schnippelt und brät. Es ist ziemlich beeindruckend. Da seine Mutter Veganerin ist, hat er gelernt, sein Essen selbst zu kochen, sonst wäre er »verhungert«, sagt er.

Fleisch kommt ihr nicht ins Haus, aber sie hat nichts gegen Fisch, deshalb gibt es welchen. Der Unterschied zwischen Fleisch und Fisch ist mir nicht ganz klar. Ist ja schön und gut, wenn man nicht töten will, doch was ist dann mit den armen Fischen, die im Bauch eines Fischkutters vergeblich um ihr Leben kämpfen? Das sage ich natürlich nicht laut.

Auf alle Fälle schnippelt Boydy Gemüse für eine Garnelenpfanne und seine Hände bewegen sich schnell und geschickt wie die von Jamie Oliver im Fernsehen.

»Du hättest das sehen sollen«, sprudelt es aus ihm heraus, als wir auf den Talentwettbewerb am Nachmittag kommen, was nach etwa zwei Sekunden der Fall ist.

»Hab ich doch. Ich war auch da.«

Falls ihr euch fragt: Boydy hat nicht gewonnen. Klingt verrückt, ich weiß. Der beste Zaubertrick überhaupt und dann gewinnt er nicht.

»Ich glaube, das lag daran, dass ich gesagt hab, ich hab gar nicht Gitarre gespielt.«

»Was?«

Hat er etwa unser Geheimnis verraten?

»Die warn alle außer sich, redeten von Geistern und so. Mr Parker war echt aufgebracht – es war die Hölle los. Kein Scheiß, Ess, ich dachte schon, die werfen mich aufn Scheiterhaufen.«

Ich denke an die aufgebrachte Menge, die auf mich zugekommen ist, und an das Chaos im Saal. Ein ordentlicher Auftritt war das sicher nicht, falls das die Aufgabe gewesen war.

»Mr Parker hat mich zur Seite genommen. ›Mr Boyd, ich schätze das Theatralische Ihres Vortrags sowie die Vorbereitung des Vollzugs …‹«

Über diesen fantastischen Ausdruck muss ich lachen.

Dadurch ermutigt, fährt Boydy fort: »›Die unsichtbare Angelschnur, die Sie offensichtlich benutzt haben, um die Gitarre zum Schweben zu bringen, war raffiniert, doch als besagtes Instrument Ihre Hände verlassen hat, gehörte sicher mehr als ein raffinierter Zaubertrick dazu, dem Resonanzkörper Musik zu entlocken. Habe ich recht?«

»Er meint also, du hast nicht wirklich gespielt?«

»Genau. Was sollte ich da sagen? ›Nein, Mr Parker, das war Esther Leatherhead, die unsichtbar war‹? Ich hab gesagt, dass ich ein Handy in der Gitarre versteckt habe.«

»Und das hat er geglaubt?!«

»Ockhams Rasiermesser, Ess. Ockhams Rasiermesser.«

Ich sehe ihn verständnislos an. Das gibt ihm Selbstvertrauen. Er schüttet Gemüse und Garnelen in den Wok.

»Ockhams Rasiermesser. Das ist Philosophie. ›Wenn man das Unmögliche ausgeschlossen hat, muss das, was übrig bleibt, die Wahrheit sein – so unwahrscheinlich sie auch klingen mag.‹«

»Was hat das mit einem Rasiermesser zu tun?«

»Weiß nicht.« Er braucht keinen Löffel, schwenkt die Pfanne mit den Zutaten wie ein Fachmann. »Das hat er auch nicht gesagt. Spock in *Star Trek VI – Das unentdeckte Land.* Ein Zitat aus Sherlock Holmes.«

»Und wer ist Ockham?«

»Spielt keine Rolle. Es geht nur darum, dass für Mr Parker die einzig mögliche Erklärung nur ein sehr feiner Faden und ein in der Gitarre verstecktes Aufnahmegerät sein konnte. Und da ich als musikalische Darbietung angetreten bin, wurde ich disqualifiziert.«

»Voll ätzend.«

Es ärgert mich, dass Boydy der rechtmäßige Gewinn verweigert wurde, aber ihn scheint es nicht zu stören.

Er zuckt die Achseln. »Kein Ding. Der Ausdruck auf Jesmond Knights Gesicht war es schon wert, als er mich mit Wasser vollspritzen wollte und stattdessen dich traf. Als würde mich ein unsichtbares Kraftfeld umgeben. Und jetzt hast du hoffentlich Hunger.«

Das muss ich Boydy lassen. Seine Wokpfanne duftet köstlich und ich bin superhungrig.

Mit vollem Mund frage ich: »Und was war noch? Du hast gesagt, die Hölle war los.«

Es gibt wohl drei Versionen von Geistergeschichten, die verschiedene Leute erzählt haben, doch keine ist stimmig genug, um wirklich glaubhaft zu klingen.

Diejenigen, die gesehen hatten, wie ich im Saal nass gespritzt wurde, waren untereinander uneins, und der Physikfreak Riley Coleman hat die Hälfte von ihnen überzeugt, dass es zu Boydys Zaubertrick gehörte – was Boydy nicht grundsätzlich bestritten hat.

Die Mädchen, die in der Toilette gesehen hatten, wie das Blut spritzte, sind nicht das, was man normalerweise als glaubwürdig bezeichnen würde. Wenn so jemand erzählt, dass plötzlich eine Blutlache aufgetaucht ist, glaubt das keiner – wie Katie Pelling herausfinden musste. Irgendjemand hatte Nasenbluten. Na und?

Aramynta Fell hat anscheinend nichts über unsere Begegnung vor dem Gebäude erzählt.

Bleibt nur noch mein Sprint durch den Regen vor der Empfangshalle, den wohl Dutzende gesehen haben.

Boydy winkt mit der Gabel ab und schluckt einen großen Bissen hinunter.

»Ja, klar – aber was haben sie eigentlich gesehen? Wirklich, meine ich. Einen Umriss? Regen, den der Wind umhertrieb? Einer meinte sogar, es sei der Geist eines Jungen, der vor dreißig Jahren in der Culvercot Bucht ertrunken ist.«

»Echt jetzt?«

»Scheint so. Jedenfalls, wenn man Dayton Faydon glaubt, dessen Dad war zu der Zeit auf der Schule. Fakt ist, niemand weiß was. Sicher erst recht nicht. Alles könnte stimmen oder auch nichts. Wart nur ab, die Aufregung wird sich mit der Zeit legen und dein Geheimnis ist sicher.«

Boydys Handy liegt auf dem Tisch und summt. Er schaut sich die Nachricht an. Verzieht das Gesicht.

»Ganz so sicher wohl doch nicht.«

Hi. Sind euch auf der Spur. Schon schlau. Du und die Unsichtbare. Wollt es geheim halten, was? Wir aber nicht. Könnt berühmt werden. Habs aufm Handy. Punkt 8 am Musikpavillon, sonst habens alle. J&J

Boydy und ich sehen uns an. Jarrow und Jesmond. Wer sonst?

Dann schauen wir auf die Uhr an der Wand.

Es ist Viertel vor acht.

47. Kapitel

Obwohl es mitten im Juni ist und nicht mehr regnet, wirkt der Strand von Whitley Bay so trostlos wie im Februar. Vielleicht liegt es an den verrammelten Hotels, die schon bessere Zeiten gesehen haben und mich an die alten Leute in Uromas Heim erinnern: verfallen und ungeliebt.

Vielleicht ist aber auch meine Laune schuld.

Warum müssen die verdammten Zwillinge auch immer alles verderben?

Nach dem Regen hat der Himmel aufgeklart und es ist kühl geworden, die Möwen sind verstummt. Im schwachen Schein der untergehenden Sonne bekommt der Leuchtturm einen rosaroten Schimmer.

Wir nähern uns dem kleinen Park, dem Links. Mittendrin steht ein alter, verwitterter Musikpavillon.

Wo Jesmond und Jarrow auf uns warten.

»Und … was sagen wir denen jetzt?«, frage ich Boydy. Seine plötzliche Gelassenheit regt mich irgendwie auf.

»Entspann dich, Ess. Wir streiten einfach alles ab. Wie wolln die uns was beweisen?«

»Mit dem Video, das haben sie doch geschrieben.«

»Und wenn schon. Was soll da groß drauf sein?«

»Hhmm …« In Gedanken gehe ich noch mal den Moment durch, als Jarrow mit dem Handy gefilmt hat. Ganz so zuversichtlich wie Boydy bin ich nicht. »Also, was machen wir?«

»Reden uns raus. Die können uns mal.«

»Das hätten wir ja auch schreiben können. Warum treffen wir uns überhaupt?«

»Na, wir wolln doch wissen, was die gegen uns in der Hand haben. Für alle Fälle. Erst Beweise sichten, dann das Urteil fälln.«

Gleich sind wir am Pavillon.

»Überlass das Reden einfach mir«, sagt Boydy.

»Spinnst du! Ich rede, wann es mir passt.«

»Schon klar, Esser.«

Wir klettern zu den Zwillingen hinauf in den Pavillon. Ganz ehrlich, wenn ich nicht so angespannt wäre, würde ich laut loslachen. Die Zwillinge stehen mit verschränkten Armen nebeneinander, als hätten sie sich wie Bond-Bösewichte in Pose geworfen.

Sie nicken uns kurz zu.

»N'Abend, Jarrow. Alles klar, Jesmond?«, fragt Boydy.

»Boyd, Esther«, sagt Jesmond. (Jesmond ist der Junge. Keine Sorge, ich habe sie anfangs auch dauernd verwechselt. Und was soll dieses ›Boyd‹ eigentlich? Das ist ja wohl ein plumper Einschüchterungsversuch. Außer mir nennt ihn niemand bei seinem Nachnamen, glaube ich wenigstens, und ich hänge noch ein ›y‹ dran.)

Ich straffe die Schultern. So leicht lasse ich mich nicht aus der Fassung bringen.

Jarrow sagt: »Schön, dich zu sehen, Esther. Oder besser, dich *ganz* zu sehen.«

Darauf antworte ich nicht. Scheint mir eine gute Strategie: Je weniger man sagt, desto weniger kann man sich verplappern.

Rings um den Pavillon stehen mit Graffiti besprühte Holzbänke, unter denen sich der Müll wie in Schneewehen türmt.

Wir setzen uns und Jarrow redet weiter.

»Jetzt macht das alles Sinn. Irgendwie. Neulich, als wir den Hund gefunden haben, dachten wir uns schon, dass da was nich stimmt mit ihrer Hand, was, Jez?«

Jesmond nickt.

Jarrow blinzelt hinter ihren Brillengläsern. »Da war keine Hand zu sehen, obwohl da eine Hand hätte sein müssen.«

Ich schaue meine Hände an und drehe die Handflächen mehrmals nach oben und wieder zurück, als wollte ich sagen: *Was soll denn mit den Händen sein?*

Jarrow geht gar nicht drauf ein. »Und dann heute bei dieser Schul-Protz-Show. Das Ding mit der Gitarre. Angelschnur? Soll das 'n Witz sein? Mit Angeln kenn ich mich aus. So dünn und stark is keine Schnur.«

Boydy und ich sehen uns an. Er kaut auf der Unterlippe.

»Na, jedenfalls ham wir euch gehört«, sagt Jarrow. »Dich auf alle Fälle. ›Fang, Boydy!‹ Ganz klar deine Stimme und das ham wir auf Video.«

Alles wirkt komplett einstudiert. Beim Stichwort Video zückt Jesmond sein Handy. In Nullkommanichts hat er den Film gefunden, spielt ihn ab und ich lehne mich vor und schaue mit wachsender Übelkeit zu.

Das Video setzt ein, als Boydy ins Publikum läuft und die

Gitarre vor ihm schwebt. Auch wenn das Video verwackelt ist, ist es eine tolle Illusion. Ich hatte schon gefürchtet, dass die Kamera anders »sieht« als das menschliche Auge, also Licht leicht verändert aufzeichnet und mich so womöglich sichtbar macht. Aber nein. Im Film bin ich genauso unsichtbar wie im richtigen Leben.

Das Publikum tobt und ein Tumult entsteht. Schüler schieben Stühle quietschend zurück. Mr Parker bittet alle, sich wieder zu setzen. Dann schwenkt die Kamera wild hin und her – das ist wohl der Moment, als Jesmond das Handy an Jarrow übergibt –, und dann sieht man klar und deutlich Boydy.

Und das Wasser.

Als es mich trifft, zeichnen sich kurz die Umrisse meines Gesichts ab, bevor das Wasser auf den Boden rinnt. Viel kann man im Grunde nicht sehen. In mir keimt die Hoffnung auf, dass ich mir ganz umsonst Sorgen gemacht habe.

Und auf einmal bin ich zu hören: »Fang, Boydy!« Ich muss dicht vor dem Handymikro gestanden haben, denn die Aufnahme ist sehr deutlich. Und es ist unverkennbar meine Stimme. Na, wenn schon!

Dann ändert sich die Szene. Dieses Video dauert nur wenige Sekunden und wurde während des Platzregens vom Eingangsbereich der Schule aus aufgenommen. Man hört, wie jemand sagt: »Da! Hast du's?« Und dann sieht man schemenhaft etwas um die Ecke huschen, nur lässt sich nicht ausmachen, was es ist.

Ich setze ein Lächeln auf, das an ein spöttisches Grinsen grenzt. Gleich werde ich mich zu den Zwillingen umdrehen und sagen: »Ist das alles? Mehr habt ihr nicht? Das beweist gar nichts, außer dass ihr zwei Irre seid, die von unsichtbaren Leuten fantasieren. Habt ihr vielleicht auch noch ein paar Koboldfilme auf Lager? Ha! Loser!« So in der Richtung jedenfalls.

Aber auf halber Strecke gefriert mir das Grinsen.

Denn das Video spielt nun in Zeitlupe. Als mir das Wasser ins Gesicht spritzt, wird die Frequenz zu einer Bild-für-Bild-Einstellung gedrosselt. In dem Moment ist es eindeutig. Mein Gesicht oder wenigstens eine Gesichtshälfte zeichnet sich im Wasser ab.

Nur für wenige Einstellungen. Normalerweise würde man es nicht mitbekommen, aber so besteht kein Zweifel.

Die Passage im Regen offenbart in Zeitlupe und in der Vergrößerung sogar noch mehr.

Da bin ich. Fast komplett durchsichtig, aber dennoch deutlich genug im wolkenbruchartigen Regen zu erkennen, stürmt etwas aus der Lobby. Auf alle Fälle eine Person. Eine halb sichtbare Nackte.

Und zwar ich, unverkennbar.

An der Stelle endet der Film und Jesmond steckt sein Handy zurück in die Hosentasche.

»Das bist du, was?« Er grinst feixend.

Boydy und ich tauschen stumm Blicke.

»Abstreiten bringt eh nichts. Man sieht doch, dass du das bist. So läufst nur du. Außerdem wurde das Schultor mit deinem Daumenabdruck geöffnet.«

Boydy geht in den Angriff über. »Blödsinn. Ihr blöfft ja nur! Woher wollt ihr das mit dem Daumenabdruck haben?«

Nun mischt sich auch Jarrow ein. »Kinderspiel, wenn man Druckmittel gegen Stuart von der Security hat. Bisschen Überredungskunst, ihr wisst schon.«

Der alte Stuart Hibbert ist der Nachtwächter. Ein netter Kerl, der sich an der belebten Kreuzung hinter der Schule auch als Schülerlotse verdingt.

»Der alte Stuart? Was kann der schon verbrochen haben?«

»Darüber dürfen wir nicht reden, was, Jez?«, sagt Jarrow. »Nur so viel, für jemand mit Mindestlohn sind 50 Pfund 'ne Menge Geld.«

»Ihr habt ihn bestochen?«

Das kann ich kaum glauben. Die Knight-Zwillinge haben den Nachtwächter der Schule bezahlt, damit er Informationen rausrückt?

Alle vier sind wir so still, dass man nur den Verkehr hört, der mit dem Meer um die Wette braust.

Jesmond Knight sagt als Erster was: »Ich geb ja zu, dass wir nicht wissen, was Sache ist. Aber du«, und er pikst mich mit dem Finger, »hast da so'n Unsichtbarkeitsding am Laufen. Is das 'n Trick? Mit 'nem Anzug? Vom Militär? Keinen Schimmer. Aber garantiert streng geheim und soll garantiert auch geheim bleiben. Sonst hätten wir davon gehört.«

Ich funkle ihn böse an. Natürlich trifft er mehr oder minder ins Schwarze und ich habe Angst.

»Das wird so laufen«, meint Jarrow. Sie macht eine lange Pause, nimmt die Brille ab, putzt sie mit einem Taschentuch und lässt uns zappeln. »Im Moment is es bei Jez aufm Handy. Da bleibt's auch, solange ihr euch anständig betragt! Oder sollte ich sagen: solange ihr anständig *bezahlt.*«

»Bezahlen?«, fragt Boydy.

»Aye. Mit tausend wär'n wir schon zufrieden, was, Jez? In Raten is das doch kein Problem.«

Mir ist schlecht. Nicht nur, weil ich mich aufrege, ich muss wirklich gleich kotzen.

Tausend Pfund. Wo soll ich die nur herkriegen?

»Ihr seid verrückt«, sage ich. »Wir können nie im Leben eine solche Summe auftreiben. Ausgeschlossen.«

Ich bin stinksauer, habe eine Heidenangst und kann es einfach nicht fassen. Das ist richtige Erpressung. Mit Süßigkeiten hinterm Fahrradschuppen abknöpfen hat das nichts mehr zu tun, das ist kriminell.

»Kein Spielraum. Kapiert, Miss Unsichtbar? Hier wird nicht gefeilscht.«

»Ich hab das Geld nicht.«

Jesmond zuckt die Achseln. »Wird sich sofort wie 'n Lauffeuer verbreiten. Ein paar Anrufe beim *Evening Chronicle*. Du weißt schon: ›Das unsichtbare Mädchen aus Whitley Bay‹. Und überall auf YouTube. Reporter werden euer Haus belagern. Du wirst Invisigirl von den *Unglaublichen* sein, nur in echt. Und das wird dich dein Leben lang verfolgen, Esther. So was wird man nie mehr los.«

»Du kannst mich mal.«

Auch wenn die Worte wie aus der Pistole geschossen kommen, zittert meine Stimme. Ich könnte mir in den Hintern beißen. Die Knight-Zwillinge haben mich bei meiner größten Angst gepackt. Sie haben irgendwie spitzgekriegt, dass ich diese Art von Berühmtheit hasse, und werden es hemmungslos ausnutzen.

»Wie du willst.« Jesmond zückt sein Handy und murmelt vor sich hin, während er auf dem Display herumtippt. »Okay … hochladen … vorbereiten zum Hochladen …«

»Stopp!«

Jesmonds Finger schwebt über den Tasten, er setzt eine Unschuldsmiene auf. »Ja? Was denn?«

»Gib uns Zeit. Wir müssen nachdenken.«

Die Zwillinge schauen sich an und nicken. Jesmond steckt das Telefon wieder weg.

»Okay. Drei Tage. Man sieht sich. Na, dich nich«, sagt er und zeigt auf mich. »Nich, wenn du unsichtbar bist.«

Ohne sich noch einmal umzudrehen, schlendern die beiden lachend davon. Boydy und ich bleiben zurück, stumm vor Schreck.

48. Kapitel

Zu Hause setze ich mich im Schlafanzug ins Wohnzimmer und lasse mir alles noch mal durch den Kopf gehen, während ich auf Granny warte.

Laut FindU befand sie sich vor zehn Minuten in Tynemouth, wobei es ein wenig spät für einen Besuch bei Uroma ist. Die Besuchszeit endet um neun und es ist schon halb zehn. Vielleicht durfte sie noch ein wenig länger bleiben.

Boydy und ich haben auf dem Rückweg nicht groß geredet. Im Grunde blieb nicht viel mehr zu sagen als: »Hilfe, was machen wir bloß?« Und da wir beide wussten, dass der andere auch keine Antwort hatte, schien es sinnlos, überhaupt was zu sagen.

Als wir bei Boydy ankamen, war seine Mutter aufgestanden, und Boydy stellte uns vor. Seine Mum ist ganz okay, nur ein bisschen überdreht. Um die Augen hat sie dunkle Ringe und wirkt extrem erschöpft. Mich hat sie mit einem rührseligen, schmallippigen Lächeln begrüßt und den Kopf dabei zur Seite geneigt: »Du hast eine wunderbare Aura.«

»Ähm, danke.« Keine Ahnung, was sie damit meinte, wahrscheinlich wollte sie einfach nur nett sein.

Und Boydy flüsterte sie zu: »Reizende Manieren. Siehst du, Elliot, du hättest es weitaus schlimmer treffen können.«

Wieder hatte ich keinen Schimmer, was das heißen sollte, aber Boydy sah mich an und verdrehte solidarisch die Augen.

Zum Schluss sagte seine Mutter noch: »Ich lasse euch zwei … jetzt mal allein.« Und ich könnte schwören, dass sie was weggelassen hat, als hätte sie eigentlich sagen wollen: »Ich lasse euch zwei Turteltauben jetzt mal allein.«

Allein der Gedanke, dass Boydy und ich ein Paar sein könnten, ist so abwegig, dass ich fast losgelacht hätte.

Nachdem wir seine Mutter losgeworden waren, setzten Boydy und ich uns mit einem Becher Tee an einen Tisch und entwarfen einen Schlachtplan.

Wie es aussieht, werde ich wohl in das Haus der Knights einbrechen und Jesmonds Handy stehlen.

Sind wir natürlich nicht gleich drauf gekommen. Und dass ich nicht scharf drauf war, könnt ihr euch bestimmt auch denken. Aber weder mir noch Boydy fiel etwas ein, wie wir sonst sicherstellen können, dass niemand das Video zu Gesicht kriegt.

Eigentlich wundert es mich, dass es nicht schon in der Schule die Runde gemacht hat, auf YouTube hochgeladen und in Tokio oder sonstwo geschaut wurde. Aber ich habe bei meinen Überlegungen nicht berücksichtigt, wie lange die Zwillinge warten können, um so viel wie möglich herauszuholen. Wie lange sie tatsächlich warten werden, darüber können wir nur spekulieren.

»Genial«, sagte Boydy, nachdem wir unseren Plan entworfen hatten, trank seinen Becher Tee in einem Schwung aus und schmatzte wohlig. »Du machst dich unsichtbar, steigst ins Haus und holst die Handys. Kinderspiel.«

»Oh ja. Kinderspiel. Für dich vielleicht, du musst ja auch nichts machen.«

Boydy wirkte verletzt. »Ich helfe dir doch.«

»Wie?«

»Weiß nich. Ich bin dein Wingman.«

»Mein was?«

»Mein Vater sagt das immer. Ich glaub, es bedeutet Helfer.«

Ich kann mir beim besten Willen nicht vorstellen, wie Boydy mir bei einem komplizierten Einbruch helfen will, bei dem sich die Opfer auch noch im Haus befinden. Aber das behalte ich für mich. Stattdessen lenke ich Boydys Aufmerksamkeit auf ein weiteres Problem, das mir aufgefallen war.

»Das Video, das sie uns gezeigt haben, war bearbeitet.«

Die Zeitlupe, die Vergrößerung, der Zusammenschnitt verschiedener Clips, das war ganz eindeutig.

»Und?«

»Wie macht man das?«

»Was weiß ich? Mit 'nem Programm. iMovie oder so. Man lädt das Video auf den Comp… Ah.«

»Eben. Das Video ist nicht bloß auf Jesmonds Handy. Es ist auch noch auf seinem Laptop oder dem Familiencomputer oder sonstwo. Und kann genauso gut auch noch in einer Cloud gesichert sein.«

Boydy holte tief Luft. »Du musst dir die Computer vorknöpfen. Alles löschen. Alle Daten.«

»Wie soll ich das denn bitte schön machen, Bill Gates? Und wenn sie Back-ups haben?«

So ging es noch eine halbe Stunde hin und her. Manche Leute machen nie Back-ups, zum Beispiel Granny. Sie wüsste gar nicht, wie. Manche machen es ab und zu. Wie Boydy, der dafür eine externe Festplatte hat, auf die er alle paar Monate die Musik, Filme und Hausaufgaben von seinem Laptop überspielt. Andere haben ihren Computer so eingerichtet, dass er automatisch Back-ups erstellt, mit der Apple Time Machine zum Beispiel. Und wieder andere speichern alles automatisch in einer Cloud.

»Dann wolln wir mal hoffen, dass es nicht die Cloud ist«, sagte Boydy.

»Wir? Wir? Na toll!« Warum regte ich mich nur so auf?

»Ich will dir doch nur helfen, Ess«, sagte Boydy betrübt. »Aber mal ganz ehrlich, so wie du die Knight-Zwillinge kennst, glaubst du echt, die haben ihre Computer auf automatisches Back-up hochgerüstet?«

Ich überlegte einen Moment und musste ihm recht geben. Es war zwar möglich, aber nicht sehr wahrscheinlich.

Erschreckenderweise wurde der Einbruch dadurch zu einer brauchbaren Möglichkeit.

Und noch erschreckender war, dass es gleichzeitig auch unsere einzige Möglichkeit war.

49. Kapitel

Und damit nicht genug, als Granny nach Hause kommt, sehe ich ihr an, dass sie geweint hat.

Ihre Wimperntusche ist futsch, und ihre Augen sind rot, was mich glauben lässt, dass ihr das Make-up beim Weinen verlaufen ist und sie alles weggewischt hat.

Abgesehen von den geröteten Augen verbirgt sie es aber ziemlich geschickt.

»Hast du was, Granny? Du siehst … so traurig aus.«

Sie wendet sich ab. »Traurig? Nein, nein, nein. Mir geht es gut, Liebling. Nur ein bisschen müde, sonst nichts.«

Ich versuche, sie auszutricksen. »Wie geht es Uroma?«

Darauf fällt sie nicht rein.

»Deine Uroma? Als ich sie am Wochenende gesehen habe, war alles bestens. Wie meinst du das?«

»Nichts. Ich dachte nur, du wolltest sie besuchen, mehr nicht. Habe mich wohl getäuscht.«

Granny ist mit dem Wasserkessel beschäftigt, deshalb kann ich von meinem Platz nicht sehen, was sie für ein Gesicht macht.

»Nein. Ich war auf einem Treffen vom Kirchenbasar. Das zog

sich ziemlich hin. Den halben Abend haben wir über den Hund von Queenie Abercrombie gesprochen.«

»Sorry, mein Fehler.«

»Sag das nicht. Das klingt ziemlich gewöhnlich.«

»Tut mir leid, ich habe mich eben getäuscht. Wo habt ihr euch denn getroffen?«

»Du lieber Himmel, was bist du heute Abend bloß neugierig! Ich war im Pfarrhaus. Wieso fragst du?«

Das Pfarrhaus liegt nicht in Tynemouth. Nun ist es also klar. Granny lügt.

»Einfach so. Gute Nacht, Granny.«

Ich gehe nach oben ins Bett, aber schlafen kann ich nicht. Ich liege hellwach da. Würde euch nicht anders gehen, wenn ihr so viel auf dem Herzen hättet. Ich höre Granny in ihrem Zimmer kramen.

So klingt es normalerweise nicht, wenn sie zu Bett geht. Es ist ganz anders. Auch wenn ich jedes einzelne Geräusch schon mal gehört habe, stimmt die Reihenfolge nicht.

Zuerst kommt sie noch mal in mein Zimmer und vergewissert sich, dass ich auch schlafe. Tue ich nicht. Ich liege einfach nur im Dunkeln, aber das scheint ihr zu genügen.

Als Nächstes ertönt ein Knarzen und darauf ein leises Scheppern. Das muss die kleine Trittleiter sein, die zusammen mit dem Staubsauger und der Weihnachtsdekoration im Einbauschrank im Flur lagert.

Leise schleicht sie über die knarzenden Dielen zurück in ihr Zimmer.

Dann höre ich, wie der Schlüssel im Schloss gedreht wird. Warum in aller Welt schließt sie sich ein? Falls ich mitten in der

Nacht aufstehe und in ihr Zimmer gehe? Ein anderer Grund fällt mir nicht ein.

Das ist zwar unwahrscheinlich, aber offenbar ist das, was sie tut, so geheim, dass sie kein Risiko eingehen möchte und lieber abschließt.

Das macht mich neugierig. Im Nu bin ich auf den Beinen und presse das Ohr an meine Tür.

Die Trittleiter holt Granny nur, wenn sie was oben aus den hohen Schränken holen will. Und tatsächlich höre ich den Schnapper vom Schrank …

Im Grunde war es das.

Es rumort noch ein wenig, sie geht im Zimmer umher, bevor sie die Leiter zurück in den Flur bringt.

Danach ist alles still und ich schlafe ein.

Nur eine Stunde später wache ich wieder auf. Ich habe schlimmen Durst und gehe ins Badezimmer, um was zu trinken. Unter Grannys Tür dringt ein schmaler Lichtstrahl in den Flur, aber als ich vorbeigehe, erlischt das Licht.

Jetzt mal ehrlich, was geht hier vor?

50. Kapitel

Bis vor Kurzem kam mir Granny nie sonderlich geheimniskrämerisch vor. Auch wenn sie schon immer der Meinung war, dass man diskret sein und sich nicht »zum Gespött machen« sollte.

»Sich zum Gespött machen« ist in Grannys Welt eins der schlimmsten Dinge überhaupt. Es fällt in die gleiche Kategorie wie »angeben«, »sich in den Mittelpunkt stellen« und »sich wie eine Diva aufführen«.

Mich hat sie schon früh angehalten, nie Aufmerksamkeit auf mich zu lenken. Selbst wenn ich wie alle Kinder herumtollte – Rad schlug, verrückt herumtanzte und vom Stuhl sprang –, wurde ich stets ermahnt.

Gerechterweise muss ich sagen, dass ich auch einmal böse gefallen bin, was Granny einen ordentlichen Schreck eingejagt hat. Ich muss so sechs gewesen sein, als die Gemeinde ein neues Klettergerüst aufgestellt hat.

Für eine winzige Sechsjährige war das Gerüst riesig. Es gab zwar ein Schild, auf dem stand, dass es erst für Kinder ab acht geeignet war, aber das nahm keiner ernst, nicht einmal Granny.

Granny saß immer mit einem Buch auf der Bank, und Lady lag darunter, während ich spielte. Am besagten Tag waren noch ein paar andere Kinder dabei, die ich kannte, und wir stachelten uns an, die kleine Plattform ganz oben zu erklimmen.

Ich war schon halb oben, da wurden die anderen Kinder von ihren Mütter gerufen, und als ich die Plattform erreichte, waren sie schon unten und liefen zu ihren Müttern am Ausgang. Deshalb brüllte ich: »Amy! Amy! Ollie! Guckt mal! Granny! Guckt doch mal!«

Ich winkte und rief. Andere Leute im Park sahen schon zu mir hoch, aber Amy und Ollie hatten mich noch nicht entdeckt und Granny schaute sich um, kam aber nicht drauf hinaufzusehen.

»Hier oben!«, brüllte ich. »Guckt mal! Ich hab's geschafft!«

In dem Moment fiel ich. Ich rutschte mit dem Fuß weg und verlor das Gleichgewicht. Erst bin ich mit dem Kopf gegen eine Metallstange geknallt und auf dem Weg nach unten habe ich noch ein paar Netze mitgenommen, deshalb bin ich nicht mit voller Wucht aufgeschlagen, doch ein paar Sekunden war ich schon bewusstlos. Auf der weichen Unterlage, die unter dem Klettergerüst lag, habe ich mir das Handgelenk verstaucht, aber es hätte schlimmer enden können.

Als ich wieder zu mir kam, war ich von einem Dutzend kniender, hockender und stehender Menschen umringt. Granny hielt meinen Kopf im Schoß und murmelte unentwegt: »Nicht schon wieder. Bitte, lieber Gott, nicht schon wieder«, was mir damals reichlich seltsam vorkam.

Ich lag noch eine Weile unter dem Klettergerüst, viel länger, als ich wollte, doch der Parkwächter bestand auf alle möglichen

Tests, die er wohl auf einer Parkwächterschulung gelernt hatte. Dinge wie: Atmete ich richtig? War mein Sehvermögen eingeschränkt? Dabei wollte ich bloß nach Hause und über mein schmerzendes Handgelenk weinen.

Irgendwann lichtete sich die Menge und es blieben nur Lady, Granny und der Parkwächter zurück. Blut war keines zu sehen, und Granny wollte heim, um mein Handgelenk mit etwas Eis zu kühlen.

Auf dem Nachhauseweg fragte ich Granny: »Vorhin hast du gesagt ›nicht schon wieder‹. Was hast du damit gemeint?«

Im ersten Moment hat es ihr fast die Sprache verschlagen, glaube ich, aber es ist eben schon lange her.

Gesagt hat sie bloß: »Gar nichts, mein Spatz. Gar nichts habe ich gemeint. Ich will nur nicht, dass dir was passiert, weißt du.«

Selbst damals kam mir das eigenartig vor. Es war so ungewöhnlich, dass ich es klar im Gedächtnis behalten habe.

Das und auch noch, was sie danach sagte: »Die Leute schauen nur, weil sie sehen wollen, ob du fällst.«

51. Kapitel

Am nächsten Morgen ist Granny bester Dinge, superfreundlich und putzmunter, als wäre nichts gewesen.

Ich fange schon an zu glauben, dass ich mir die seltsamen Dinge der letzten Tage und Wochen und das Rumoren gestern Nacht nur eingebildet habe.

In der Schule bin ich ja noch krankgemeldet, dennoch stehe ich unten in meiner Schuluniform parat.

Granny verlässt das Haus vor mir und ich bringe Lady wie immer zum Hundesitter. Doch statt dann weiter zur Schule zu gehen, mache ich kehrt, und bevor die Schule überhaupt angefangen hat, stehe ich schon mitten in Grannys Zimmer und schaue hinauf zu den Schränken.

Grannys Zimmer ist mit Abstand das ordentlichste und sauberste Zimmer im ganzen Haus, wahrscheinlich weil ich es nie betrete. Alles ist weggeräumt, hier hängen keine Blusen überm Stuhl, liegen keine Socken und Bücher auf dem Boden. Die Ablage der Frisierkommode beherbergt nur eine silberne Haarbürste und ein geschnitztes Holzkästchen voller Kleingeld. Alles ist blau oder grau. Der Teppich ist grau, die Überdecke blau gestreift, die Kissen sind blau und weiß, die Vorhänge grau, weiß und blau. Es riecht gut nach Grannys Parfüm und Deo.

An einer Wand stehen große Einbauschränke, die bis zur Decke reichen.

Ich schnappe mir die kleine Trittleiter aus dem Flur. Sie hat nur drei Stufen. Selbst auf der höchsten Stufe muss ich mich noch recken, um in die oberen Regale des ersten Schranks sehen zu können. Genau, was ich erwartet habe: Wolldecken, ein extra Federbett und eine lange Steppjacke, die Granny sich gekauft und nur einmal angezogen hat, weil sie dann jemanden im Fernsehen mit einer ähnlichen Jacke gesehen hat.

Das Regal über dem zweiten Schrank ist leer. Im dritten befinden sich Bettlaken und ein Karton mit meinen alten Bilderbüchern, die ich mir eine halbe Stunde vergnügt ansehe und mich erinnere, wie Granny mir daraus vorgelesen hat. (Eigentlich wollte Granny sie auf dem Bücherbasar der Kirche verkaufen, aber das ist schon ewig her, wahrscheinlich hat sie es nur vergessen.)

Im letzten Schrank ist der übliche Krempel: eine alte Nähmaschine, die keiner benutzt, ein Beutel mit alten Klamotten und eine schöne Messingvase mit Deckel.

Mehr nicht.

Ob Granny sich den alten Karton mit den Bilderbüchern angesehen hat? Glaube ich kaum.

Enttäuscht steige ich wieder auf die Leiter, um den Bücherkarton zurückzustellen, keine leichte Sache, wenn man so klein ist wie ich. Beim Hochhieven gerät der Karton in Schieflage, ein paar Bücher rutschen heraus und landen auf dem Boden, also muss ich wieder runter, um die Bücher einzusammeln.

Eines ist über den Teppich geschlittert und unter Grannys Bett gelandet. Ich knie mich hin und hole es hervor.

Da entdecke ich etwas.

Eine Metallkiste. Genau danach habe ich gesucht, das weiß ich. Fragt mich nicht, woher. Ich weiß es einfach.

Granny muss die Kiste oben aus dem Schrank geholt und unters Bett geschoben haben. Warum? Keine Ahnung. Vielleicht, weil sie so besser rankommt?

Ich ziehe die Kiste unterm Bett hervor. Sie ist ziemlich groß, etwa so breit wie ein Tablett und sechs Zentimeter hoch.

Und verschlossen. Natürlich. Was sonst?

Als ich sehe, dass die Kiste mit einem Zahlenschloss gesichert ist, verlässt mich der Mut. Wenn es ein Schloss mit Schlüssel wäre, dann könnte ich wenigstens nach einem Schlüssel suchen.

Ob ich die Kombination erraten kann? Es sind vier Zahlen.

Ich versuche es mit dem Offensichtlichen: mein Geburtsjahr, Grannys Geburtsjahr und dann ein Jahr vor und zurück, falls ich es falsch im Kopf habe. Die letzten vier Zahlen ihrer Handynummer. Die ersten vier Zahlen ihrer Handynummer, dann von meiner.

Dann 1066 wegen der Schlacht bei Hastings und 1815 wegen der Schlacht bei Waterloo und 1776, weil wir in der Schule gerade den Amerikanischen Unabhängigkeitskrieg durchnehmen.

Es ist hoffnungslos. Ich werde es nie herausbekommen.

Aber …

Ich könnte alle Zahlen von 0000 bis 9999 ausprobieren.

Jede einzelne.

Wie lange dauert das wohl? Ich überschlage das kurz auf meinem Handytaschenrechner. Mal angenommen, es dauert zwei

Sekunden, eine Zahl einzutippen (vielleicht auch schneller?), und wenn man 9999 auf 10 000 aufrundet, macht das 20 000. Geteilt durch sechzig, um auf die Minuten zu kommen … das macht 333 (Komma drei Periode, genau genommen) und das noch mal durch sechzig geteilt, um die Stunde zu berechnen, und da komme ich auf …

Fünfeinhalb Stunden.

Dienstags kommt Granny schon mittags zurück.

Ich hoffe einfach mal, dass sie keine hohe Zahlenkombination gewählt hat.

Sofort mache ich mich ans Werk.

0000

0001

0002

0003

0004

Jedes Mal, wenn ich eine Zahl weitergedreht habe, prüfe ich, ob es aufgeht. Da darf ich nicht schludern, sonst bin ich nachher bei 9999 und merke, dass ich eine Nummer übersprungen oder das Schloss nicht probiert habe.

Also sitze ich hier bei Granny auf dem Fußboden, den Rücken an ihr Bett gelehnt, die Metallkiste auf dem Schoß und drehe die Scheiben und ziehe. Wieder und wieder. Und wieder …

Eine Stunde vergeht.

2334 *ziehen*

2335 *ziehen*

2336 *ziehen*

Ich strecke mich, gehe aufs Klo und mache mir einen Tee.

Noch eine Stunde.

3220 *ziehen*

3221 *ziehen*

Meine Schultern sind verspannt und die Finger tun mir von den scharfen Zahlenrädchen weh.

Noch eine Stunde.

Besorgt schaue ich zur Uhr, die sich Richtung Mittag bewegt. Falls Granny nicht vorzeitig nach Hause kommt, sollte alles glattgehen.

Kaum habe ich den Gedanken gefasst, höre ich auch schon ihr Auto vor der Tür.

52. Kapitel

Oh Gott, oh Gott, oh Gott.

In Nullkommanichts bin ich auf den Beinen und renne nach unten, um die Haustür abzuschließen, denn wenn die Tür bei Grannys Ankunft nicht abgeschlossen ist, dann:

a) kriege ich Ärger, weil ich sie heute Morgen nicht hinter mir verriegelt habe, oder …
b) Granny denkt, ich sei aus irgendeinem Grund schon zurück, und sucht nach mir.

Schon sehe ich sie durch das Ornamentglas in der Haustür auf mich zukommen. Lady hat sie auch dabei, also ist sie fertig mit der Arbeit und bleibt den Rest des Nachmittags zu Hause.

Leise drehe ich den Schlüssel im Schloss, ziehe ihn heraus und sprinte nach oben, wo ich die noch immer verschlossene Metallkiste unters Bett schiebe, die Schranktür schließe und gerade noch genug Zeit habe, die Trittleiter wegzustellen, als sie durch die Haustür kommt und direkt nach oben geht. Sie zieht den Mantel aus, mehr nicht. Sie scheint richtig in Eile zu sein.

Mir bleibt nichts anderes übrig, als bei Granny unters Bett zu kriechen.

Oder hätte ich besser in den Schrank springen sollen?

Im Nachhinein scheint mir das die bessere Idee, denn was, wenn Granny nur nach oben kommt, um die Kiste zu holen? Auf jeden Fall beschäftigt sie das im Moment, und wenn sie unters Bett schaut …

Schhh.

Granny kommt ins Zimmer, Lady folgt ihr, schnüffelt am Teppich. Ich sehe ihre Beine, Grannys und Ladys – und Lady ist ganz aufgekratzt, wahrscheinlich, weil sie mich riecht.

»Was hast du nur, Lady? Du schnupperst ja so viel heute«, sagt Granny.

Über mir knarzt das Bett und sinkt ein, als Granny sich draufsetzt. Sie streift die bequemen Pumps ab und geht zum Schrank. Danach setzt sie sich wieder und zieht ein Paar Turnschuhe an.

Granny lacht. »Du weißt, was das heißt, Lady, nicht wahr? Du weißt, dass ich jetzt mit dir spazieren gehe. Du musst heute schön artig sein, denn wir treffen uns mit jemandem, und da will ich wissen, ob du ihn magst.«

Dann steht Granny auf, denn es hat an der Tür geklingelt, und sie geht nach unten.

Auch wenn bei mir alles gedämpft ankommt, verstehe ich jedes Wort, und meine Gedanken überschlagen sich.

Granny: »Hallo. Komm doch rein. Ich hole nur rasch meine Handschuhe aus der Küche.«

Eine Männerstimme: »Hallo, Bea. Hallo, Lady, da bist du ja wieder. Magst du gekrault werden?«

Mir bleibt die Luft weg, denn die Stimme kenne ich doch.

Gerade kann ich sie nicht zuordnen, aber gehört habe ich sie unter Garantie schon mal.

Ich quetsche mich unterm Bett hervor. Ich muss sehen, wer das ist, doch dafür muss ich aus Grannys Fenster schauen. Mich an die Treppe zu stellen wäre zu riskant.

Ich höre Granny sagen: »Na, dann wollen wir mal.«

Die Haustür fällt ins Schloss.

Gemeinsam laufen Granny und Lady den Gartenweg entlang, gefolgt von einem Mann, dessen Gesicht ich nicht sehen kann, der aber kurzes fahlblondes Haar hat.

Ja. Das ist er.

Der Typ, dem ich im Eingang vom Klosterblick begegnet bin.

Was in aller Welt will der hier? Bei Granny?

53. Kapitel

Eine Stunde. So lange geht Granny normalerweise mit Lady spazieren. Die Straße hinunter, durch den Links zum Strand bis zum Leuchtturm und zurück. Natürlich schafft man es auch schneller. Viel schneller. Aber wenn man den Ball wirft und Lady noch mit anderen Hunden spielen lässt, vergeht locker eine Stunde.

Doch wer weiß? Vielleicht geht sie mit dem Typen auch nur bis zum Musikpavillon und macht dann kehrt. Oder läuft weiter bis nach Seaton Sluice und ist den ganzen Nachmittag weg.

Das rede ich mir ein, um mich von den Schmerzen in meinen Fingern abzulenken.

5004 *ziehen*

5005 *ziehen*

5006 *ziehen*

Dann ist da noch dieser Mann.

Ich komme gleich zur Sache. Und die Schlussfolgerung mag jetzt etwas seltsam klingen, ist noch nicht mal eine Schlussfolgerung, aber … Läuft da was zwischen den beiden?

Ekliger Gedanke. Erst mal ist er *viel* jünger als sie. Mir Granny als ältere Frau mit jungem Lover vorzustellen, behagt mir so gar nicht. Ganz ehrlich, ich wäre auch nicht scharf drauf, wenn er in ihrem Alter wäre. Irgendwie passt es nicht zu ihr.

Und dann raucht er auch noch. Granny würde nie was mit einem Raucher anfangen.

(Einmal habe ich sie gefragt, ob rauchen »gewöhnlich« sei. Granny dachte eine Weile nach und sagte dann: »Als es noch sehr gewöhnlich war, war es nicht so ›gewöhnlich‹. Jetzt, wo es nicht mehr so gewöhnlich ist, ist es umso ›gewöhnlicher‹.« Über ihren Witz musste sie lächeln und ich auch, denn ich habe ihn verstanden.)

Granny ist nun mal Granny. Anständig und sittsam. Und vor allem alleinstehend.

6445 *ziehen*

6446 *ziehen*

6447 *ziehen*

Ich versuche gerade, all die seltsamen Momente, auf die ich mir keinen Reim machen konnte, in eine Reihe zu kriegen. Die Sache mit Uroma, das vorgeschobene Basartreffen im Pfarrhaus, bei dem Granny nicht war, dann kommt sie verweint nach Hause, trifft sich jetzt auch noch mit einem jüngeren Mann und diese bekloppte Kiste, die EINFACH NICHT AUFGEHEN WILL.

7112 *ziehen*

7113 *ziehen*

Klick!

Die Kiste öffnet sich. Beim siebentausendeinhundertunddreizehnten Versuch.

Ich habe einen Kloß im Hals. Meine Hände zittern, als ich das Schloss löse und den Deckel aufklappe.

Hätte mich vorher einer gefragt, was ich in der Kiste erwarte, hätte ich garantiert nicht gesagt: »Ein Foto von der Sängerin Felina.« Doch genau die blickt mich an.

Ein Foto eines toten Popstars mit Katzen-Make-up, die Hände wie Krallen erhoben, mit einem Funkeln in den Augen und einem frechen Lächeln.

Felina.

54. Kapitel

Außer dem Foto in meiner Hand gibt es noch haufenweise andere, manche sind aus Zeitschriften ausgeschnitten. Eine Ausgabe des *Soul*-Magazins ist darunter, mit Felina auf dem Cover und etlichen Fotos und Berichten im Innenteil; eine zehn Jahre alte Sun mit einem schwarz gerahmten Bild von Felina auf dem Titelbild und der Überschrift *Ruhe in Frieden, Felina.*

Und ein *Guardian* findet sich ebenfalls, der auf der Seite mit den Nachrufen aufgeschlagen ist, wo die Lebensgeschichten aller möglichen Berühmtheiten, die gestorben sind, abgedruckt werden.

Ich lese den ganzen Artikel.

FELINA

Die eingängigen Hits der Sängerin mit der rauchigen Stimme konnten nicht über ihr inneres Leid hinwegtäuschen

Das wilde Rock-'n'-Roll-Leben hat ein weiteres trauriges Opfer gefordert: Die 24-jährige Pop- und Soulsängerin Felina wurde tot aufgefunden. Die Todesursache ist bislang ungeklärt.

Mit ihrer unverwechselbaren Stimme – und ihrer ebenso unverwechselbaren Aufmachung – sprach sie alle Altersgruppen an und wurde so in den letzten Jahren zur erfolgreichsten Künstlerin ihrer Generation. Doch Felinas Leben wurde von einem schwerwiegenden Drogen- und Alkoholproblem überschattet.

Ihr zweites Album *The Cat's Whiskers* war vier Wochen lang Nummer 1 der Charts und verschaffte ihr eine plötzliche Berühmtheit, die ihr später zum Verhängnis wurde.

Als Miranda Enid Mackay wuchs Felina im Süden Londons in kleinbürgerlichen Verhältnissen auf. Ihr Vater war Vertreter. Die Eltern, Gordon und Belinda Mackay, ließen sich später scheiden.

Schon mit sieben Jahren besuchte Felina Schauspielkurse, aber bald zeichnete sich ab, dass ihre Leidenschaft der Musik galt. Als Teenager rebellierte sie früh, nach eigenen Angaben hatte sie schon mit 14 ihr erstes Tattoo – eine Katze auf dem Oberarm – und rauchte. »Von meinen Eltern habe ich mir nichts sagen lassen, fertig«, äußerte sie später.

Felinas Gesangslehrer reichte eine MP3-Datei mit einer Gesangsprobe bei einer Plattenfirma ein. Mit 17 Jahren unterschrieb sie einen Plattenvertrag bei *Slick Records*, doch ihr rebellisches Wesen hatte bereits zu einem Bruch mit den Eltern geführt. Felina zog zu Hause aus und tat sich mit dem Musiker Ricky Malcolm zusammen.

Ihr erstes Lied »Say You Can« wurde kurz nach ihrem 19. Geburtstag veröffentlicht. Als »Felina« eroberte sie die Musikszene. Mit ihrem Katzen-Make-up und ihrer Kostümierung erntete sie prompt sowohl Bewunderung als auch Spott.

Auf jeden Fall verschaffte es ihr Aufmerksamkeit. Ständig war sie in den Schlagzeilen, produzierte einen Hit nach dem anderen, zum Beispiel auch »Light the Light«, der wohl nun für immer mit ihrem Namen in Verbindung gebracht werden wird. Dieser Song bescherte ihr den Durchbruch in den USA, der allerdings durch ihren Tod nun ein jähes Ende fand.

Auch wenn Felina einen Erfolgssong an den anderen reihte, wurde deutlich, dass das Leben eines Showstars seinen Tribut forderte. Abgesagte Konzertauftritte ließen Gerüchte von Problemen mit Alkohol und Drogen laut werden.

Die Klatschreporter folgten ihr auf Schritt und Tritt. In der Öffentlichkeit zeigte sie sich kaum ohne ihr obligatorisches Katzen-Make-up und die ins Haar geschobene Sonnenbrille.

Felina wurde bei den *Brit Awards* als beste Künstlerin geehrt, im gleichen Jahr war sie auch für den *Mercury Music Price* und den *Ivor Novello Songwriter-Award* nominiert.

Ganz überraschend heiratete sie Ricky Malcolm, kurz darauf bekam das Paar ein Mädchen, das sie Tiger Pussycat nannten.

Doch offenbar war Felina nicht für die Mutterrolle geschaffen. Als sie zur Welttournee aufbrach und die sechs Monate alte Tiger Pussycat bei der Oma zurückließ, erntete sie harsche Kritik.

Die Plattenverkäufe brachen jäh ein, als die augenscheinlich betrunkene Felina nachts mit ihrer kleinen Tochter auf der Straße fotografiert wurde.

Damals gab Felinas Mutter Ricky Malcolm voll und ganz die Schuld, »er hat meine Tochter auf Abwege geführt« und »ihr den Floh vom Berühmtsein ins Ohr gesetzt«.

Zum Zeitpunkt ihres Todes hatten sich Felina und Ricky Malcolm bereits getrennt. Er war auf Tournee in Neuseeland und kehrte erst gestern nach England zurück.

Felina wurde Samstagmorgen von der Polizei tot in ihrem Haus aufgefunden. Eine offizielle Todesursache ist noch nicht bekannt, aber die Vermutung liegt nahe, dass es sich dabei um eine Überdosis Drogen handelt. In einer Presseerklärung hat die Mutter gesagt, dass die talentierte Felina »Opfer ihres Ruhms« geworden ist. Damit spricht sie wohl vielen Menschen aus dem Herzen.

Miranda Enid Mackay, »Felina«, hinterlässt ihre Eltern und eine kleine Tochter.

Nachdem ich Ewigkeiten gebraucht habe, um den Artikel zu lesen, starre ich nun traurig und verwirrt auf den Zeitungsausschnitt.

Ich lege die Zeitung zurück in die Metallkiste und schaue mir den restlichen Inhalt an. Es gibt Berichte über Felinas Auszeichnungen, grobkörnige Aufnahmen von ihr und Ricky Malcolm, er mit seinen langen Haaren und vielen Tätowierungen, wie sie aus einem Nachtclub kommen. Immer ist sie im Katzen-Kostüm.

Das muss man ihr lassen, sie hat ihr wahres Selbst oder wenigstens ihr Aussehen wirklich gut versteckt. Es war eine Fassade, eine Verkleidung. Immer trug sie wenigstens eine katzenhafte Sonnenbrille und massig roten Lippenstift.

Ich möchte mehr über sie erfahren. Neugierig stöbere ich durch Grannys Kiste. Weitere Fotos, weitere Artikel.

Ich werfe einen Blick auf mein Handy. Granny ist schon eine Stunde weg, ich will nicht erwischt werden, deshalb fange ich an, alles wieder zurückzupacken, als mir ein Zeitungsausschnitt ins Auge fällt.

Er stammt aus der *Daily Mail* und die Schlagzeile lautet:

Felina – Das unbekannte Bild der unglückseligen Princess of Pop.

Ich schlage die gefaltete Zeitung auf. Das ist der Moment, in dem mein ganzes Leben auf den Kopf gestellt wird.

Felina – Miranda Mackay – ist meine Mum.

55. Kapitel

So.

Felina ist meine Mum, mit richtigem Namen heiße ich Tiger Pussycat (um Himmels willen!) und Granny hat es mein Leben lang geheim gehalten.

Es ist das Foto in dem Bericht: Felina ohne Make-up, noch bevor sie berühmt wurde. Das gleiche Bild steht bei uns auf dem Kamin. Dafür muss ich nicht nach unten und nachschauen. Das weiß ich auch so.

Sie ist vielleicht sechzehn, lächelt frech in die Kamera. Die Ähnlichkeit ist nicht zu übersehen. Schon die Augen, sie sind ebenso hell und graublau wie meine. Und dann die Haare: erdbeerblond oder »gesponnenes Gold«, wie Granny es lieber nennt.

Auf dem Kinn entdecke ich sogar ein paar Pickel, die die Schminke nicht ganz verdecken konnte.

Ich schnappe mir das Foto von Felina, auf dem sie komplett geschminkt ist, eine Sonnenbrille trägt und ihr Haar kastanienbraun gefärbt hat, und halte beide Bilder nebeneinander. Wenn man es weiß, ist es eindeutig. Man sieht es an der Gesichtsform und dem leicht spitzen Kinn.

Doch wer es nicht weiß, würde nie drauf kommen!

Hastig lese ich noch den dazugehörigen Artikel, aber er bringt nichts Neues. Nur eben dieses Foto mit der Unterschrift: *Ein Bild aus glücklichen Tagen: Felina als Teenager.*

Ich blättere um und mir rutscht das Herz in die Hose.

Die nächste Schlagzeile lautet:

War dieses Foto Felinas Verderben?

Ein Paparazzo hat sie erwischt, erschrocken schaut sie in die Kamera. Strähnig hängt ihr das nasse Haar ins Gesicht. Nachtschwarz glänzen die regennassen Straßen. In der linken Hand hält Felina eine Zigarette, die rechte umfasst das Handgelenk eines etwa dreijährigen Kindes, das unglücklich dreinschaut.

Die Zeile darunter lautet: *Felina mit ihrer Tochter Tiger Pussycat nachts auf der Straße.*

Genau das hat Uroma gemeint: Tiger Pussycat.

Meinen Namen.

Mich.

56. Kapitel

Ich schaue mir die Bilder von dem Mann mit den langen, ungekämmten Haaren an, von Ricky Malcolm, meinem Vater.

Auch da muss ich nicht erst in mein Zimmer, um mein eigenes Foto zu holen, das dort schon seit Ewigkeiten auf dem Regal steht, denn ich sehe es vor mir.

Auf dem Bild bin ich als Baby. Mum hält mich im Arm, lächelt selig. Natürlich ist sie auf dem Baby-Bild nicht im Felina-Outfit. Links neben ihr sitzt ein bärtiger Mann im Polo-Shirt, die langen Haaren zum Pferdeschwanz gebunden, eine Sonnenbrille im Gesicht. Zwar hat er den Arm um meine Mum gelegt und lächelt, aber der Oberkörper ist halb abgewandt.

Als könnte er es nicht abwarten, aus dem Bild zu stürmen. Mir kam es immer so vor, aber bis jetzt habe ich es nie in Worte gefasst.

Ohne Frage ist es derselbe Mann. Derselbe, der auch im Zeitungsartikel abgelichtet ist. Nur dass er dort aggressiv und wütend in die Kamera stiert, weil er fotografiert wird, oder eine Hand vor die Linse hält.

Nur auf einem Bild ist er bei der Arbeit als Musiker zu sehen.

Er steht auf der Bühne, spielt mit offenem Jeanshemd und gesenktem Kopf Bass und sieht aus, wie man es sich vorstellt.

Mein Vater. Der Rockstar.

Na vielleicht ist Star jetzt übertrieben. Unter dem Bild steht: *Ricky Malcolm: gescheiterten Rocker zieht es in die Einsamkeit.*

Ich lese den dazugehörigen Artikel aus dem *Heat*-Magazin. Er ist sehr kurz.

WAS IST AUS IHNEN GEWORDEN?

Ricky Malcolm, Ehemann der unglückseligen Felina, wurde seit der Untersuchung zu den Todesumständen seiner Frau vor fünf Jahren nicht mehr in der Öffentlichkeit gesehen.

Nachdem das Gericht den in Neuseeland geborenen Malcolm von jeglicher Schuld am Tod des Stars freigesprochen hat, ist er wohl in sein Heimatland zurückgekehrt, wo er Gerüchten zufolge sein Leben wieder in den Griff bekommen hat und nun ganz zurückgezogen im abgelegenen Waipapa auf der wenig bevölkerten Südinsel lebt.

Fieberhaft stöbere ich in der Kiste nach weiteren Zeitungsausschnitten. Mehr gibt es aber nicht, das war der aktuellste.

Doch ganz unten in der Kiste liegt noch eine Karte. So eine Klappkarte, die man benutzt, um sich irgendwo zu bedanken, außer natürlich man hat wie Granny eine besondere Schachtel mit teurem Briefpapier und passenden Umschlägen.

Auf der Karte ist eine stürmische graue See abgebildet und mittendrin ein winziger Leuchtturm, gegen den die Wellen schlagen. *Du bist mein Fels in der Brandung,* heißt es darüber. In großer schnörkeliger Handschrift steht auf der Innenseite:

Danke für alles, Mum. Ich habe Fehler gemacht, für die Du nichts kannst. Wenn alles schiefgeht, kümmere Dich um Boo und halte sie fern von dem Ganzen. M

Behutsam lege ich alle Ausschnitte wieder in die Metallkiste, verschließe sie mit dem Zahlenschloss und stelle sie genauso zurück, wie ich sie vorgefunden habe.

Als die Haustür geht und Granny und Lady zurückkommen, bin ich längst wieder in meinem Zimmer.

Und nun muss ich mir überlegen, was ich mit den Informationen anfange.

Dabei kann ich nicht mal sagen, was mich am meisten überrascht. Dass meine Mutter eine berühmte Sängerin war, die unter tragischen Umständen zu Tode kam? Oder dass mein Dad Bassist ist und womöglich in Neuseeland lebt? Und noch ein Drittes: dass mich meine Oma mein Leben lang belogen hat? Und meine Uroma wahrscheinlich gleich mit.

Was würdet ihr tun?

Ganz egal, was, auf keinen Fall solltet ihr das tun, was ich tun werde. Echt nicht.

57. Kapitel

Ich liege auf dem Bett. Unten höre ich Granny herumwerkeln. Beim Klirren der Teetassen fällt mir ein, dass ich ja heute Abend fürs Essen zuständig war.

Ob ich Granny sagen soll, was ich weiß?

Natürlich müsste ich dann zugeben, dass ich in ihrem Zimmer rumgeschnüffelt habe, aber würde man eine Rangordnung von »Täuschungen in diesem Haus« aufstellen, würde ein bisschen Schlafzimmerschnüffelei wohl weit hinter »ich habe meine Enkelin IHR LEBEN LANG belogen« rangieren.

Spielt das eine Rolle?

Warum hat sie mich angelogen?

Kann ich ihr je wieder trauen?

Wird sie böse sein? Traurig? Verletzt? Trotzig?

Was ist mit mir?

Wird sich was ändern?

Was ist mit Uroma?

All diese Fragen schwirren mir durch den Kopf. Daneben kommt mir der Nudel-Thunfisch-Auflauf, den es heute Abend geben sollte, ziemlich unbedeutend vor. Kein Wunder, dass ich nicht mehr daran gedacht habe. Vielleicht kann ich einfach den ganzen Abend oben bleiben.

»Esther!«, ertönt es von unten. »Kommst du bitte mal zu mir herunter?«

Okay, ich werde sie nicht gleich zur Rede stellen, sondern erst mal alles in Ruhe überdenken. Bis dahin werden Granny und ich in einem Zustand völliger Unehrlichkeit miteinander leben.

Sie lügt, weil sie nicht sagt, was sie weiß, und ich lüge, weil ich ihr nicht sage, dass ich weiß, was sie weiß.

Ich soll weder was über Mum erfahren. Noch über meinen Vater. Noch über Grannys Lover.

Granny darf – noch – nicht von meiner Schnüffelei und auch nicht von meiner Unsichtbarkeit erfahren.

Das wird ein ziemlich verkrampftes Abendessen.

»Tut mir leid, Granny. Ich bin eingeschlafen.«

Das stört sie nicht die Bohne. Sie ist bester Laune, fast schon ausgelassen.

»Macht doch nichts, Liebling. Dann essen wir eben ein Brot. Was meinst du?«

Ich mache mich gleich daran, Thunfischbrote zu schmieren, und bemühe mich, Grannys Fragen über meinen Tag in der Schule möglichst glaubhaft zu beantworten.

»Du bist ja heute spät dran«, sage ich in der Hoffnung, etwas über diesen Mann zu erfahren, mit dem sie sich getroffen hat.

Ohne mich anzusehen, erwidert sie leichthin: »Ach, diese Treffen ziehen sich manchmal endlos hin! Also wirklich! Tss!«

Echt jetzt, sagt sie doch ›tss‹. Wahrscheinlich wäre mir das früher nicht aufgefallen. Nun schon. Ich halte nach jedem auch noch so kleinen Beweis Ausschau, dass Granny eine notorische Lügnerin ist.

Als wir fertig sind, steht sie auf und räumt die Teller weg.

»Wir machen nur noch schnell sauber. Danke für die Brote. Du meine Güte, wie die Zeit vergeht. *Robson Green's Country Walks* fängt ja schon gleich an, tss! Ich stelle das nur rasch in den Kühlschrank ...«

Dabei kommentiert sie jeden Handgriff, um weiteren Fragen auszuweichen.

Nun schnalle ich es. Granny ist nervös. Sie tut nur so unbekümmert, weil sie was zu verbergen hat. In dem Moment wird mir klar, dass ich die Sache mit Mum und Dad nicht ansprechen kann. Zumindest noch nicht.

Mir tut Granny fast schon leid. Natürlich bin ich sauer und verwirrt, aber ich spüre auch, dass sie durcheinander ist.

Es muss also warten.

Außerdem habe ich gerade eine Nachricht von Boydy bekommen. Sie ändert alles.

Ruf mich an ruf mich an ruf mich an. Fettes Probl. wg. Zwillingen

58. Kapitel

Ich bin in meinem Zimmer, Telefon auf Lautsprecher, meine Finger fliegen über die Laptop-Tastatur, während ich mit Boydy spreche.

»Ich find's nicht.«

»Glaub mir einfach.«

»Ich will es selbst sehen. Bist du sicher?«

»Ganz sicher.«

Und da habe ich es endlich auf der Schul-Webseite, aber es ist nicht das, was ich befürchtet hatte, als ich Boydy ängstlich anrief. Ich dachte schon, das Video wäre längst online, vor allem, als er meinte: »Hast du schon die Webseite der Schule gesehen?«

Fahrt ins Jugendfreizeitheim
High Borrans
14. – 19. Juni
Folgende Schüler haben bezahlt und die elterliche
Einwilligung bei Mr Natrass abgegeben …

Um die zwanzig Schüler werden aufgelistet, darunter auch Jesmond und Jarrow Knight.

»Ab Mittwoch sind sie dann sechs Tage weg«, sagt Boydy.

»Und?« Mehr fällt mir dazu nicht ein.

Boydy bricht das Schweigen.

»Dann müssen wir's morgen machen, Ess.«

»Na, wenn sie weg sind, ist das mit dem Einbrechen doch noch leichter.«

»Die nehmen aber garantiert ihre Handys mit. Und auf 'ner Schulfahrt, kannst du dir vorstellen, wie verlockend es ist, da allen das Video zu zeigen?«

»Aber wenn wir bereit sind zu zahlen …?«

»Du hast die Kohle, Ess?«

»Nein. Natürlich nicht.«

»Was soll die Frage dann? Du kannst sie nie im Leben auszahlen und das wissen die auch. Wir müssen uns das Video krallen, sonst verbreitet es sich wie nix – wenn es nicht schon raus ist.«

Ich stelle mir Jarrow und Jesmond auf der Fahrt vor. Eingebildet und großspurig. Im Bus, im Schlafsaal, während alle noch vom »Geist« in der Schule reden.

Ich schlucke schwer.

Boydy hat natürlich recht. Klar würden die das Video überall rumzeigen, und dann? Ich habe keine Ahnung, was Zeitungen oder Webseiten dafür zahlen, aber genau solches Zeug zeigen sie doch überall. Mit Überschriften wie:

Spukschule: Hat die Kamera einen Geist eingefangen?

Mir schlägt das Herz bis zum Hals. Ich dachte, wir hätten noch Zeit, alles zu planen. Und vor allem, um Mut zusammenzukratzen.

Während Boydy und ich hin und her überlegen, ob wir es nun machen sollen oder lieber doch nicht, bekomme ich eine Nachricht von Jarrow Knight.

Erste Zahlung in 24 Stunden.

Ich lese sie Boydy vor, und uns ist klar, was das heißt. Morgen, die Sache muss morgen laufen. Mir wird schlecht vor Angst. Ich schaue auf die Uhr. Es ist gerade neun.

»Kannst du in fünf Minuten bei mir hinterm Haus sein?«, frage ich. »Wenn es morgen losgehen soll, müssen wir heute alles auskundschaften.«

»Da muss ich aber kräftig in die Pedale treten.«

»Na, dann mal los, Boydy. Das ist wichtig.«

59. Kapitel

Fünf Minuten später sind Boydy, Lady und ich auf dem Weg zum Haus der Knights. Boydy schaut mich aufmerksam an.

»Alles in Ordnung? Du siehst irgendwie so … so blass aus.«

Ich habe ihm nichts über meine Entdeckung erzählt. Was hätte ich auch sagen sollen? ›Ich habe gerade herausgefunden, dass meine Mum eine Berühmtheit war. Rate mal wer! Und übrigens heiße ich auch nicht Esther, sondern Tiger Pussycat.‹ Damit rückt man nicht so ohne Weiteres raus. Außerdem muss ich mich gerade vor allem darauf konzentrieren, dass die Knight-Zwillinge mich nicht berühmt machen – und zwar auf die wohl schlimmste vorstellbare Weise.

Granny sieht ihre Lieblingssendung im Fernsehen, bei der irgendein Typ durch die Pampa läuft; und da es auf BBC gezeigt wird, gibt es auch keine Werbepausen. Granny wird sich nicht von der Stelle rühren. Als ich ihr sage, dass ich mit Lady noch mal eine letzte Gassi-Runde drehe, nickt sie geistesabwesend.

Hinter unserm Haus verläuft ein Weg, der einen Linksschlenker macht und ein paar hundert Meter weiter am Garten der Knights vorbeiführt, umgeben von einer hohen Mauer mit Tür.

»Da komm ich nicht rüber«, sage ich und recke den Hals, um was zu sehen. »Und schau dir das an!«

Oben auf der Mauer sind Scherben einbetoniert – scharfe Splitter und Zacken gucken überall heraus – wie ein fieser selbst gemachter Stacheldraht.

Ich drücke die Klinke der Tür. Abgeschlossen! Wie schon vermutet. Als ich es ein zweites Mal probiere, springe ich entsetzt zurück. Auf der anderen Seite ertönt ein dumpfer Aufprall, als würde ein Hund – wohl ein sehr kräftiges Tier – sich gegen die Tür stürzen und knurren.

Lady jault und macht einen Satz rückwärts, dabei reißt sie mir mit der Leine fast den Arm aus.

Boydy holt tief Luft. »Hhmm. Das wird wohl Maggie sein, ihr, ähm … Tosa-Mischling.« Den letzten Teil des Satzes sagt er leise.

»Ihr was?«

»Bloß ihr, äh … Tosa-Mischling.«

Mit erhobenen Brauen sehe ich ihn an, warte.

»Das ist ein Hund. Eine Kreuzung. Tosa und noch was.«

»Dieser japanische Kampfhund? Die Knights haben einen Hund, der in Großbritannien verboten ist, weil er so heimtückisch ist, und du hältst es nicht für nötig, mir das zu sagen? Woher weißt du, dass es ein Tosa ist?«

»Tut mir leid, Ess. Ich wollte dich nicht beunruhigen. Jesmond hat mal damit rumgeprahlt. Maggie soll ein Herz aus Gold haben, der Vater hat sie vorm Tierheim gerettet. Und bei ihr ist noch was andres drin, ist also nicht wirklich illegal. Wahrscheinlich auch nicht so gefährlich.«

Das sagt Boydy so, als wären wir damit auf der sicheren Seite.

Dabei knurrt Maggie unentwegt weiter und Lady zerrt an der Leine.

Wir laufen an der Mauer entlang, bis sie auf den Zaun trifft, der zum benachbarten Garten gehört. So könnte man vielleicht aufs Grundstück kommen, über den Nachbargarten. Aber bei dem knurrenden Satansbraten – goldenes Herz hin oder her – bringt das auch nichts.

Hier endet auch der kleine Weg, und wir stehen auf der Straße, die parallel zu meiner verläuft. Wir folgen ihr nach rechts auf die Uferstraße, wo das Haus der Knights auf den Links blickt. Das Haus ist groß, aber nicht gut in Schuss, überall blättert die Farbe ab und in der Auffahrt steht ein verrosteter Wagen.

Auch wenn die Sonne eben untergegangen ist, bleibt es noch eine gute Stunde schummrig. Der Himmel ist tiefblau und die Straßenlaternen schalten sich an, deshalb wechseln Boydy und ich die Seite und setzen uns in das dunkle Wartehäuschen der Bushaltestelle, um das Haus von dort unauffällig zu beobachten.

Über uns fliegt ein Flugzeug entlang der Küste, bevor es hoch über dem Leuchtturm nach links schwenkt. Fasziniert von der Stille und Eleganz beobachte ich es.

Neben mir beißt Boydy geräuschvoll in einen Apfel.

»Nicht mehr lange, was?«

Ich folge seinem Blick zum Leuchtturm, sage aber nichts.

»Vergessen, was?«

»Nein, nein«, schwindle ich. Ich hatte es tatsächlich vergessen. »Übermorgen? *Light the Light?*«

Boydy grinst. »Wird der Hammer! Kommste?«

Ich bin zwar genug mit meinen eigenen Dingen beschäftigt, aber ich nicke. »Das lasse ich mir doch nicht entgehen.«

Boydy richtet seine Aufmerksamkeit aufs Haus der Knights. »Entweder vorne rein oder hinten«, sagt er nach einer Weile.

In den nächsten zehn Minuten entwerfen wir einen Schlachtplan. Ob er funktioniert, wird sich morgen zeigen.

Dabei ist die große Frage, ob das alles nach der Schule zu schaffen ist. Die Unsichtbarkeit hält etwa fünf Stunden an. Und ich brauche zwei Stunden, um unsichtbar zu werden.

Angenommen, ich komme um halb fünf aus der Schule zurück, fange um fünf mit der Prozedur an, dann bin ich um sieben unsichtbar …

Das könnte klappen.

Nur dass Granny so gegen sechs nach Hause kommt, also genau, wenn ich gerade dabei bin, unsichtbar zu werden.

Unwahrscheinlich, dass sie in die Garage geht. Nicht ausgeschlossen, aber unwahrscheinlich. Ab fünf muss ich auf der Sonnenbank liegen und kann nur hoffen, dass Granny nicht reinkommt. Sobald der Prozess abgeschlossen ist und ich unsichtbar bin, mache ich mich zur Hintertür aus dem Staub, hoffentlich, ohne auf Granny zu treffen. Oder Lady, die wahrscheinlich wieder durchdrehen würde.

Während der Aktion gebe ich Boydy mein Handy. Falls Granny anruft oder mir eine Nachricht schreibt, kann Boydy für mich antworten und sagen, dass ich auf dem Weg bin oder aufgehalten wurde.

Im Kopf gehe ich noch mal alles durch, überlege, was schiefgehen könnte, zähle an den Fingern die möglichen Fallen auf, in die ich tappen könnte, sorge mich um den riesigen japanischen Tosa, der vielleicht – oder vielleicht auch nicht – was gegen Unsichtbare hat, und frage mich, wie in aller Welt mir das nahezu

Unmögliche gelingen soll: nämlich Zugang zu dem/den Computer/n der Knights zu bekommen.

Es ist ein Wagnis. Ein großes Wagnis, bei dem die Chancen schlecht für mich stehen, aber eine andere Möglichkeit habe ich nicht.

So sieht unser Plan aus. Boydy hat ihn aufgeschrieben und ihn mir dann aufs Handy geschickt, damit wir ihn beide haben:

19.50 Esther verlässt Haus durch Hintertür.
20.00 Rendezvous mit E. Boyd hinterm Haus.
E. unsichtb. Ab zu den Knights.
20.15 B. klopft an die Tür, die Show beginnt. E. schlüpft durch die offene Tür.
20.15 (Fortsetzung 1. Teil) E. macht J & Js Computer ausfindig. Mac oder Windows? Hat die Familie einen gemeinsamen PC? Aktion Löschen beginnt wie abgesprochen.
20.15 (Fortsetzung 2. Teil) J & Js Handys ausfindig machen. Die werden passwortgeschützt sein. Klauen oder zerstören.

Ergänzen könnte man noch:

Lass dich nicht erwischen.

Und lass dich nicht von einem gruseligen Ninja-Wolf-Mischling zerfleischen.

Das ist doch absurd. Monumental dämlich und völlig unmöglich. Aber es muss funktionieren.

60. Kapitel

Auf dem Rückweg schweigen Boydy und ich die meiste Zeit. Bevor er auf sein Fahrrad steigt, reicht er mir noch einen gefalteten Zettel.

»Das ist die Übersetzung von der Packung mit den chinesischen Kräutern. Der Dad von Danny Han hat es für mich gemacht.«

Danny Han wohnt über dem *Sunrise Chop Suey House.* Boydy ist einer ihrer besten Kunden.

Hinter unserem Haus lese ich den Zettel unter der Straßenlaterne. Wenn Mr Han ein Wort nicht kannte, hat er Fragezeichen gesetzt:

DR. CHANGS HAUT-SO-KLAR
Sehr alte/s Arznei/Heilmittel für viele Haut- und Kopfhautprobleme, darunter: Akne, Furunkel, Schuppenflechte, Weißfleckenkrankheit, Räude, (???) und (?Ausschlag?).
Mit sehr alten und traditionellen Pflanzen und Mineralien hat Dr. Chang aus Heng San Nan eine

mystische (?magische? ?unbekannte?) Mischung aus (???) hergestellt, die denen, die es nutzen, eine reine und (?weiche?) Haut beschert.
So zu nutzen: ein bis zwei qian (5 g?) täglich in Wasser.
Vorsicht: Nicht mehr essen.
Enthält: Pulver aus Pilzen, (???), jiun sai (?), Kalkstein, (???), Seensalz, Rhinozeroshorn plus Geheimmischung.

Mehr nicht. Na, toll.

Abgesehen davon, dass keine Adresse dabei steht, könnte diese ›Geheimmischung‹ ja alles beinhalten. Und dann habe ich auch noch – unwissentlich zwar – Rhinozeroshorn zu mir genommen, was natürlich gar nicht geht, wenn man auch nur ein bisschen Respekt vor den vom Aussterben bedrohten Arten hat (was ich für mich gern in Anspruch nehmen würde und einmal habe ich sogar einen Protestmarsch zugunsten von Elefanten aus sonst woher organisiert).

Noch schlimmer sind die ganzen Fragezeichen.

»Mr Han hat mir die Fragezeichen erklärt«, sagt Boydy nicht ohne Stolz. »Die Sache ist die: Wenn man das kantonesische Symbol nicht kennt, hat man einfach überhaupt keine Ahnung, was es sein könnte. Im Englischen weiß man zumindest, wie das Wort ausgesprochen wird, auch wenn man es nicht kennt. Funktioniert im Kantonesischen nicht.«

»Wo liegt dieses Heng San Nan überhaupt?«, frage ich.

Mehr Hinweise haben wir ja nicht. Wir schauen es auf meinem Handy nach.

Heng Sahn Nan oder Nan-Heng Shan oder jede andere mögliche Kombination meint einen Berg im Süden Chinas, der südlichste der fünf heiligen Berge. Am Fuß des Bergs liegt der größte Tempel im Süden Chinas: der Tempel von Heng.

»Also lebt Dr. Chang in der Nähe eines Berges. Wie schön für ihn! Ich wette, es gibt den Typen gar nicht. Du hast doch niemandem davon erzählt, oder? Sei ehrlich.«

Boydy schaut mich gekränkt an. »Du musst mir schon vertraun, Ess. Ich hab's niemandem gesagt. Ganz ehrlich.«

Ich glaube ihm ja. Nur meine Nerven liegen blank. Schließlich muss ich morgen noch mehr von diesem Gebräu mit Rhinozeroshorn trinken.

Und dann muss ich auch noch in das Haus von psychotischen Zwillingen mit einem japanischen Kampfhund einbrechen.

»Also«, meint Boydy, »wir sehen uns morgen Abend. Na, dich werde ich wohl nicht sehen!«

»Ha, ha.« Mir ist echt nicht nach Lachen zumute.

61. Kapitel

Als ich mir später in meinem Zimmer den Beutel mit Dr. Changs Haut-So-Klar anschaue, wird mir bange.

Das graue Pulver ist fast verbraucht. Im Kopf überschlage ich grob, wie viel ich in der Vergangenheit von dem Zeug genommen habe, um unsichtbar zu werden. Ich bin nicht wissenschaftlich rangegangen, sondern habe so viel geschluckt, wie es ging, ohne mich zu erbrechen.

Vier, fünf Tassen von dieser abscheulichen Brühe? Mehr? So genau weiß ich es nicht.

Nur eines weiß ich, es reicht noch genau für ein Mal, für mehr nicht.

Und noch was liegt mir auf der Seele.

Dieses Zeug – Kräutergebräu, Tee, Pampe, was auch immer – ist ziemlich bemerkenswert. Sollte das nicht mal untersucht werden? Ich meine richtig untersucht, von einem echten Wissenschaftler an einer Universität oder der Regierung oder so.

Aber mal ehrlich, wer würde mir schon glauben?

An wen könnte ich mich wenden? Eine Zwölfjährige kann ja wohl schlecht zu irgendeinem Professor gehen und sagen:

»Entschuldigen Sie, Herr Professor. Wenn ich dieses Pulver in rauen Mengen als Tee konsumiere, muss ich bestialisch rülpsen – Verzeihung, aufstoßen –, und in Kombination mit einer langen Sitzung auf einer klapprigen Sonnenbank macht mich das unsichtbar.«

Das werde ich wohl nicht tun.

Aber an wen könnte ich mich sonst wenden?

Ich spiele die Möglichkeiten im Kopf durch (zum x-ten Mal übrigens, denn das Problem beschäftigt mich schon eine ganze Weile):

Die Polizei. Ja, klar. Ich latsche aufs Revier und leiere denselben Text wie oben herunter? Wenn ich Pech habe, verhaften sie mich, weil ich der Polizei kostbare Zeit stehle.

Mein Arzt. Dr. Kemp im Monkseaton Krankenhaus ist ein netter Mann, aber warum sollte er mir glauben? Warum sollte mir überhaupt irgendjemand ohne Beweise glauben?

Mr Parker, unser Lehrer. Klingt nach einer typischen Lehrerverarsche. Ich höre ihn schon: »Sehr witzig, Esther. Sehr ulkig. Wenn du deine Energie statt in diesen seltsamen Firlefanz in die Physik stecken würdest, könntest du eine passable Schülerin werden. Bis dahin …« usw.

Unser hiesiger Abgeordneter. Der hat bestimmt Verbindung zu Wissenschaftlern der Regierung, aber ich bin noch zu jung, um zu wählen, also würde er mich nicht ernst nehmen und hätte sicher andernfalls auch Angst, ausgelacht zu werden.

Schließlich, und das ist ja wohl auch das Naheliegendste: Granny. Ich zwinge sie zuzuschauen, während ich unsichtbar werde. Da muss sie mir dann ja glauben. Bloß könnte ich dann nicht zu den Knights und Beweise sichern, das muss heimlich vonstattengehen. Ich kann ja schlecht zu Granny sagen: »Okay, wie du siehst, bin ich jetzt unsichtbar. Warte kurz hier, ich muss noch rasch was Wichtiges erledigen. Bin gleich zurück! Echt jetzt!«

Am Ende geht es darum, die Verwandlung zu beweisen. Die Leute werden verlangen, dass ich es ihnen vorführe.

»Außergewöhnliche Behauptungen bedürfen außergewöhnlicher Beweise«, hat mal irgendwer gesagt.

Das werde ich also tun. Ich werde mich mit dem Pulver noch ein letztes Mal unsichtbar machen, um bei den Knights einzubrechen. Einen Teelöffel werde ich zurückbehalten, damit ein Experte ihn analysiert. Später kann man ja immer noch Dr. Chang ausfindig machen, falls es ihn überhaupt gibt.

Dann filme ich, wie ich unsichtbar werde.

Ich weiß. Das ist komplett irre, weil ich ja eigentlich nur noch mal unsichtbar werde, um ein Beweisvideo zu zerstören.

Aber diesmal werde ich alles unter Kontrolle haben. Das Video wird nicht auf Facebook, YouTube, Vimeo, Instagram oder irgendeiner anderen zukünftigen Plattform erscheinen.

Kein: *Tochter der unglückseligen Felina wird unsichtbar.*

Sobald was im Netz steht, hat man keine Kontrolle mehr darüber, es gehört einem nicht mehr. Und ich wäre nicht mehr ich. Ich wäre »das unsichtbare Mädchen«, was mich alles andere als unsichtbar machen würde.

Und so bestimme ich, was geschieht. Meine Unsichtbarkeit, die ich kontrolliere. Privat und geheim. Ich werde einen Fachmann, einen Forscher oder Wissenschaftler, auftreiben, dem ich vollkommen vertrauen kann. Es ist allein meine Sache.

Und nur zu meinen Bedingungen.

Teil 3

62. Kapitel

Ich habe fast gar nicht geschlafen.

(Würde euch sicher nicht anders gehen, wenn ihr so einen Abend vor euch hättet wie ich gleich.)

Ein Sturmregen hat mich wach gehalten. Das wird noch einer dieser englischen Sommer wie in diesen alten Komödien, die Granny gefallen. Wo die Leute in Kurorte fahren, wie Whitley Bay einst einer war, und es dann anfängt zu regnen, sobald sie ihre Liegestühle aufklappen.

Jedenfalls war ich die ganze Nacht hin- und hergerissen zwischen: *Bitte hör endlich auf zu regnen, bitte hör endlich auf zu regnen* und *Regne, was das Zeug hält, damit morgen nichts mehr übrig ist.*

Regen verträgt sich nicht mit Unsichtbarkeit, das habe ich ja neulich in der Schule zu Genüge feststellen müssen.

Wie ich Granny erkläre, warum ich den ganzen Abend unterwegs bin, hat mich einiges an Überlegung gekostet. Am Ende entschließe ich mich, ihr während ihrer Pause am Vormittag eine Nachricht zu schicken.

Boydy hat Geburtstag und wir treffen uns bei ihm. Film und Pizza. Seine Mutter bringt mich dann nach Hause. Um elf bin ich zurück. Warte nicht auf mich. E

Unter normalen Umständen, also wenn Granny sich normal verhielte, würde so eine Nachricht auf dem Handy eine Fragenlawine auslösen, angefangen bei: »Was in aller Welt soll *treffen* bedeuten, Esther? Ist das eine Feier?« Aber in letzter Zeit kann ich davon ausgehen, dass Granny sich alles andere als normal verhält. Ich erwarte quasi das Unerwartete.

Sie schreibt zurück:

Kommen noch andere?

Kinderspiel.

Ja, insgesamt werden wir zu siebt sein.

Glaubhaft? Ich finde schon. Granny auch.

Einverstanden. Viel Spaß.

Während der Physikstunde starre ich aus dem Fenster in den durchgängig grauen Himmel und versuche, ihn mit der Kraft meiner Gedanken zum Aufklaren zu bewegen. Schon bald bin ich fast weggenickt, obwohl mich das Thema sehr wohl angeht: die Natur des Lichts.

»Ihr habt das hoffentlich alle verstanden«, sagt Mr Parker. »Ende des Halbjahres schreiben wir einen Test, ihr Glückspilze.«

Allgemeines Gestöhne.

Licht ist Energie. So viel habe ich kapiert.

Es ist eine Strahlung, die wir sehen können, weil unsere Augen diese Fähigkeit entwickelt haben.

Dann meldet sich Jesmond Knight.

»Mr Parker«, sagt er und dreht dann den Kopf zu mir und schaut mich an, »glauben Sie, es ist möglich, dass ein Mensch unsichtbar wird?«

»Ich bin hier drüben, Mr Knight, vielen Dank. Meinst du Harry Potters Tarnmantel? Oder den aus der Artussage? Oder den unsichtbaren Schutzschild bei Star Trek? Eine großartige Frage und die Antwort lautet – macht euch auf eine Überraschung gefasst – ja! Zumindest theoretisch. Wisst ihr, Forscher arbeiten schon …«

Jesmond unterbricht ihn, das sollte man bei Mr Parker lieber lassen, aber er kommt damit durch. »Sorry, Sir. So meine ich das nicht. Ich meine die ganze Person.« Abermals dreht er sich zu mir um und grinst hämisch.

»Ah! Eine unsichtbare Person? Das würde bahnbrechende biologische und technische Errungenschaften voraussetzen, die selbst den hellsten Köpfen noch nicht geglückt sind. Auf deine Frage kann ich dir leider nur ein enttäuschendes und lautstarkes »Nein« entgegnen, einstweilen zumindest. Bleib bei deiner Wissbegier, vielleicht wirst du ja eines Tages der Wissenschaftler sein, der …«

»Also, Sir, wenn jemand die Fähigkeit hätte, unsichtbar zu werden …«

»Das ist ein großes Wenn, Mr Knight.«

»Ich weiß, Sir, aber wenn, dann wäre sie doch garantiert berühmt oder so.«

»Ich gehe stark davon aus, dass diese Person ›berühmt oder so‹ werden würde. Es wäre ohne den Schatten eines Zweifels eine Weltsensation. Apropos, Schatten, wer kann mir den Unterschied zwischen Kernschatten und Halbschatten erklären? Ja, Miss Wheeler?«

Und da ist Mr Parker auch schon wieder ins Thema Licht abgetaucht, während Jesmond mir ein gruseliges Lächeln schenkt. Mir wird ganz anders.

An der Schule wird immer noch über die seltsamen Vorkommnisse von Montag geredet:

> Rafi McFaul meint zu mir, ich hätte das Abgefahrenste überhaupt verpasst, obwohl sie selbst nichts davon gesehen hat; und die, die behaupten, was gesehen zu haben – Leute, die im Foyer standen und mich durch den Regen haben rennen sehen –, übertreiben maßlos mit ihren Schilderungen.
>
> Sam Donald behauptet, der »Geist« (das haben sie aus mir gemacht) habe sich umgedreht und lachend auf jemanden in der Menge gezeigt.
>
> Anoushka Tavares beharrt darauf, es sei keine menschliche Gestalt gewesen, sondern eher ein Wesen so groß wie ein riesiger Affe.

Das muss ich den Knight-Zwillingen lassen, die scheinen über enorme Willenskraft zu verfügen, sonst hätten sie das Video längst allen gezeigt.

Umso wichtiger, dass ich jetzt aktiv werde. Mir bleibt keine Zeit mehr. Heute Abend muss es passieren.

63. Kapitel

Nach der Schule ist es warm und ein wenig diesig, vom Meer weht eine salzige Brise. Normalerweise würde mir so ein Nachmittag richtig gut gefallen. Ich wäre mit Lady am Strand spazieren gegangen, hätte mit Granny zum Abendbrot einen Sommersalat gegessen, Hausaufgaben gemacht, ein bisschen ferngesehen und wäre noch im Hellen zu Bett gegangen.

Vieles spricht für normal. Normal ist schön, normal ist tröstlich, verlässlich, frei von Überraschungen. Nun frage ich mich, ob für mich überhaupt jemals wieder etwas normal sein wird.

Ich gehe die Sache wie ein Überfallkommando an und das ist nicht gerade sehr normal.

Als Erstes dusche ich. Nicht, dass ich mich noch durch Dreck- oder Staubpartikel verrate. Ich kontrolliere die Nase auf Schnodder, die Ohren auf Schmalz, das Haar auf Schuppen, die Nägel auf Dreck. Vielleicht findet ihr das eklig. Pech. Ich will eben kein Risiko eingehen.

Ich habe ein wenig Dr. Changs Haut-So-Klar in meiner Wasserflasche mit in die Schule genommen und es während der Mittagspause getrunken. Es schmeckt nach wie vor widerlich.

In der letzten Stunde spürte ich schon das vertraute Rumoren im Bauch und wusste, was gleich kommen würde. Wir hatten Englisch bei Mrs West und lasen mit verteilten Rollen Othello – das ist ein Stück von Shakespeare. Tyrone Bower darf immer den Othello lesen, weil er sich so reinhängt und es ihm egal ist, dass er wie ein Volltrottel klingt, wenn er jedes Wort so shakespearehaft betont, als würde er im Royal Theatre auftreten.

Und dann habe ich was gemacht, woran ich vor einer Woche noch nicht im Traum gedacht hätte.

Angeödet von Tyrones übertriebenem Gehabe, las ich schon mal etwas vor und fand eine Stelle, nun ja …

Passiert ist Folgendes. Normalerweise würde ich nie im Leben im Unterricht rülpsen. Würde wohl keiner. Was hat mich plötzlich doch dazu veranlasst?

Ich habe es zurückgehalten und zurückgehalten, während Tyrone lauthals seinen Text deklamierte. Und auf seinem Stuhl mit den Armen fuchtelte. Lange konnte ich es echt nicht mehr halten, ich hatte schon Magenkrämpfe. Wenn ich es mal so sagen darf, als es endlich rauskam, hätte der Zeitpunkt nicht besser sein können.

Falls ihr es nicht wisst, Othello ist ein Feldherr, der eine Frau namens Desdemona wahnsinnig liebt. Und Bühne frei für Tyrone:

Othello: Wenn jedem Sturm so heitre Stille folgt,
Dann blast Orkane, bis dass den Tod ihr weckt!
Ich: Rüüüüülps!

Bestimmt habt ihr schon mal an einem heißen Tag eine Cola zu schnell heruntergestürzt. So ein Rülpser war es, bloß mit doppelter Kraft. Laut und perfekt getimt. Aber das war nichts, wirklich nichts gegen den Gestank, der noch schlimmer war als sonst.

Erst haben die Leute gelacht, weil es so gut passte mit »dann blast Orkane«.

Doch dann breitete sich der Geruch aus.

Habt ihr in den Nachrichten schon mal gesehen, wie die Polizei Tränengas auf Demonstranten feuert? So war es in Mrs Wests Englischkurs. Die anderen sprangen von den Stühlen auf und rückten hustend ab.

Und am allerbesten war, dass ich nicht mal die Schuld bekam. Alle dachten, es sei Andreas Hansen gewesen, der neben mir saß, vor allem, weil er sich zu mir umdrehte und auf mich zeigte und niemand – wirklich niemand – der stillen, kleinen Esther Leatherhead so etwas zutraute. Ich steuerte meinen Teil dazu bei, indem ich hustete und Andreas anklagend ansah.

Wenigstens weiß ich jetzt, dass das Gebräu wieder seine Wirkung entfalten wird.

64. Kapitel

Boydy ist vorbeigekommen, und wir gehen zum dritten Mal durch, wie man die Daten vom PC und vom Mac löscht.

Hier das Laufwerk öffnen, da die Datei suchen, dann das Back-up und so weiter und so weiter …

Videobearbeitungsprogramme prüfen: Windows Movie Maker, iMovie.

Filmdateien prüfen: .mpgs, .jpgs, .avi files.

Prüfen, ob beim Überarbeiten zwischengespeichert wurde.

Und die ganze Zeit kann ich nur hoffen – hoffen –, dass nirgends ein Passwort abgefragt wird.

»Wahrscheinlich gibt's keine Probleme«, sagt Boydy, aber dieses ›wahrscheinlich‹ gefällt mir nicht. »Hab's gestern Abend recherchiert. Kaum jemand sichert seinen PC zu Hause mit tausend Passwörtern. Viel zu aufwendig. Ein Passwort, um sich anzumelden, und dann bleibt der Computer offen. Die meisten schalten ihn noch nicht mal richtig aus, sondern lassen ihn einfach auf Standby.«

Das beruhigt mich etwas.

Unten in der Garage ist die Sonnenbank aufgestellt, und wir

haben meinen Laptop mit einer Webcam verbunden, die alles auf einer externen Festplatte aufzeichnet. Ich will die ganze Nummer in HD.

Nach zwei weiteren Löffeln der Kräutermixtur ist die Packung so gut wie leer bis auf den kleinen Rest, den ich für die Analyse zurückbehalten habe.

»Passt du bitte drauf auf?«, frage ich Boydy und reiche ihm die fast leere Packung. Warum, weiß ich eigentlich gar nicht so genau. Vielleicht will ich ihm einfach zeigen, dass ich ihm vertraue und dass ich ihm dankbar bin, weil er mir hilft.

Allein wäre ich wirklich aufgeschmissen.

Boydy steckt die Schachtel zusammengefaltet in seinen Blazer. Er trägt immer noch die Schuluniform und zieht ständig die Hosen hoch. Da fällt es mir auf.

»Sag mal, ähm … Hast du abgenommen?« Ich kippe den letzten Rest von Dr. Changs kotzübler Kreation runter und schlucke schwer.

Ich habe noch nie jemanden so schnell so rot werden sehen. Der arme Boydy wird nicht rosarot, sondern fuchsienrot (falls ihr den Ton nicht kennt, es ist so ein grellleuchtendes Hellrot).

»S-sieht man das?«

»Es sei denn, du machst einen auf Achtzigerjahre-Baggy. Die Hosen passen dir überhaupt nicht mehr, das sieht man.«

»Ich esse einfach ein bisschen gesünder, weißt du.«

Ich lächle ihn an, woraufhin er noch röter wird.

»Okay«, sage ich. »Es wird Zeit, dass ich mich ausziehe und auf die Sonnenbank lege. Dafür brauche ich dich nicht.«

»Hä? Was? Ja, klar, Ess. Alles im Namen der Wissenschaft, was? Haha.«

Spinnt der jetzt? Ich sehe ihn fragend an.

»Egal. Dann bis in zwei Stunden hinterm Haus. Und wart mal, behalt den Hut auf.«

Meinem Mund entweicht ein weiterer Riesenrülpser.

»Alle Achtung, Ess. Ziemlich, ähm … Tja. Tschüss.«

Boydy hält sich beim Gehen die Nase zu, was ich ihm nicht verdenken kann.

Selbst Lady verdrückt sich winselnd ins Körbchen.

65. Kapitel

Es ist acht Uhr. Der Abend wirft lange Schatten, nach Regen sieht es nicht mehr aus. Der Himmel hat aufgeklart, ist jetzt blasslila und mit grauen Wolkenfäden durchzogen. Das Meer ist graubraun und ruhig wie frisch gegossener Beton.

Boydy und ich stehen vorm Haus der Knights. Er mit Klemmbrett und Stift.

»Bist du da?«, fragt er.

»Hinter dir«, antworte ich.

»Wo?« Er streckt die Hand in Brusthöhe aus. »Ups, sorry!«

»Schon gut. Nur beim nächsten Mal ein wenig höher, okay?«

»Kapiert. Bist du bereit?«

»Bin bereit.«

Als Boydy an der Tür klingelt, frage ich mich kurz, ob das Geräusch vom Wummern meines Herzens übertönt wird.

Von drinnen erschallt Gebell, das immer lauter wird, dann stemmen sich donnernd zwei Pfoten gegen die Tür. Unwillkürlich weiche ich zurück, aber als ich höre, wie sich jemand mit tiefer Stimme und vornehmem Akzent der Tür nähert, entspanne ich mich etwas.

»Maggie! Maggie! Gib Ruhe, Liebes. Lass mich mal durch. Jesmond! Komm doch bitte mal und nimm den Hund!« Es ist die Stimme eines Mannes. Der Vater Tommy Knight nehme ich an. Als er auf dem Schultrödel die Seifen gekauft hat, habe ich mich gewundert, dass er so leise spricht, ein Löwe, der wie eine Katze schnurrt.

Es klingt, als würde drinnen gerungen, dann schallt dieselbe tiefe Stimme blechern aus einem Messingkasten mit einem kleinen Bildschirm und einer Videokamera.

»Hallo. Wer ist da, bitte?«

Boydy grinst in den Messingkasten.

»Hallo! Ich bin von *Light The Light,* einer Initiative, die sich dafür einsetzt, dass im St. Mary's Leuchtturm wieder Licht brennt, und da wollte ich fragen, ob Sie einen Moment Zeit haben …«

»Ja! Warte kurz.«

Es summt, und die Tür wird einen Spaltbreit geöffnet, durch den sich ein Mann mit schütterem, weißblondem Haar schiebt und einen knurrenden Hund zurückhält. Der Mann lächelt verlegen und deutet mit dem Kopf zum Hund.

»Tut mir leid, mein Junge. Maggie ist ein wenig temperamentvoll. Nun erzähl mal von deinem Projekt. Ich bin ganz Ohr. Ich finde es toll, wenn ihr jungen Leute euch engagiert.«

Junge Leute?

Boydy erklärt ihm alles lang und breit, und Mr Knight hört aufmerksam zu, kichert und findet, das klinge ja alles »großartig«, und die ganze Zeit über starre ich ihn ungläubig an – die zurückgekämmten Haare, die makellosen weißen Zähne – und vergesse mich. Vergesse, dass ich unsichtbar bin, und will fragen: »Sind Sie wirklich Jesmonds und Jarrows Vater?«, weil es mir so dermaßen unwahrscheinlich vorkommt.

Ich komme nur bis »sind«, dann fällt es mir wieder ein und ich verstumme.

Mr Knight, der aufgehört hat zu reden, schaut in meine Richtung, und Boydy simuliert einen Hustenanfall, um den seltsamen Laut zu übertönen.

»Auf alle Fälle unterschreibe ich gern!«, sagt Mr Knight.

Er nimmt Boydys Klemmbrett, signiert schwungvoll und reicht es zurück.

»Dann viel Glück, mein Junge. Ich wünschte, ich könnte meine beiden von ihren Handys loseisen und zu so etwas bewegen!« Mr Knight schmunzelt gutmütig.

Gerade will er die Tür schließen, da meldet sich Boydy schnell wieder zu Wort.

»Wir, also, ich, ähm … ich bin ein Freund von Jesmond. Ob er wohl auch unterschreiben könnte?«

»Gute Idee! Ich bringe den Hund mal nach hinten. Jesmond kommt gleich runter. Jesmond! Hier ist ein Freund von dir!«

Tommy Knight verschwindet im Flur, zieht den Hund am Halsband mit sich und ruft Boydy noch freundlich »Mach's gut!« zu.

Schritte kommen die Treppe heruntergepoltert und Jesmond erscheint in der Tür.

Jegliche Wärme, die Mr Knight der Begegnung verliehen hat, wird sofort von der Kälte in Jesmonds Augen vertrieben.

»Boyd? Was willst du?«

»Alles klar, Jez?« Boydy senkt die Stimme. »Is wegen der, na du weißt schon … der Zahlung.«

Jesmond dreht sich um und vergewissert sich, dass sein Vater nicht in der Nähe ist.

Boydy bleibt freundlich.

»Ich hab deinem Dad gesagt, dass es um den Leuchtturm geht, aber eigentlich geht's darum, wie Esther und ich euch das Geld zukommen lassen können.«

Jesmond sieht rechts und links über Boydys Schulter.

»Wo isse denn?«

»Zu Hause. Sie hat mich als Vermittler geschickt. Komm schon, Mann.«

Boydys Überzeugungskraft funktioniert nur bis zu einem gewissen Punkt. Jesmond öffnet zwar die Tür, stellt sich aber mit verschränkten Armen in den Eingang und blockiert so den Weg. Boydy reicht ihm das Klemmbrett und schlägt die erste Seite mit der *Light-the-Light*-Petition um. Darunter liegt ein Ausdruck.

Jez liest laut vor: »Wir, die Unterzeichnenden, erklären hiermit, dass wir nach Erhalt der vereinbarten Summe in Höhe von eintausend Pfund alle Kopien des Videoclips, gegenständlicher oder digitaler Art, aushändigen werden, in denen Ms Esther Leatherhead …«

Das muss man Boydy lassen, die Juristensprache hat er echt drauf.

Jesmond liest den Text ohne jeden Ausdruck. Wahrscheinlich versteht er kein Wort, was mich nicht weiter überrascht.

»… ferner verzichten wir hiermit auf alle bestehenden oder künftigen Urheberansprüche und treten diese Ansprüche auf geistiges Eigentum ab …«

Er stockt und mustert Boydy.

»Das isses? Das is dein Vertrag, was? Das unterschreib ich nich. Is doch nur'n Wisch Papier.«

»Ähm … es gab Probleme mit dem Drucker. Wir warten noch auf das offizielle Dokument.«

»Dann komm wieder, wenn du was Vernünftiges hast. Ach, weißt du was, den Weg kannste dir sparn, musst gar nich mehr wiederkommen, denn ich unterschreib sowieso …«

Als Jesmond einen Schritt zurücktritt, um die Tür zu schließen, sehe ich unsere Felle davonschwimmen, deshalb tue ich das Einzige, was mir einfällt. Mit aller Kraft werfe ich mich von hinten gegen Boydy. Der stolpert und reißt Jesmond um, beide landen als Knäuel im Flur. Ich nutze die Chance und springe über die beiden ins Haus.

»Autsch! Was soll der Scheiß? Bist du total bescheuert, Boyd? Was machst du da? Runter von mir.«

»Sorry, Jez, ich bin … einfach, ähm … gestolpert.«

»Gestolpert? Worüber denn? Verschwinde, du fetter Idiot!« Jesmond bugsiert ihn aus der Tür, schlägt sie zu und steht dann kopfschüttelnd dahinter.

Ich bin drin. Ich bin tatsächlich im Haus der Knights. Unsichtbar stehe ich auf den dunklen Flurfliesen und schaue Jesmond an, um abzuschätzen, wohin er gehen wird, damit ich ihm ausweichen kann. Das Haus ist ziemlich groß und der Flur breit. Auf der rechten Seite führt eine Treppe nach oben und hinter mir befindet sich eine Garderobe voller Jacken.

Jesmond dreht sich um. Wenn er nicht gerade nach einer Jacke greifen will, bin ich in Sicherheit. Er geht auf eine kleine Tür zu. Als er sie öffnet, schießt ein brauner Fellberg heraus – Maggie, der riesige japanische Tosa – und stürmt auf mich zu.

»He! Maggie! Reg dich ab. Was hast du denn?«

Der Hund ist einen halben Meter vor mir stehen geblieben und schnuppert, dreht den massigen Kopf hin und her, dann rückt er mit der Schnauze am Boden knurrend näher.

Ich kann nichts tun, außer reglos dazustehen. Entsetzt schaue ich zu Boden, meine bloßen Füße haben leicht feuchte Schweißabdrücke auf den Fliesen hinterlassen.

»Was hast du denn, Maggie? Komm her. KOMM!«

Der Hund rührt sich nicht vom Fleck, schnuppert und knurrt weiter.

Jesmond wird ungehaltener. »Maggie! Komm sofort her!!«

Keine Reaktion. Jesmond marschiert auf Maggie zu und packt sie am Halsband. Ganz ehrlich, er ist mir so nah, dass er meinen Atem hören könnte, deshalb halte ich die Luft an, als er den Hund von mir wegzerrt. Und während der Hund sich widerwillig fügt, tritt er ihm bösartig in den Hintern.

»Dummer Köter! Rein da mit dir!«

Aus dem Zimmer erklingt die Stimme des Vaters: »Jesmond, Sportsfreund, sei lieb.«

Die Tür schlägt hinter den beiden zu und ich stehe allein im Flur. Nun brauche ich nur noch zu warten, bis Boydy den nächsten Teil des Plans umsetzt.

Und tatsächlich, keine fünf Minuten später klingelt ein Handy. Erst Jesmonds. Boydy hat die Nummern der Zwillinge von einer Klassenliste aus dem letzten Jahr. Ich höre Jesmond durch die geschlossene Tür mit einem schroffen ›Hallo‹ antworten.

Boydy legt sofort auf. Seine Nummer hat er unterdrückt.

Das war es. Sinn des Anrufs ist bloß, dass Jesmonds Handy klingelt, damit ich weiß, wo es ist, und das hat ja funktioniert.

Jesmond hat es bei sich. Nicht ideal, aber damit haben wir gerechnet.

Als Nächstes ist Jarrows Telefon dran. Ich höre den Klingelton von oben, eine schwungvolle Melodie wie ein Seemannslied. Es läutet eine ganze Weile und verstummt dann. Super!

Das muntert mich auf. Wenigstens erleichtert es mir den Job. Ich entspanne mich ein wenig und setze mich sogar auf die dritte Stufe, um Atem zu schöpfen. Ich will die Augen schließen, vergesse, dass die Lider ja durchsichtig sind, also atme ich nur ein wenig durch die Nase, und obwohl ich durch die geschlossenen Augen immer noch sehen kann, fühlt es sich sonderbar tröstlich an.

Ich schaue mich um. Das Haus der Knights sieht nicht so aus, wie ich es mir vorgestellt habe, das ist beruhigend und verstörend zugleich.

Irgendwie habe ich es mir unordentlich und dreckig ausgemalt, weil es von außen so wirkt. Stimmt aber nicht.

Abgesehen von den dunkelroten Bodenfliesen ist im Flur alles strahlend weiß: die Wände, die Fußleisten, die Heizkörper, die Decke. Die Treppenpfosten sind weiß, der Teppich auf den Stufen cremefarben. Am Ende des Flurs befindet sich ein Spiegel und vor dem Spiegel steht in einer weißen Vase ein großer Strauß weißer Lilien.

In einer Reihe an der Wand hängen Porträtaufnahmen des gesamten Knight-Clans. Die Art Aufnahmen, für die man in ein Fotostudio geht und alle Jeans und weiße Hemden und Blusen tragen müssen. Gleich an zweiter Stelle kommen Jesmond und Jarrow, perfekt gestylt blicken sie wie Fotomodelle in die Kamera.

Hier riecht es nach Lilien, Bohnerwachs und Desinfektionsmittel. Solche Häuser sieht man sonst nur als Filmstarvillen im *Hello!-Magazin*.

An der Wand steht eine beleuchtete Glasvitrine mit einem Messingschild: *Der beste Freund des Menschen von A–Z*. Auf vier gläsernen Regalen tummeln sich winzige Porzellanhunde, jedes mit einem kleinen Messingschild: Airdale, Border Collie, Chihuahua. Es gibt sogar einen Xolo und einen Yorkshire Terrier und einen Zwergpinscher. Manche Leute sammeln solche Figuren, und da Mr Knight die Seifen mit den Hundebildchen bei mir gekauft hat, muss es wohl seine Sammlung sein.

Weiter vorn zweigen Türen vom Flur ab, wahrscheinlich Küche, Wohnzimmer und so. Daher kommen auch die Geräusche eines laufenden Fernsehers. Hinter dieser Tür ist Jesmond verschwunden.

Dort schaue ich mich später um. Erst mal begebe ich mich auf die Suche nach Jarrows Telefon.

Der Plan sieht vor, dass Boydy Jarrow in zwei Minuten noch mal anruft, falls sie beim ersten Mal nicht abgenommen hat, damit ich das Handy auch finde. Wenn ich es bereits gefunden habe, stelle ich einfach den Ton ab, damit es nicht noch mal klingelt.

Seht ihr. Unser Plan ist echt ausgeklügelt.

66. Kapitel

Genau zwei Minuten später meldet sich Jarrows Handy wieder. Im ersten Stock ist das Seemannslied lauter, kommt offensichtlich aus dem Zimmer, vor dem ich stehe. Doch ich traue mich nicht, die Tür aufzumachen: Jarrow könnte es unten hören und hochkommen.

Mit einer für mich ungewöhnlichen Geduld warte ich, bis die Melodie aufhört, und öffne dann die Tür. Im Zimmer brennt Licht, das Display des Handys leuchtet noch. Es liegt auf dem Schreibtisch. Ich strecke schon die Hand danach aus und kann gerade noch einen Schrei unterdrücken, als der riesige Drehstuhl vor dem Tisch herumschwenkt und Jarrow in einem zwei Nummern zu großen Overall mit Zebramuster daraus aufspringt. Sie streift sich die Kopfhörer ab und greift zum Telefon, tippt ihr Passwort ein.

Auf dem Bildschirm sieht sie: ›Nummer unterdrückt‹ (sollte sie jedenfalls, wenn Boydy alles richtig gemacht hat), legt das Telefon beiseite, setzt sich wieder, schnappt sich den Laptop und dreht sich mit dem Stuhl um.

Das ist die Gelegenheit. Das Handy ist freigeschaltet und

wird erst in dreißig Sekunden wieder in den geschützten Modus schalten. Ich muss bloß an den Schreibtisch treten und auf den Bildschirm tippen, dann habe ich Zugriff auf Jarrows Daten.

Vier Schritte bis zum Schreibtisch, fünf vielleicht …

Ich bin zu langsam. Nach drei Schritten trete ich auf eine knarzende Diele, und da die hohe Lehne Jarrow vollkommen verdeckt, weiß ich nicht, ob sie ihre Kopfhörer wieder aufgesetzt hat. Mir bleibt keine Zeit mehr, der Bildschirm wird schon dunkel, gleich ist es zu spät. Ich mache einen großen Schritt, wieder knarzt die Diele, und als ich gerade auf den Bildschirm tippe, wirbelt Jarrow in ihrem Schreibtischstuhl herum.

»Jez?«, fragt sie.

Sie muss was gehört haben. Ich stehe so still wie noch nie in meinem Leben und halte die Luft an, bis Jarrow sich wieder umdreht, aber nur halb.

Natürlich kann sie mich nicht sehen. Aber wenn ich was an ihrem Telefon mache, bemerkt sie das garantiert.

Mir bleibt nichts anderes übrig, als auszuharren. Ich stehe einen Meter von Jarrow entfernt, mein Finger schwebt über dem Handy. Ab und zu tippe ich es an, um zu verhindern, dass es in den geschützten Modus wechselt, und lasse Jarrow dabei nicht aus den Augen.

Jegliche Ruhe, die ich vorhin verspürt habe, ist wie weggeblasen, und ich bin so angespannt, dass man mich wie eine Gitarrensaite anschlagen könnte. Im Ernst.

Neun lange Minuten dauert es. Das weiß ich so genau, weil die Uhr auf Jarrows Handy immer wieder aufleuchtet. Schon zieht ein Krampf in meinem linken Fuß das Bein hoch, da seufzt Jarrow. Sie klappt ihren Laptop zu, nimmt die Kopfhörer ab und steht auf. Gerade will sie nach ihrem Handy greifen und ich ziehe meine Hand blitzschnell weg, aber sie überlegt es sich noch einmal anders und lässt es auf dem Schreibtisch liegen.

Kaum ist sie aus dem Zimmer, habe ich auch schon den Laptop aufgeklappt, und wenn ich nicht so nervös wäre, würde ich bestimmt ein Freudentänzchen aufführen, denn der Bildschirm erwacht sofort zum Leben, ohne dass ich ein Passwort eingeben muss. Volltreffer. Spitze! Super. Usw.

An die Arbeit, Esther.

Ich nehme mir erst ihr Handy vor, scrolle mich durch die Dateien.

Mit dem Modell kenne ich mich nicht aus. Ich habe das abgelegte iPhone von Granny, damit komme ich super klar. Jarrows ist ein Android-Handy und kein sehr gängiges Modell. Die Icons für die Apps sind aber die gleichen und ich finde rasch die Videos.

Da ist es auch schon! Das Video aus der Schule wurde ihr über eine Clip-Sharing-App zugeschickt. Am einfachsten ist es, gleich die komplette App samt Inhalt zu löschen. Der geschnittene Film einschließlich Security Footage und Close-ups in ›Videos‹-App wandert direkt in den Mülleimer.

Unter ›Einstellungen‹ finde ich noch eine ›gelöschte‹ Datei. Schnell leeren … klick.

Ich suche in den Mails nach Anhängen mit Videos. Nichts.

Nun knöpfe ich mir den Laptop vor. Es ist ein Apple, also muss ich zu iMovies. Hier ist nichts, der Film wurde nicht auf diesem Rechner geschnitten.

E-Mails: Da ist es! Wurde vor zwei Tagen verschickt. Klick, weg.

iTunes: Da ist es noch mal gespeichert. Klick, weg.

Okay, okay, wo könnte das Video noch sein?

Könnte sich im Mediaplayer noch eine Kopie befinden? Keine Ahnung. Um sicherzugehen, öffne ich mal QuickTime. Nichts. Gut.

Als Nächstes durchsuche ich den gesamten Rechner mit dem ›Finder‹. Nichts. Noch besser.

Zuletzt leere ich noch den ›Papierkorb‹.

Schritte kommen die Treppe herauf und Jarrow sagt: »Nacht, Jez! Nacht, Daddy!« Ihre Stimme klingt weicher als sonst.

(Daddy? Das passt nicht zu ihr. Jarrow Knight nennt ihren Vater doch nicht ›Daddy‹. In Jarrows normalem Wortschatz wäre es höchstens ›Dad‹, vielleicht sogar ›Da‹, aber ›Daddy‹?)

Mann, Jarrow. Musst du ausgerechnet heute früh schlafen gehen?

Wie leert man den ›Papierkorb‹? Ich hämmere wie eine Wilde auf den Tasten herum, dem Ladebalken zufolge müssen sich Unmengen in dem Ordner befinden und es dauert ewig und unter uns: Mir ist schleierhaft, warum Jarrow sich nicht wundert, dass sich ihr Laptop beim Reinkommen wie von Geisterhand schließt, und das ängstliche Keuchen überhört …

Aber es ist geschafft.

Jedenfalls … der erste Teil.

Nun muss ich mich um Jesmonds Rechner kümmern. Danach wohl auch noch um den Familien-Computer, wenn es einen gibt. Und mich mit einem schlecht erzogenen Hund abplagen.

Na, dann: juchhu!

67. Kapitel

Inzwischen bin ich wieder unten im weißen Flur, und die einzige Tür, die offen steht, führt in eine riesige Küche, gestaltet in ebenso dezenten Farben, nur sind es diesmal blasse Grau- und Sandtöne. Von dort gelangt man durch Doppeltüren ins Wohnzimmer. Das Deckenlicht in der Küche ist aus, nur über dem Herd brennt noch eine Lampe, die diffuses gelbliches Licht abstrahlt.

In der Ecke, inmitten von Papieren und anderem Kram, steht ein riesiger Monitor auf dem Tresen: der Familiencomputer.

Auf Zehenspitzen schleiche ich durch die Küche, als ich den Hund knurren höre, der nur Sekunden darauf durch die Doppeltüren stürmt und mit fliegenden Sabberfäden auf mich zuprescht.

»Maggie! Maggie! Dieser verflixte Hund!« Es ist Mr Knights Stimme, aber er klingt kein bisschen verärgert. Eher ungeduldig und belustigt, würde ich sagen.

Ich bin vor Angst wie gelähmt, als Maggie über die hellen Küchenfliesen schlittert und knurrend an meinen Füßen schnuppert. Verwirrt und wütend.

»Was ist nur mit dir los?«

Nun kann ich mir Mr Knight endlich mal in Ruhe anschauen. Er ist groß und steht leicht vorgebeugt, die Hosen wie ein alter Mann bis über die Hüften hochgezogen, obwohl er für einen Vater nicht sonderlich alt ist. Das karierte Hemd hat er in die Hose gesteckt und um die Augen hat er kleine Fältchen, als würde er sich insgeheim über einen Witz amüsieren. Ich hatte mir vorgestellt, der Vater der Zwillinge wäre doppelt so angsteinflößend wie sie. Ist er aber gar nicht. Außer dem weißblonden Haar deutet nichts darauf hin, dass sie verwandt sind.

Mr Knight kommt direkt auf mich zu und ich weiche zurück. Maggie folgt mir schnüffelnd. Wenn sie mich sehen könnte, würde sie sich garantiert auf mich stürzen, doch so schaut sie sich nur immer wieder nach allen Seiten um und kapiert nicht, warum von dem, was sie so deutlich riecht, rein gar nichts zu sehen ist.

»Ab in den Garten mit dir!«, murmelt Mr Knight, läuft an mir vorbei zur Terrassentür und öffnet sie. Doch der Hund rührt sich nicht vom Fleck, gibt nur kehlige Drohgeräusche von sich.

»Na, komm schon. Hör auf damit, du albernes Ding!«

Mr Knight nimmt Maggie am Halsband und lockt sie weg, schiebt sie sanft aus der Terrassentür und sperrt sie aus. Der Hund sitzt nun jaulend vor der Tür. Kopfschüttelnd wendet sich Mr Knight ab.

Vor lauter Angst ist mir noch ein lautloser Rülpser entwichen.

Mr Knight schnuppert und sieht dann Maggie hinter der Glasscheibe an. »Du kleines Stinktier«, raunt er schmunzelnd. Etwas lauter sagt er: »Jesmond! Was hast du dem Hund bloß zu fressen gegeben?«

Er zieht einen Stuhl unter dem Tresen hervor, setzt sich und ruckelt an der Maus, um den Bildschirm zu aktivieren. Es ist ein Uraltcomputer: ein vorsintflutlicher Mac. Sofort wird mir klar, dass dieser Computer Mr Knight gehören muss und nur ihm allein. Auf dem alten Kasten haben Jesmond und Jarrow garantiert keine Videos geschnitten, den kann ich gefahrlos außer Acht lassen.

Mr Knight öffnet sein Mailprogramm und schaut durch die Post, öffnet Mails, schreibt auf der Tastatur. Allem Anschein nach wird er hier ein Weilchen beschäftigt sein.

Vorsichtig mache ich mich vom Acker. Ich achte auf jedes Geräusch, das ich verursache, sei es auch noch so leise wie mein Atem oder das Geräusch meiner Schritte, wenn ich die Füße hebe, aber Mr Knight merkt nichts.

Aus dem Fernsehzimmer höre ich ein Handy klingeln.

Ich stecke den Kopf ins Zimmer und sehe Jesmond, neben sich seinen Laptop.

Dann passiert etwas, das mir alle Furcht nimmt.

»Oh, hallo, Mum … Nein, die ist schon ins Bett gegangen … Gar nichts, einfach relaxen … Wann kommst du zurück? … Mitternacht? Da schlafe ich schon … ja … Hab dich auch lieb. Gute Nacht.«

Auf einmal mutiert Jesmond Knight von einem schreckenerregenden Grobian zu … einem stinknormalen Dreizehnjährigen. ›Hab dich auch lieb‹? Das sagt er zu seiner Mutter? Ich muss grinsen.

Und die Stimme erst, genau wie vorhin bei seiner Schwester. Von dem breiten Dialekt war nichts mehr zu hören. Es klang nicht direkt vornehm, aber fast.

Allmählich glaube ich, dass ich nicht die Einzige bin, die unsichtbar ist. Auch die Knight-Zwillinge haben ihre unsichtbaren Seiten.

Doch nach wie vor stecke ich fest. Eine volle Stunde bin ich in der Küche gefangen, während Mr Knight an seinem Computer sitzt und Jesmond im Wohnzimmer auf dem Sofa liegt, ein Spiel auf seinem Handy spielt und durch die Kanäle zappt.

Irgendwann schwingt er sich hoch, klappt den Laptop auf und tippt das Passwort ein. Ich kann ihm zwar über die Schulter schauen, aber seine Finger bewegen sich zu schnell, als dass ich sehen könnte, was er schreibt.

Ich bin so darauf konzentriert, dass ich Jesmonds Vater hinter mir nicht höre. Für einen großen Kerl bewegt er sich sehr leise. Mit Mühe und Not quetsche ich mich zur Seite, als er sich durch die Flügeltüren schiebt. Dabei streift er meinen Arm.

Mr Knight hält inne. Er fasst sich an die Hand und sieht sich stirnrunzelnd um, aber dann tritt er ins Wohnzimmer, wo er sich in einem schwarzen Ledersessel niederlässt.

»Hast du das mit den vermissten Hunden mitgekriegt, Jesmond?«, fragt er. »Die Webseite des *Whitley News Guardian* ist voll davon.«

Ich horche auf. Mr Knight mustert Jesmond eingehend, als wollte er die Reaktion seines Sohnes abschätzen. Das ist kein unverfängliches Geplauder, so viel ist klar.

Vielleicht seid ihr schon zu dem gleichen Schluss gekommen wie ich. Es war bislang nur eine Ahnung, aber ich glaube, irgendwie stecken die Zwillinge hinter der Sache mit den verschwundenen Hunden. Drauf gebracht hat mich unsere Begegnung am Strand, als ich unsichtbar war und die beiden mit Lady ankamen. Doch was sonst noch an dem Tag passiert ist, hat alles andere quasi überschattet. Trotzdem ist mir die Sache nicht mehr aus dem Kopf gegangen und hat an mir genagt wie eine Ratte, die an einem elektrischen Kabel knabbert, ihr wisst schon: knabber, knabber, nichts passiert, und dann … peng!

Jesmond ist entweder ein sehr guter Schauspieler oder er hat echt nichts damit zu tun. Er bleibt vollkommen entspannt. Schaut kaum vom Laptop auf.

»Hm? Vermisste Hunde? Hab nichts davon mitgekriegt, Dad.« Dann wechselt er wie beiläufig das Thema. »Kannst du uns morgen zur Schule fahren? Bitte, bitte. Wir haben nämlich das Gepäck für die Schulfahrt dabei.«

Doch Mr Knight lässt sich nicht ablenken. »Weißt du, Jesmond, wenn ich herausbekomme, dass du was damit zu tun hast …«

Nun schaut Jesmond doch auf. Was wird sein Vater ihm androhen?

»… bin ich sehr enttäuscht.«

Darauf sagt Jesmond nichts. Er springt auf und klappt den Laptop zu. »Ich gehe jetzt, Dad. Nacht«, sagt er. Mr Knight macht ein überraschtes Gesicht.

Jesmond verschwindet, das Handy in der Hand.

Was soll ich jetzt machen? Wenn man den Computer nicht richtig runterfährt, schaltet er sich nach ein paar Minuten meist von selbst ab. Viel Zeit bleibt mir nicht.

Ich schleiche zur Terrassentür und öffne sie einen winzigen Spalt. Oben ist eine Sicherheitskette angebracht, die ich vorlege, damit sich die Tür nicht weiter als eine Handbreit öffnen lässt.

»He, Maggie«, flüstere ich, »du bist echt ein hässliches Mistvieh, weißt du das?«

Mehr brauche ich nicht zu sagen. Maggie knurrt, bellt und jault, schiebt ihre Schnauze durch den Spalt, versucht, die Geräuschquelle ausfindig zu machen.

Keine Sekunde später kommt Mr Knight durch die Küche geschlurft und ich schlüpfe an ihm vorbei ins Wohnzimmer.

»Maggie, nun gib doch endlich Ruhe, Liebes. Und wie hast du überhaupt die Tür aufgekriegt? Du willst sicher reinkommen, nicht wahr?«

Nein, bitte nicht! Nein!

»Tut mir leid, Liebes. Du musst noch ein bisschen draußen bleiben. Und pssst!«

Puh!

Das verschafft mir genügend Zeit, Jesmonds Laptop aufzuklappen. Das Dumme ist, dass das DVD-Laufwerk auch hochfährt und das ganze Ding surrt und leuchtet, als Mr Knight zurück ins Wohnzimmer kommt.

Ob er sich erschreckt, kann ich nicht mit Sicherheit sagen, aber er bleibt wie versteinert im Türrahmen stehen und starrt auf den Laptop. Der Bildschirm ist nur halb in einem 45-Grad-Winkel aufgeklappt und taucht das gesamte Zimmer in ein Schummerlicht.

Er bleibt vielleicht zehn Sekunden reglos stehen, was lang sein kann, wenn man jede Sekunde zählt, dann blickt er sich zur Terrassentür um, fasst sich anschließend an die Stelle am Arm, wo er mich gestreift hat, und zieht die Augenbrauen so sehr zusammen, dass sie zu einem einzigen Balken verschmelzen.

Dann seufzt er, setzt sich zurück in den Sessel und zappt

durch die Kanäle, bis er etwas findet, das ihm gefällt: eine Tierdoku.

Nun wird's knifflig. Ich kann den halb aufgeklappten Bildschirm nur sehen, wenn ich mich auf den Boden lege.

Das tue ich auch, ganz vorsichtig. So gründlich suchen wie auf Jarrows Laptop kann ich natürlich nicht. Nicht bei dem Winkel und mit all den Tasten, die ich drücken muss und die verräterische Geräusche verursachen.

Mir bleibt nur löschen: alles löschen und den Laptop auf Werkseinstellung zurücksetzen. Und Mr Knight sitzt dabei keine zwei Meter von mir entfernt.

Wahrscheinlich interessiert es euch nicht sonderlich, wie man sämtliche Daten auf einem Computer löscht. Bei der Nummer muss man eine bestimmte Tastenkombination gedrückt halten, bis das DOS-Fenster auftaucht (im Grunde nur eine Reihe von Befehlen), und DELETE und ENTER drücken, bis alle Daten futsch sind.

Das wäre ja auch machbar – selbst wenn man auf einem weißen Teppich liegend zu einem halb aufgeklappten Bildschirm aufschaut und in Anwesenheit eines Mannes die Tasten ganz, ganz vorsichtig drückt –, nur ist die Festplatte beim Löschen ziemlich aktiv und gibt surrende Geräusche von sich, die kein noch so lauter Fernseher übertönt. Besonders nicht, wenn besagter Mann ohnehin schon beunruhigt ist.

So, nun ist der Moment gekommen. Ich muss den Befehl eingeben, um die Festplatte zu löschen, und ich weiß genau, dass das Laufwerk einen Höllenkrach machen wird.

Mir bleibt nichts anderes übrig.

Mein Finger schwebt über der Taste, dann drücke ich sie. Als das Laufwerk mit lautem Schnurren zum Leben erwacht, fährt Mr Knight herum und springt auf.

Wahrscheinlich liegt es daran, dass ich mit meiner Nase so dicht am Teppich bin, glaube ich wenigstens. Aber ich hätte mir echt keinen schlechteren Zeitpunkt zum Niesen aussuchen können.

68. Kapitel

Es ist nur ein kleiner Nieser, kein riesiges comedymäßiges *HAHAHATSCHUUU*! Eher ein niedliches, kleines *Hatschi*!

Aber schon eindeutig ein Nieser.

Mr Knight steht einfach nur da. Keine Ahnung, ob er sonst noch was tut, weil ich mich nämlich unter dem Couchtisch verkrochen habe und nicht aufzuschauen wage.

Ich weiß, ich weiß, totaler Blödsinn. Er kann mich ja sowieso nicht sehen, warum ducke ich mich also weg? Das ist wohl ein tief verwurzelter Instinkt: Wenn man sich bedroht fühlt, rollt man sich zusammen, als eine Art Schutz, und genau das tue ich.

Jedenfalls zunächst.

Nach ein paar Sekunden wird mir klar, wie albern das ist, und ich hebe den Kopf. Schon wieder kribbelt es mir in der Nase.

Mr Knight steht noch immer da, den Kopf zur Seite gelegt, wachsam und misstrauisch.

Dann muss ich noch mal niesen, und diesmal habe ich es so lange unterdrückt, dass es sich explosionsartig entlädt – mehr ein Zischen als ein Niesen –, und auf dem Laptop verteilt sich ein Sprühregen, der sofort sichtbar wird.

Vorsichtig greift Mr Knight nach dem Laptop und inspiziert ihn. Noch rattert das Teil und löscht alle Daten. Mr Knight hält den Rechner in einer Hand, mit der anderen wischt er über die Spritzer auf dem Bildschirm. Er reibt sich die Finger, riecht daran. Langsam stellt er den Laptop zurück auf den Tisch, schiebt sich rückwärts durch die Doppeltüren in die Küche, wo ich ihn mit der Kette hantieren höre, um den Hund reinzulassen.

Ich nutze die Gelegenheit und husche in den Flur. Genau in dem Moment, als ich die Tür hinter mir schließe, rast Maggie ins Wohnzimmer hinein, gefolgt von Mr Knight. »Was ist da, Maggie? Such, mein Mädchen! Los, such!«

Oben höre ich die Dusche. Jesmond ist offenbar im Badezimmer, da wird sein Handy im Zimmer liegen. Das ist meine Chance! Ich sprinte nach oben, meine Schritte bollern auf den mit dickem Teppich überzogenen Stufen, egal. Als ich Jesmonds Zimmertür öffne, schlägt mir ein eigenartiger Geruch entgegen. Nicht direkt dreckig. Es ist eine bunte Mischung. Auf jeden Fall irgendein teures Eau de Cologne. Aber das ist nicht alles. Dazu kommt noch ein … erdiger Duft. Animalisch?

Blitzschnell sehe ich mich um, ob Jesmond sein Telefon irgendwo auf dem Bett oder dem Schreibtisch liegen hat.

Hat er nicht.

Jesmond hat ein großes Doppelbett, das mit dem Kopfende an der Wand steht, und als ich auf die andere Seite gehe, weiß ich sofort, warum es so animalisch riecht.

Da ist ein Tier.

Erst sehe ich den Hund gar nicht, nur die kleine Transportbox, in die er eingepfercht ist. Dann tapst er nach vorn ans Gitter. Ein kleiner Yorkshire Terrier. Dem ein Bein fehlt.

Mrs Abercrombies Geoffrey. Daran besteht kein Zweifel.

Er wimmert leise. Kann er mich riechen? Dieses traurige Winseln löst eine ganz neue Empfindung in mir aus: Ich habe Mitleid mit dem verhassten Geoffrey.

Wie kommt es bloß, dass der Vater der Zwillinge nichts davon mitkriegt? Hm, wahrscheinlich ist es nicht so schwer, eine Welpentransportbox ins Haus zu schmuggeln, und ich nehme nicht an, dass die Eltern der Zwillinge oft in ihre Zimmer gehen. Allein der Gestank würde mich abhalten. Obwohl der Vater was ahnt, das hat ja das Gespräch vorhin im Wohnzimmer gezeigt.

Aber der Hund muss warten. Deshalb bin ich ja nicht hier.

Jesmonds Handy, sein Handy, sein Handy. Wo ist es?

Ich durchsuche die Taschen seiner Jeans, die er achtlos aufs Bett geworfen hat. Fehlanzeige.

Da höre ich, wie die Badezimmertür entriegelt wird, und bevor ich es aus dem Zimmer schaffe, ist Jesmond zurück, ein Handtuch um die Hüfte gewickelt, mit einem zweiten trocknet er sich das Haar, in einer Hand das Handy. Er telefoniert. Nun spricht er wieder im breiten Dialekt.

»Hab's ja gesagt, so isses. Du musst nur noch morgen mit ihm vorbei und den Finderlohn einsacken, 'n Zehner davon geht an dich. Gleich morgen früh, der kann nich hierbleiben. Wir fahr'n mit auf den Schulausflug. Wie klingt das? … Aye, Süße … Cool! Bis dann, Mynt.«

Mynt? *Aramynta Fell?* Was hat die denn mit der Sache zu tun?

Jesmond schleudert das Telefon aufs Bett.

Ich stehe auf der anderen Seite, gebe keinen Ton von mir, aber fürchte mich schon vor dem, was kommt, und …

Oh. Mein. Gott! Er hat das Handtuch fallen lassen und jetzt

schaue ich auf Jesmond Knights nackten weißen Hintern und das ist mir so peinlich. Die Augen kann ich ja nicht schließen, deshalb wende ich mich ab.

Hilfe! Das ist ja noch viel schlimmer! In einem Spiegel sehe ich nun Jesmonds Frontalansicht.

In mir brüllt eine Stimme: *»Zieh dir endlich was an!«*

Jesmond stolziert im Raum auf und ab, bleibt vor dem Spiegel stehen und spannt die Bizepse an. Dann wirft er sich wie ein Bodybuilder in eine Gorilla-Pose: mit gebeugten Armen, geschwollener Brust … die ganze Nummer ist so grauenhaft, dass ich den Kopf wegdrehe und nur noch aus dem Augenwinkel schaue, sodass ich im Notfall ausweichen kann, falls er in meine Richtung geht.

Ich glaube, ich stehe hier ganz gut. In der Ecke neben den Vorhängen bin ich nicht im Weg. Es ist ein ziemlich großes Zimmer. Ich will nur nicht noch mehr von diesem nackten Jesmond sehen, besonders nicht, wenn er sich auch noch – aahhh! –, er bückt sich, um ein Paar Shorts unter dem Bett hervorzuholen.

Irgendwie gelingt es mir trotzdem, einen Plan zu entwerfen. Wirkt zwar etwas aussichtslos, aber was Besseres fällt mir nicht ein. Ich werde warten, bis Jesmond eingeschlafen ist, mir sein Handy schnappen und mich durch die Hintertür aus dem Staub machen. Oder durch die Haustür, das ist mir im Moment schnuppe. Echt jetzt, ich würde auch aus dem Fenster springen, nur um Jesmond Knights nackten Hintern nicht mehr sehen zu müssen!

Dann winselt Geoffrey in seiner Transportbox und in mir steigt eine unglaubliche Wut auf. Wie kann Jesmond es wagen?

Tiere zu kidnappen, um eine fette Belohnung zu kassieren? Geht's noch?

Jesmond schnuppert.

»Mann, Köter«, sagt er und schaut zur Transportbox. »Du stinkst vielleicht.« Dann wird seine Stimme sanfter. »Willste rauskommen?«

Oh nein. Bitte nicht. Ich halte die Luft an, als Jesmond die Box öffnet, aber als Geoffrey auf seinen drei Beinen heraustrottet, nimmt er gar keine Notiz von mir, sondern schnüffelt nur rings ums Bett herum.

Zu meiner großen Erleichterung zieht sich Jesmond endlich die Schlafanzughosen an. Ich habe nicht gemerkt, dass ich auf dem Ärmel seines Schlafanzugoberteils stehe, das auf dem Boden liegt. Jesmond bückt sich danach und muss zerren, was ja ein wenig seltsam ist. Bestimmt sieht es für ihn so aus, als wäre der Ärmel mit Kaugummi oder so am Boden festgeklebt.

Jesmond macht das gleiche erstaunte Gesicht wie sein Vater vorhin, als ich niesen musste.

Natürlich besteht für Jesmond kein Grund anzunehmen, dass ich unsichtbar in seinem Zimmer bin. Aber anders als sein Vater weiß Jesmond zumindest, dass es diese Möglichkeit gibt.

Er steht mitten im Zimmer, das Oberteil im Arm, und schaut auf die Stelle, wo es vermeintlich am Boden festklebte.

Ich folge seinem Blick und sehe, worauf er starrt.

In dem dicken Teppich unter mir sind zwei perfekte Fußabdrücke zu erkennen.

69. Kapitel

Wahrscheinlich ist es nur ein Augenblick, aber mir kommt es wie ein ganzes Jahr vor.

»Hallo, Invisigirl«, sagt Jesmond mit einem hämischen Grinsen im Gesicht.

Dann wirft er mit sanftem Schwung das Schlafanzugoberteil nach mir. Es bleibt einen Moment an meiner Schulter hängen, bevor es zu Boden segelt.

Jesmond flucht leise und dann geschieht alles ganz schnell.

Mit ausgestreckten Armen wirft er sich nach vorn; ich weiche in letzter Sekunde zur Seite aus und laufe rasch zurück zum Bett.

»Ich weiß, dass du da bist«, flüstert er und sucht mit den Augen den Teppich nach meinen Fußabdrücken ab.

Inzwischen hat Geoffrey seine Schnüffelei beendet, hockt sich mitten ins Zimmer und macht Anstalten, sein großes Geschäft zu erledigen.

Das lenkt Jesmond kurz ab. »Nein, nein, nein. Oh, du dreckiges kleines …«

Ihm bleiben die Worte im Hals stecken, und er holt aus, um

dem Hund einen Tritt zu verpassen, und zwar einen ziemlich kräftigen, wie's aussieht. Da steckt richtig Wumms dahinter.

Ich kann nicht tatenlos mit anschauen, wie Geoffrey malträtiert wird, deshalb brülle ich: »He!«, und schubse Jesmond so heftig, dass er mit dem Kopf gegen die Frisierkommode knallt und sämtliche Deos und Haargels umreißt.

Mir bleibt nur wenig Zeit. Ich schnappe mir das Handy vom Bett. Jesmond sieht es gespenstisch von der Bettdecke aufsteigen, rappelt sich auf, aber da stößt Geoffrey – der kleine, tapfere Kläffer – ein winziges erbostes Knurren aus und stürzt sich auf Jesmonds Knöchel.

Die Ablenkung kommt mir wie gerufen. Ich reiße die Tür auf und stürme die Treppen hinunter. Keine drei Sekunden später ist mir Jesmond schon auf den Fersen und beschimpft abwechselnd mich und Geoffrey, der seinem Kidnapper nachstellt und ihm die Zähne in die Wade bohrt, worauf dieser vor Schmerz aufjault.

Als ich unten an der Treppe angekommen bin, öffnet Jarrow ihre Zimmertür. »He, was ist denn hier los? Ich versuche zu schlafen!«

Dann sieht sie den Aufruhr, vielleicht auch das schwebende Telefon, und klinkt sich in die Hetzjagd ein.

Haustür oder Terrassentür?

Die Haustür ist näher, aber als ich fast da bin, fallen mir der elektronische Türspion und die Tastatur ins Auge, die sie statt eines verdammten Schlüssels verwenden. Blitzschnell mache ich kehrt, schlüpfe an Jesmond vorbei, der gerade das Ende der Treppe erreicht hat, dicht gefolgt von einem sehr wütenden dreibeinigen Yorkshire Terrier.

»Gib's zurück!«, faucht er und greift nach seinem schwebenden Handy.

Als ich aus dem Weg tänzle, rutscht der Läufer auf dem frisch polierten Boden unter mir weg. Ich fange mich ab, erwische dabei aber leider die Glasvitrine mit den Porzellanhunden so unglücklich, dass sie mit einem lauten Knall zu Boden geht. Es hagelt Scherben und kleine Hunde.

Ich bin barfuß, aber darauf kann ich jetzt keine Rücksicht nehmen, also sprinte ich mittendurch, schneide mir die Hacke am abgebrochenen Hals eines Irischen Wolfshunds auf und humple durch die Küchentür.

Mittlerweile hat sich auch Maggie der Jagd angeschlossen, nur weiß sie noch nicht, wen sie angreifen soll. Sie entscheidet sich für Geoffrey, der ihr ganz schön was hustet. Mutig, wie er ist, lässt Geoffrey Löwenherz eine solche Kläffsalve vom Stapel, dass Maggie zurückweicht, obwohl sie ihn mit einem Haps verschlingen könnte.

Mir verschafft das genug Zeit, um aus der Terrassentür hinaus in den Garten zu stürmen, verfolgt von einem fluchenden Jesmond, einem schnappenden Terrier (der Jesmond ein paarmal erfolgreich in den Knöchel zwickt) und einem sabbernden Satansbraten. Gleich dahinter kommt Jarrow und zuallerletzt ein brüllender Mr Knight.

»Was ist hier los? Jarrow? Jesmond? Wer hat die Vitrine umgeworfen? Und wo kommt dieser Hund her?«

Und da ist auch Boydy.

Boydy? Keine Ahnung, was der hier im Garten macht, aber er läuft schon neben mir. Ich schalte das Handy ein, damit er sieht, wo ich bin.

»Dahinten ist ein Loch im Nachbarzaun. Folg mir!«, keucht er, aber seine überschüssigen Pfunde halten ihn zurück.

Ich überhole ihn.

»Da vorne rechts!«, brüllt er mir zu.

Trotz der Dunkelheit sehe ich, was er meint. Zwischen zwei Büschen ist eine Lücke im Zaun, wo ein paar Latten fehlen. Ohne mich noch mal umzudrehen, schlüpfe ich hindurch, warte aber, denn ich kann Boydy ja nicht zurücklassen.

»Komm schnell, Boydy!«, rufe ich ihm zu.

Er hat es fast geschafft, wirft sich schon auf den Boden, da setzt Maggie knurrend zum Sprung an.

Boydy heult auf, als der Hund ihn durch die Jeans in den Hintern beißt. Jesmond kommt näher und will gerade nach Boydys Füßen greifen, als Geoffrey wieder zuschnappt, diesmal in Jesmonds ausgestreckte Hand. Jesmond schreit auf.

Ich greife Boydys Hand und ziehe, so fest ich kann, während er strampelt, um von Maggie loszukommen. Kurz sind nur das Knurren der Hunde und unser Keuchen zu hören, dann lässt Maggie von ihm ab, um erneut zuzubeißen.

Boydy nutzt die Chance. Mit einem letzten verzweifelten Tritt schafft er es durch die Lücke. Ich schnappe mir eine der herumliegenden Latten und halte sie hoch wie ein Baseballspieler, der auf den Ball wartet.

Schon steckt Maggie den Kopf durch die Lücke und ich haue ihr die Latte über den Kopf. Sie gibt ein schauriges Heulen von sich, schiebt sich aber weiter durch das Loch im Zaun. »Tut mir echt leid, Maggie«, sage ich und verpasse ihr noch einen Schlag.

Benommen hebt sie den riesigen Kopf und tritt angeschlagen den Rücktritt an.

Geoffreys Gekläffe ist nach wie vor zu hören, aber es wird leiser.

Boydy liegt neben mir am Boden, stöhnt aber nicht, sondern sagt nur: »Hast du's?«

Ich nicke.

Aber das sieht er ja nicht. »Hast du's oder nicht?«

»Alles geschafft!«

Als ich ihm das Handy in die Hand drücke, grinst er erst und stöhnt dann auf vor Schmerz. Von der anderen Seite des Zauns … ist nichts zu hören. Keine Rufe, keine Drohungen. Da scheint niemand mehr zu sein.

»Die sind vorne raus. Jeden Moment werden sie hier sein«, sage ich.

70. Kapitel

Boydy rappelt sich auf und wir klettern über die Mauer des Nachbarn. Mir tut die Hacke weh, weil ich in den Porzellanhund getreten bin. Ich ziehe mir eine Scherbe aus dem Fuß. Es blutet, aber nicht schlimm.

Zwei Minuten später stürmen wir keuchend und stöhnend durch meine Gartenpforte, eine Minute danach hören wir Schritte auf dem Weg, der hinter dem Garten verläuft.

»Irgendwo hier wohnt sie. In einem der Häuser«, höre ich Jarrow sagen.

Doch sie wissen nicht, in welchem. Wir kriegen mit, wie sie an allen Gartenpforten der Straße rütteln, aber keine geht auf – und meine ganz sicher nicht. Nein … meine Pforte ist fest verschlossen. Darüber muss ich mir keine Sorgen machen.

Sorgen muss ich mir nur über das machen, was sich hinter mir befindet.

Es ist Granny.

»Elliot? Großer Gott, was ist denn mit dir passiert? Und wo ist Esther? Ich bin schon ganz krank vor Sorge. Ich wollte gerade die Polizei anrufen. Habt ihr mal auf die Uhr geschaut?«

71. Kapitel

Das muss ich Boydy lassen. Unter Druck lügt er wirklich großartig. Allerdings ist die Geschichte so dermaßen weit hergeholt, dass mir der unsichtbare Mund offen stehen bleibt, so leicht kommt ihm die Lüge über die Lippen.

»Ach, Sie sind noch wach! Gut, ich wollte Sie nämlich ungern wecken. Um Esther brauchen Sie sich keine Sorgen zu machen, sie hat sich nur, ähm … etwas unwohl gefühlt und sich bei uns im Gästezimmer hingelegt.«

Derweil stehe ich direkt neben ihm und mein Blick huscht von einem zum anderen.

»Dann komm mal lieber mit rein«, sagt Granny.

Sie kauft es ihm nicht ab, so viel ist klar. Noch nicht.

Ich folge Boydy durch die Hintertür in die Küche, wo ich mich in eine Ecke stelle und alles beobachte. Diesmal rastet Lady nicht aus, obwohl ich sehe, wie sie schnuppert. Stattdessen verzieht sie sich ins Wohnzimmer.

Im Licht wird das Ausmaß von Boydys Verletzungen erst richtig deutlich. Seine Jeans ist am Po zerrissen und blutgetränkt.

»Zieh die aus«, sagt Granny. »Wir machen das sauber und dann erzählst du mir mal in Ruhe, was los ist.«

Da bin ich doch fast dreizehn Jahre alt geworden, ohne einen nackten Jungenhintern gesehen zu haben. Nun sehe ich im Laufe eines einzigen Abends gleich zwei. Oh, ich Glückspilz!

»Wie ist das passiert?«, fragt Granny ziemlich freundlich.

Es sieht echt schlimm aus. Am Oberschenkel sind die Abdrücke von den Zähnen zu sehen und über dem großen blassen Hintern ist ein langer Riss. Boydy lehnt über dem Küchentisch, während Granny Watte und Zaubernuss holt. Er dreht den Kopf zur Seite und spricht mit ihr.

»Ich wurde hinterm Haus von einem Hund angegriffen.«

»Um Himmels willen. Wir sollten die Polizei rufen! Damit ist nicht zu spaßen.«

»Ähm, nein … bitte nicht!« Boydy klingt verzweifelt.

»Warum denn nicht, Elliot?«

»Ich war, ähm …«

Ganz ehrlich, ich höre es quasi bei ihm im Kopf rattern.

»Ich habe … eine Abkürzung durch einen fremden Garten genommen und da war ein Wachhund!« Am Ende klingt Boydy richtig zufrieden und flunkert fröhlich weiter. »Ich wollte ja schnell rumkommen, um Ihnen von Esser zu erzählen, denn – autsch, das brennt! –, denn Mum meinte, ich sollte Verantwortung übernehmen.‹

Gut. Clever. Beruf dich auf eine verantwortungsvolle Erwachsene.

»Verantwortung wofür, Elliot?«

»Ich glaube, sie hat – ich weiß, Esser hat – ähm … Alkohol getrunken. Auuuu!«

Na, vielen Dank auch, Boydy. Ein großes, hübsch verpacktes Dankeschön.

»Alkohol? Oh, Elliot, oh nein, nein, nein.«

Das ist wohl das Schlimmste, was man zu Granny sagen kann, nach dem, was sie mit Mum durchgemacht hat. Weiß wie die Wand steht sie mit der Flasche Zaubernuss in der Hand da und schüttelt den Kopf.

»Tut mir wirklich leid, Mrs Leatherhead. Es war bloß ein Bier. Hat ihr noch nicht mal geschmeckt und dann hat sie gespuckt und meine Mum hat sie ins Bett gesteckt.«

»Wo hatte sie das Bier her? Von dir?« Energisch macht Granny sich wieder an der Wunde zu schaffen.

»Ich weiß es nicht, Mrs Leatherhead. Auuuu! Ehrlich, aber sie hatte eins. Wir anderen hatten nur Sprite und Fanta. Tut mir wirklich leid. Ich hätte sie davon abhalten sollen. Autsch!«

Gut, denke ich. *Geschieht dir recht.* Warum musste er auch die Sache mit dem Alkohol erfinden? Erst mal ist es voll eklig. (Ich habe zwar noch nie welchen getrunken, aber schon am Wein gerochen, und ich glaube nicht, dass ich jemals welchen trinken werde. Warum sollte jemand Fruchtsaft trinken wollen, der schlecht geworden ist? Mehr ist es doch nicht, oder?) Und dann frage ich mich, warum er sich gerade das ausdenken musste. Er hätte doch einfach sagen können, dass ich zu viel Pizza gegessen habe. Nach einem extra Stückchen mit Peperoni und Pilzen kam alles hoch und ich wurde ins Bett verfrachtet.

Boydy hat zu viel Fantasie, das ist sein Problem.

Granny hat jetzt Pflaster in der Hand und verarztet Boydys zerbissenen Hintern. »Ehrlich gesagt, bin ich sehr enttäuscht. Ich hätte dich für verantwortungsbewusster gehalten. Obwohl ich es gut finde, dass du selbst vorbeigekommen bist, um mich zu informieren. So, nun bist du versorgt. Jetzt ist es schon zu spät, aber morgen früh werde ich deine Mutter anrufen. Und richte Esther bitte aus, sie möchte vor der Schule nach Hause kommen.«

Zu meiner großen Erleichterung hat Boydy die Hose schon wieder hochgezogen und humpelt zur Tür.

Granny steht mit dem Rücken zu uns, während sie die Arznei verstaut.

Boydy zieht Jesmonds Handy aus der Hosentasche. Er deutet darauf, dann auf sich und macht mit der Hand eine Wischbewegung.

Er wird sich um Jesmonds Telefon kümmern. Super. Fürs Löschen braucht man auch kein Passwort. Das ist wohl so ungefähr das Einzige, was man ohne Passwort machen kann: es auf Werkseinstellung zurücksetzen und alle gespeicherten Daten vernichten.

Dann holt Boydy mein Handy heraus und legt es hinter den Toaster, wo Granny es nicht sieht.

»Danke, Mrs Leatherhead. Und ähm … tut mir leid.«

»Auf Wiedersehen, Elliot. Zieh bitte die Tür hinter dir zu.«

Falls mir der Gedanke kommt, ich hätte für einen Tag genug Aufregung und Herzklopfen gehabt, werde ich gleich eines Besseren belehrt, denn im Vergleich zu dem, was jetzt kommt, war alles bisher so gemütlich wie ein ruhiger Abend vor dem Fernseher.

Ihr erinnert euch, dass ich noch in der Küche stehe und versuche, meine schmerzende Hacke möglichst nicht zu belasten.

Jetzt ist der richtige Zeitpunkt, um Granny in die Sache mit der Unsichtbarkeit einzuweihen, sage ich mir, und ich überlege, mit welchen Worten ich anfange: »He, Granny, ich habe dir doch mal gesagt, ich bin unsichtbar. Erinnerst du dich noch?«

Aber irgendwie bin ich noch … was? Schüchtern? Nein, nicht schüchtern, aber …

Auf alle Fälle spielt das keine Rolle, denn plötzlich spricht Granny mit jemandem, der – offenbar – schon die ganze Zeit im Wohnzimmer sitzt.

»Du kannst jetzt rauskommen. Er ist weg.«

72. Kapitel

Und er kommt. Grannys Loverboy, der Typ, mit dem ich im Klosterblick zusammengestoßen bin, tritt in die Küche und fragt: »Was war los?«

»Esther verbringt die Nacht bei einem Freund. Ihr … ihr geht's nicht so gut.«

Endlich habe ich die Gelegenheit, ihn mir in Ruhe anzuschauen.

»Dann müssen wir das wohl noch mal verschieben, stimmt's?«, meint er.

»Ja, vielleicht könntest du morgen wiederkommen?«

Loverboy grinst. Er sieht nett aus. »Klar. Ruf mich einfach an.«

Beim letzten Mal war er schick angezogen: Jackett und Hose mit Bügelfalte. Nun trägt er bloß Jeans und T-Shirt. Überraschenderweise sind seine Arme mit Tätowierungen übersät, was mich echt wundert. Tätowierungen sind so gar nicht Grannys Ding. Sie kann doch nicht …

Dann dreht der Typ sich um. Unter dem T-Shirt-Kragen windet sich ein weiteres Tattoo vom Nacken bis zum Haaransatz.

Eine markante Efeuranke, die ich irgendwo schon mal gesehen habe.

Ich schnappe laut nach Luft und der Mann und Granny sehen sich um, denken wohl, der andere wäre es gewesen.

Auf einmal ergibt alles einen Sinn.

Der Akzent. Nach London klingt er so gar nicht. Es ist ein neuseeländischer Akzent.

Es kostet mich alle Kraft – wirklich alle Kraft –, nicht laut »Dad?« zu rufen.

Denn schließlich bin ich nackt und unsichtbar. So soll mich mein Vater nicht zum ersten Mal nach zehn Jahren sehen. Wenn ihr versteht, was ich meine.

Ich höre, wie Granny ihn an der Haustür verabschiedet. »Gute Nacht, Rick.«

Noch immer stehe ich in der Küche, habe mich nicht vom Fleck gerührt. Ich glaube, ich habe noch nicht mal geatmet. Mein Herz überschlägt sich, meine Gedanken rasen.

Granny kommt zurück, um das Licht auszumachen, bevor sie ins Bett geht. Blau schimmert die Digitaluhr am Herd. Es ist 23:45 Uhr.

Ich warte ein paar Minuten, dann schleiche ich mich so leise wie möglich nach oben ins Bett.

Und nun drängt sich mir ein Gedanke auf, den ich schon die ganze Zeit im Hinterkopf habe: Sollte ich nicht allmählich ein Kribbeln verspüren? Und Kopfschmerzen bekommen? So war es doch jedes Mal, bevor ich wieder sichtbar wurde.

Vorläufig schiebe ich diesen Gedanken beiseite. Ich bin erschöpft. Geistig und körperlich völlig ausgelaugt. Außerdem ist da noch etwas Neues, über das ich nachdenken muss.

Mein Vater. Ricky Malcolm.

Wieder und wieder lasse ich es mir durch den Kopf gehen. Die äußerliche Veränderung ist nicht weiter verwunderlich. Von einem Typen mit schiefen Zähnen, einer langen blonden Matte und einem wilden ungepflegten Bart zu einem glatt rasierten Mann, der Lehrer oder … sonst was sein könnte, eben alles, außer ein Rocker. Der Unterschied ist schon frappierend, und ich hätte es nicht für möglich gehalten, wenn die Tätowierungen nicht wären.

Im Zimmer klappe ich leise meinen Laptop auf und gebe Ricky Malcolm in der Bildersuche ein.

Da ist er ja: der Rocker mit den langen Haaren.

Ich vergrößere ein Bild, wo er auf der Bühne das Haar zurückwirft und das Tattoo im Nacken entblößt. Es ist auf jeden Fall das gleiche.

Und nun schaue ich mir seine Augen an, das gleiche Graugrün. Auf dem Foto guckt er direkt in die Kamera, und ich vergrößere es so lange, bis die Augen lebensgroß sind und man die einzelnen Pixel schon sieht. Ich drehe das Bild, bis die Augen geradeaus blicken, und starre sie einfach nur an.

Genauso hat er mich angesehen, als wir im Klosterblick über Lady geplaudert haben. Er hat mir so gebannt in die Augen geschaut, weil er es wusste. Er wusste, dass ich seine Augen habe, dass ich seine Tochter bin. Warum hat er dann nichts gesagt?

Seufzend will ich den Computer zuklappen, da geht noch eine Mail ein. Von thomasknight@ringmail.co.uk.

Tommy Knight schreibt mir eine Mail?

Nein. Sie ist von Jesmond und Jarrow, die nur den Account ihres Vaters nutzen.

Schlau gemacht, Invisigirl. Das muss man dir lassen. Unsere Laptops gehen auch auf dein Konto, oder? Sicher, dass wir keine Kopie haben?
Du hast mein Telefon geklaut. Ich will es zurück, sonst landet morgen alles auf YouTube.

Jesmond

Auch wenn es schon nach Mitternacht ist, schicke ich Boydy eine Nachricht und hänge die Mail an.

Er antwortet nicht. Dann schläft er wohl schon. Auf dem Bauch wahrscheinlich.

Ich bin auf mich allein gestellt und nicht gerade in Laune, anderen ihren Willen zu lassen. Also schreibe ich zurück.

Danke, nun habe ich endlich die E-Mail-Adresse eures Vaters. Die brauche ich, wenn ich ihm von eurer Abzocke mit den Hunden und Katzen erzähle. Vielleicht komme ich auch direkt vorbei und sage es ihm persönlich, nachdem ich bei der Polizei war, versteht sich.
Und das mit der Kopie glaube ich eh nicht. Und selbst wenn, an eurer Stelle würde ich es lieber für mich behalten.

Esther

Ich schicke die Mail ab. Was habe ich schon groß zu verlieren? Sicher ist die Sache damit erledigt.

Tja, ich sollte es inzwischen echt besser wissen …

73. Kapitel

Granny ist noch auf. Ich höre, wie sie die Schranktür öffnet. Wahrscheinlich hat sie die Metallkiste mit Mums Erinnerungsstücken wieder dort verstaut und holt sie nun hervor.

In dem Moment wird mir klar, dass ich sie nicht damit konfrontieren kann. Noch nicht. Es wäre ein bisschen viel auf einmal, wenn ich zu ihr gehen und sagen würde: »Hallo, Granny. Schau mal, ich bin unsichtbar. Ach, übrigens sollten wir unbedingt über diese Metallkiste sprechen. Da kannst du mir auch gleich erklären, warum du mich jahrelang belogen hast. Und ganz nebenbei bemerkt: War das vorhin nicht mein Vater?«

Ich übe schon mal, wenigstens etwas. Aber ich kann es einfach nicht. Noch nicht.

Ich liege im Bett und warte auf das Kribbeln und die Kopfschmerzen.

Die kommen nicht.

Nicht um Mitternacht.

Auch nicht um zwei Uhr, da bin ich immer noch wach und höre, wie Granny alles wegpackt und sich schlafen legt.

Um vier dringt das graue Morgenlicht durch die Vorhänge,

und ich sehe nach, ob ich vielleicht auch ohne Kribbeln und Kopfweh wieder sichtbar geworden bin. Aber nein: Ich bin nach wie vor unsichtbar. Draußen erwachen die Vögel.

Alles in Ordnung, sage ich mir. *Das hält diesmal nur ein wenig länger an.*

Irgendwann falle ich in einen leichten, unruhigen Schlaf. Träumen tue ich nicht, und wenn doch, dann erinnere ich mich nicht mehr.

Als ich Granny aufstehen höre, traue ich mich kaum nachzusehen, ob ich noch unsichtbar bin.

Bin ich.

Ich habe schreckliche Angst, schon fast mehr als nur Angst. Als hätte ich eine schreckliche Vorahnung, ohne zu wissen, woher sie stammt.

Habe ich mit meinen Körperzellen so viel herumgepfuscht, dass sie ihre Fähigkeit verloren haben … ja wozu eigentlich? Sich zu regenerieren? Ihre lichtreflektierenden Fähigkeiten zu erneuern? Bleibe ich nun für immer unsichtbar?

Was habe ich mir nur dabei gedacht? Und warum habe ich in Stresssituationen bloß immer Grannys Stimme im Ohr?

»Was geschehen ist, ist geschehen, Esther. Ein starker Charakter jammert und lamentiert nicht, sondern stellt sich dem dringendsten Problem, dann dem nächsten und dann dem übernächsten. Manche gehen Probleme direkt an, andere laufen davon. Das ist nicht unsere Art.«

Was ist denn das dringendste Problem? Das ist wohl meine Unsichtbarkeit.

Na, eigentlich gibt es ein Problem, das noch dringlicher ist: Ich soll vor der Schule noch mal nach Hause kommen, nachdem ich mich auf Boydys Geburtstag ja angeblich so danebenbenommen habe.

Granny, die unten in der Küche bereits Tee kocht, wird mich … oh, genau *jetzt* erwarten.

74. Kapitel

Ich habe mich nach unten geschlichen. Obwohl ich ja unsichtbar bin, ist schleichen viel, viel schwieriger, als man denkt. Lady ist hinten im Garten, um Pipi zu machen. Gerade habe ich Granny eine Nachricht geschickt. Nun will ich sehen, wie sie reagiert.

> Hallo, Granny, es tut mir so, so leid wegen gestern Abend. Ich weiß, dass Boydy es dir erzählt hat, und auch wenn es nicht so schlimm war, schäme ich mich doch sehr. Zu sehr, um dir jetzt unter die Augen zu treten. Ich habe meine Schuluniform dabei. Bis nachher. Alles Liebe E

Granny sitzt in ihren schicken Arbeitsklamotten am Küchentisch, als ihr Handy pling macht. Sie greift in ihrer üblichen Art danach, als hätte jemand etwas Unaussprechliches daraufgeschmiert.

Sie liest die Nachricht und verzieht den Mund, ansonsten zeigt sie keinerlei Reaktion.

Dann bewegen sich ihre Finger über den Bildschirm und sie

hält das Handy ans Ohr. Hilfe! Sie ruft mich an … und ich habe mein Telefon oben auf der Treppe gelassen!

Kaum habe ich den Gedanken zu Ende gedacht, höre ich auch schon laut und deutlich meinen Klingelton und Granny steht auf. Ich springe aus dem Weg. Granny stampft die Treppe hinauf, wo mein Handy fröhlich bimmelt.

Mit meinem Telefon in der Hand geht sie in mein Zimmer, wo sie mein zerwühltes Bett vorfinden wird.

Oh nein, oh nein. Es wird immer schlimmer. Granny eilt nach unten (ich bin schon in der Küche) und greift nach ihrem Handy. Legt es wieder weg. Mein Handy hält sie in der anderen Hand. Sie schaut von meinem zu ihrem Handy, vollkommen verblüfft.

Dann tritt sie in den Flur.

»Esther?«, ruft sie nach oben. »Esther, bist du da?«

Ich bin kurz davor zu sagen: »Granny! Ich bin's! Ich bin hier und ich bin unsichtbar!« Aber ich traue mich nicht.

Zwei Minuten später verlässt Granny mit beiden Handys das Haus.

Es ist Zeit zu handeln.

75. Kapitel

Wenn ich nicht in der Schule auftauche, wird Mrs Moncur, die Schulsekretärin, Granny in spätestens einer Stunde die Hölle heißmachen, wo ich denn bleibe. Dann wird alles richtig schiefgehen.

Noch schiefer als jetzt schon.

Auf die Nackt-Nummer habe ich keine Lust mehr. Es sieht sowieso nach Regen aus, und außerdem tun mir die Füße noch von gestern Abend weh, als ich barfuß über zerbrochene Porzellanhunde gelaufen bin.

Also zurück zur Verkleidung. Strumpf über den Kopf, Kapuzenpulli hochgezogen, Sonnenbrille, Jacke, Hose, Schuhe …

Mit gesenktem Kopf verlasse ich das Haus und jogge zur Schule. Das schaffe ich in acht Minuten.

Am Haupteingang wimmelt es von meinen Mitschülern, die keine Notiz von mir nehmen, als ich auf der anderen Straßenseite vorbeieile. Ich versuche es mal lieber am Hintereingang, da ist weniger los.

Wegen der Überwachungskamera kann ich mir diesmal keinen Kopf machen, außerdem hängt über dem Rhododendronbusch eine Qualmwolke: In meiner »Umkleidekabine« wird geraucht.

Ich warte, bis der Ansturm der Schüler abflaut. Dann presse ich meinen durchsichtigen Daumen auf den Sensor. Wie liest das die Maschine nur? Keine Ahnung, doch es funktioniert und das Tor geht auf. Ich schlüpfe aber nicht durch.

Damit bin ich als anwesend registriert. Mit einer Doppelstunde Physik fängt es an, und es besteht die Möglichkeit, dass Mr Parker mein Fehlen bemerkt, aber darauf muss ich es ankommen lassen …

Zu Hause lege ich die Verkleidung ab und ziehe mir den Schlafanzug an. Fühlt sich komisch an. Lady kommt zu mir und wedelt mit dem Schwanz, was mich aufmuntert.

Ich stehe vor unserem Festnetzanschluss. Wie gern würde ich Boydy anrufen, aber Granny hat mein Handy und ich kann seine Nummer nicht auswendig. In der Zwischenzeit muss ich noch eine andere Nummer ausfindig machen.

Im Festnetz sind die letzten zwanzig Anrufe gespeichert, aber auf der kleinen Anzeige werden immer nur die Nummern eingeblendet. Hoffentlich werde ich fündig. Ich wähle eine Nummer nach der anderen, immer mit der 141 davor, um die Rufnummer zu unterdrücken.

0191 667 5544 … »Hallo, Diane hier …« Ich lege auf.

0870 … nein, das ist keine Privatnummer.

118 118 … nein, das ist die Auskunft.

Ich bin schon bei der fünfzehnten Nummer angelangt und habe noch nichts erreicht. Entweder sind es Freunde von Granny, Anrufbeantworter oder Firmen. Bei der sechzehnten und siebzehnten Nummer geht erst gar keiner ran.

Die achtzehnte Nummer erkenne ich, das ist das Sekretariat der Schule.

Die neunzehnte Nummer ist meine Handynummer, die Granny wohl angerufen haben muss.

Das hier ist die letzte Nummer im Telefonspeicher.

Eine mir unbekannte Handynummer.

07886 545 377. Könnte ich meine Finger sehen, könnte ich beobachten, wie sie zitternd die Wahlwiederholung drücken.

Es wird sofort abgehoben.

»Hallo. Hier Richard Malcolm.«

Mein Vater.

76. Kapitel

Warum ich meinen Vater anrufe?

Wen würdet ihr denn im Notfall anrufen? Ich weiß schon, Mütter sind toll. Ehrlich gesagt sind die meisten Mütter, die ich kenne, in Notfällen große Klasse. Tax Goodbodys Mum hat ihn doch tatsächlich auf dem Rücksitz eines Taxis bekommen (daher auch sein Spitzname) und Holly Masternaks Mum war Sanitäterin. Da ich aber ohne Mutter und ohne Vater aufgewachsen bin, sollte die Entscheidung mir überlassen bleiben, und im Moment will ich einen Dad.

Ich denke an die Leute, die ich kenne, die ohne Dad zurechtkommen müssen. Hayley Broad zum Beispiel, ihr Vater wurde als Soldat in Afghanistan getötet und ihren Stiefvater hasst sie.

Mir fallen spontan sechs Leute ein, deren Väter abwesend sind. Und dabei zähle ich die mit Stiefvätern nicht mit, denn Stiefväter (außer der von Hayley Broad vielleicht) sind für mich genauso Dads. (Bei Boydys Dad ist zwar garantiert was im Busch, aber ich weiß nicht, was.)

Jeder Mann kann Vater werden. Aber nicht jeder Mann hat das Zeug zum Dad.

Und meinem möchte ich eine Chance geben. Ich weiß noch nicht mal, was zwischen ihm und Mum, ihm und Granny und selbst zwischen ihm und Uroma vorgefallen ist, denn Uroma steckt auch mit drin. Auch wenn sie hundert ist, bei meinem nächsten Besuch im Klosterblick wird sie einige Fragen beantworten müssen.

Ich gehe mal davon aus, dass mein Vater mich sehen will. Oder? Warum sollte er sonst hier aufkreuzen, nachdem er zehn Jahre abgeschieden an einem Ort verbracht hat, der so weit weg von mir war, wie es überhaupt nur möglich ist, wenn man den Weltraum mal außer Acht lässt.

Ich möchte meinem Vater eine Chance geben, mir in dieser wohl schwersten Stunde meines Lebens zu helfen.

Deshalb rufe ich ihn an.

77. Kapitel

Hallo«, sage ich, als er rangeht. »Hier ist Esther. Esther Leatherhead.«

Lange Pause.

»Weiß deine Oma, dass du mich anrufst?«

»Ähm … nein.«

»Woher hast du denn meine Nummer?«

So hatte ich mir das nicht vorgestellt, soweit ich es mir überhaupt vorgestellt hatte. Erwartet (oder erhofft) hatte ich eher so was wie: »Oh mein Gott, meine lang verloren geglaubte Tochter, wie schön, deine Stimme zu hören! Keine Stunde ist vergangen, in der ich dich nicht sehnlichst vermisst habe …«

Mit einem Verhör habe ich nicht gerechnet.

»Deine Nummer? Die war bei uns im Telefon eingespeichert.«

»Verstehe … Hör zu, das ist jetzt ein bisschen schwierig, weißt du …«

»Bist du mein Vater?«

Am anderen Ende der Leitung ertönt ein Seufzer. Ein sehr langer, in dem zehn Jahre Bedauern mitzuschwingen scheinen.

»Ja. Und es tut mir leid …«

Ich schneide ihm das Wort ab. Entschuldigen kann er sich später.

»Wo bist du?«

»In einem Hotel in Newcastle. Hör zu, hmm … Esther. Ich glaube nicht, dass deine Oma …«

»Dad. Das ist ein Notfall. Ich brauche dich. Jetzt. Ich erkläre dir alles, wenn du da bist.«

78. Kapitel

Als es eine halbe Stunde später an der Tür klingelt, schlägt mir das unsichtbare Herz bis zum unsichtbaren Hals, denn mein Vater steht auf der anderen Seite der Tür, und ich habe keinen Schimmer, wie er reagieren wird.

Durch das Ornamentglas sehe ich ihn verschwommen. Ich bin wieder in meiner Verkleidung: Kapuzenpulli, Sonnenbrille und Handschuhe. Ich will ihn schonend auf die Sache mit der Unsichtbarkeit vorbereiten.

Nein, ich reiße die Tür nicht auf und werfe mich auch nicht in seine offenen Arme, falls ihr das denkt. So läuft es gar nicht.

Als Erstes sagt er: »Oh!«

Mehr nicht. Nur: »Oh!«

Er hätte ja auch sagen können: »Oh, Gott. Wo willst du denn in dem Aufzug hin?« Tut er aber nicht. Bloß »Oh!« (wobei die restlichen Wörter wahrscheinlich in dieser einen Silbe enthalten sind).

Er steht vor mir, und ich traue mich kaum, ihn anzuschauen, und als ich es schließlich doch tue, ist ihm die völlige Verwirrung anzusehen.

»Komm doch rein«, sage ich nach einer Weile und er folgt mir in die Küche.

»Was sollen die, hmm … Na, du weißt schon, die ungewöhnlichen Klamotten?«

Er sitzt am Küchentisch, während ich Tee mache und ihm die ganze Geschichte erzähle, wie ich sie euch erzählt habe, angefangen mit der Akne, der Sonnenbank und Dr. Changs Haut-So-Klar, und er kann echt gut zuhören.

Er sitzt einfach da, hält die winzige Teetasse in seinen großen Händen, nickt und fragt zwischendurch mal nach, aber nicht zu oft. Er fällt mir auch nicht ungeduldig ins Wort, als ich innehalte, aber früher oder später muss ich es ihm ja doch sagen.

»… und dann wurde ich unsichtbar.«

Aufmerksam beobachte ich seinen Gesichtsausdruck. Mir ist klar, dass es für mich eine Art Test ist, ob er der Vater ist, den ich will, und vielleicht ist das nicht ganz fair, aber so fühlt es sich gerade für mich an, und Granny predigt immer: »Gefühle können nicht irren, Esther. Zu viel über seine Gefühle zu reden ist ziemlich gewöhnlich. Wie man damit umgeht, das ist entscheidend.«

Dad nickt und nimmt einen großen Schluck Tee. Dann holt er eine Packung Kaugummi aus der Tasche, steckt sich eines in den Mund und kaut nachdenklich.

»Also … unter all dem, bist du … bist du unsichtbar, ja?«

»Ja.«

»Und keiner weiß davon.«

»Boydy weiß es.«

»Okay. Aber deine Oma nicht?«

»Nein.«

»Willst du es mir zeigen?«

Und er fragt so sanft und ruhig, dass ich nicke. Er hätte sich ja auch über mich lustig machen können und sarkastisch sein, dann hätte ich es ihm trotzdem gezeigt, aber eher wütend und trotzig: »Ach, ja? Willst du es sehen? Soll ich es dir beweisen? Bitte schön.«

Aber so ist es nicht, überhaupt nicht. Ricky Malcolm, mein Vater, sitzt ruhig da, legt den Kopf schief und kaut Kaugummi. Ein wenig skeptisch ist er vielleicht, aber auf jeden Fall interessiert und vor allem respektvoll.

Jetzt weiß ich auch, warum ich es Granny nicht erzählt habe. Ich liebe meine Oma, keine Frage, nur was ich mir wünsche – was ich brauche –, ist eine gelassene Reaktion, ohne Wertung …

Ohne Schuldzuweisung.

Mit den Handschuhen fange ich an. Er reckt den Kopf, um in meine Ärmel zu schauen. Als Nächstes folgt die Kapuze, ich setze sie ab und enthülle den Teil, wo mein Kopf zu sehen sein sollte, dann kommen Sonnenbrille und Strumpf.

Das reicht. Ich will ja keinen Strip hinlegen.

Voller Verwunderung fasst er nach meiner Hand und ich greife zu. Mit der anderen Hand berührt er meinen Kopf, mein Gesicht, fährt die Kontur meiner Nase und meiner Ohren nach, streicht mir übers Haar und die Wangen und dabei sagt er die ganze Zeit kein Wort.

Ich schaue in sein hübsches Gesicht. In meinem Leben habe ich noch nie jemanden so dermaßen perplex gesehen. Seine graugrünen Augen mit den blassen Wimpern springen hin und her, bevor sie dort zur Ruhe kommen, wo er meine Augen vermutet. Natürlich rät er nur, aber er liegt richtig. Ich erwidere seinen Blick und greife über den Tisch hinweg nach seiner anderen Hand, denn mir ist nach Weinen zumute und irgendwie auch nicht.

Seine Augen sind feucht, und ich hoffe inständig, dass er nicht weint. Ich habe nichts gegen weinende Männer, damit hat es nichts zu tun. Ich will nur nicht, dass mein Dad weint, jedenfalls nicht in diesem Moment.

Er erhebt sich und läuft um den Tisch zu mir, dabei halten wir uns weiter an den Händen fest. Ich stehe auf. Mein Scheitel ist auf gleicher Höhe wie sein Kinn. Dann legt er die Arme um mich und streichelt mir übers Haar.

»Armes Mädchen«, sagt er. Da breche ich in Tränen aus, schluchze haltlos und sehe zu, wie sich sein T-Shirt von meinen Tränen dunkel färbt.

Er weint nicht. Er steht einfach da, fest und unerschütterlich, streicht mir übers Haar und atmet ruhig. Ich rieche seinen Pfefferminz-Atem.

»Das wird schon wieder. Das kriegen wir schon hin, du wirst sehen.«

Gut gemacht, Dad. Du hast bestanden.

79. Kapitel

Hinkriegen« bedeutet nun nicht, dass man vorschnell agiert. Es gibt ein paar Dinge, um die man sich zuerst kümmern muss. In der Hauptsache um Granny.

Und wohin gehen wir anschließend? Ins Krankenhaus? Zur Polizei? Das war ja von Anfang an mein Problem. An wen wendet man sich, wenn man unsichtbar geworden ist?

Doch bevor wir überhaupt etwas tun, soll mir mein Vater ein paar Fragen beantworten.

Wir sind in Grannys Zimmer und ich habe die Metallkiste oben aus dem Schrank geholt, aber Dad hat noch was entdeckt, eine zweite Kiste weiter hinten, denn er ist größer als ich.

Behutsam holt er sie herunter. Es ist ein kleiner Hartschalenkoffer, so ein silberner mit abgerundeten Kanten und schwarz verstärkten Ecken. Sehr groß ist er nicht, ein dreißig Zentimeter breiter Würfel.

»Der hat deiner Mum gehört.«

Er setzt sich auf Grannys Bettkante und öffnet ihn. Drinnen ist massig Schminke mit Pinseln und Schwämmchen, Farbtuben und Mascara, Rouge und all so was.

»Damit hat sie sich verwandelt. Aus Miranda Mackay wurde Felina und die eine konnte sich hinter der anderen verstecken. Manchmal habe ich sie auch geschminkt.« Dad spricht ganz leise.

Ich greife mir einen Tiegel Make-up für die Grundierung. Ich tauche den Finger ein und schaue Dad an.

Haben wir im selben Augenblick die gleiche Idee? Oder ist er schon vor mir drauf gekommen? Keine Ahnung, aber er grinst mich an.

»Los, das machen wir jetzt«, sagt er.

Kurz darauf sitze ich an Grannys Frisierkommode, vor mir der Inhalt des Koffers.

Zuerst kommt die Grundierung, die mit einem kleinen Schwämmchen aufgetragen wird. Stück für Stück, Strich für Strich wird mein Gesicht wieder sichtbar.

Perfekt ist es natürlich nicht. Da fehlt noch immer ein gutes Stück Kopf, wo eigentlich mein Haar sein sollte, aber trotzdem … funktioniert es.

Wir versuchen es mit Lippenstift, aber das sieht merkwürdig an mir aus, so als würde ich mich als Erwachsene verkleiden, deshalb entscheiden wir uns für ein dunkles Rouge, was absolut überzeugend wirkt.

Dad ist richtig gut darin. Für meine Ohren mischt er einen etwas dunkleren Ton. Meine Augenbrauen und Wimpern bekommen einen leichten rostbraunen Stich.

Die Glitzerperücke wirkt überkandidelt, aber wenigstens bedeckt sie den Leerraum, nun fehlen nur noch Augen und Mund.

Beide sehen eklig und unheimlich aus. Meine Augen sind bloß zwei dunkle Löcher im Kopf. Wenn ich die Perücke am

Hinterkopf anhebe, kann man direkt durchgucken. Mit meinem Mund sieht es nicht viel besser aus. Ich kann mir ja schlecht Make-up auf die Zunge und die Zähne schmieren. Also werde ich die Sonnenbrille aufsetzen und den Mund halten.

Ich schaue mich im Spiegel an: Es sieht toll aus. Ich grinse bis über beide Ohren, was weniger toll aussieht, eher als hätte man mir alle Zähne ausgeschlagen.

Sogar die Hände male ich mir an. Für die Fingernägel benutze ich hellen Nagellack.

Als ich den Kopf drehe, um mein Werk von allen Seiten zu bewundern, umspielt ein rührseliges Lächeln Dads Lippen.

»Du siehst aus wie deine Mum«, sagt er, und ich glaube, dass nun der Moment gekommen ist, um ihm die Frage zu stellen, die mir auf der Seele brennt.

Denn euch ist hoffentlich klar, dass nicht plötzlich alles okay ist. So nach dem Motto: *Oh, Dad ist aus heiterem Himmel aufgetaucht und nun lebe ich glücklich bis ans Ende meiner Tage und traue ihm bedingungslos. Trallala! Und Ende.*

Nein. Ich habe ein paar Fragen, die wohl nur er beantworten kann. Na ja, nur er, Granny oder Uroma, aber da Dad gerade der Einzige in greifbarer Nähe ist, muss er dran glauben.

Ich hole tief Luft und frage: »Warum bist du damals nach Neuseeland abgehauen und hast mich zurückgelassen?«

80. Kapitel

Als Mum gestorben ist, habe ich bei Granny gelebt, aber ich habe euch ja schon gesagt, dass ich mich kaum noch erinnern kann, ich war erst drei.

»Deine Mutter wollte immer nur das Beste für dich«, sagt Dad. »Sie konnte sich nicht gut um dich kümmern – immer auf Tournee oder im Tonstudio und na, du weißt schon …«

Weiß ich nicht. Nicht so richtig.

»Da war ich … was? Im Weg?«

Dad schaut gekränkt, und mir wird klar, dass ich einen wunden Punkt getroffen habe. »Versuch's mit unmöglich. Unser Leben war für ein kleines Mädchen nicht geeignet.«

»Warum habt ihr euer Leben denn nicht geändert?«

Dad lacht auf. »Das hat deine Oma auch immer gemeint. Sie hat sich über den Erfolg deiner Mutter gefreut, aber diese Welt – das Showgeschäft, die Unterhaltungsindustrie, die Musikbranche – hat sie gehasst. Leute, die einem alles geneidet haben, die jederzeit bereit waren, einen abzuzocken. Um das durchzustehen, muss man stark sein. Ich glaube, deine Oma hat sich die Schuld dafür gegeben, dass deine Mutter nicht stärker war.«

»Das ist doch verrückt.«

»Kann sein. Aber wir sind alle ein wenig verrückt. Sonst wäre das Leben auch öde, oder?«

Dad und ich sind noch immer in Grannys Zimmer, und während er spricht, nimmt er die Zeitungsartikel und Bilder aus der Metallkiste und schaut sie sich an. Als er auf das Foto von Mum und mir im Regen stößt, verstummt er.

»Da steht, sie wäre eine Alkoholikerin. Eine Drogensüchtige«, sage ich.

»Nein«, entgegnet Dad, »nicht deine Mutter. Logisch, alle haben das behauptet und ... sie war auch nah dran. Doch als du auf der Welt warst? Da war sie längst völlig clean.«

»Woran ist sie denn gestorben?«

»Herzinfarkt. Das haben die Ärzte gesagt. Und um ganz ehrlich zu sein: Deine Mutter war ziemlich schwach, körperlich. Kennst du den Ausdruck ›etwas bleibt immer kleben‹?«

»Wenn man erst mal einen bestimmten Ruf weghat, dann wird man ihn nicht mehr los?«

»Stimmt haargenau. Und der eine Mensch, der ihr hätte helfen können, hat es nicht getan.« Er nimmt die Postkarte an Granny in die Hand, die mit dem Leuchtturm, auf der steht: *Wenn alles schiefgeht, kümmere Dich um Boo und halte sie fern von dem Ganzen.*

»Wer denn?« Hoffentlich sagt er jetzt nicht Granny. Ich könnte es nicht ertragen, wenn er Granny die Schuld gibt.

»Ich. Ich war ein Wrack. Zu nichts zu gebrauchen, verloren und vollkommen außerstande, ein kleines Mädchen aufzuziehen. Versucht hab ich's sogar. Ich habe dem Richter gesagt, dass ich die Musik aufgeben und für dich sorgen würde, aber als ich dann betrunken im Gericht erschien, war's das. Gott sei Dank hat deine Oma ihr Versprechen gehalten. Sie hat dich von allem ferngehalten, dir einen neuen Namen, ein neues Zuhause und eine neue Geschichte gegeben.«

Das geht mir jetzt alles ein bisschen schnell, muss ich sagen. So ganz gefällt mir das nicht. Dads Stimme ist sanft und beruhigend. Nur was er sagt, ist weder sanft noch beruhigend.

»Granny hat meinen Namen ausgesucht?«

Er schaut mich an. »Komm schon, sehe ich etwa aus wie jemand, der sein Kind Esther nennen würde?« Um die Mundwinkel spielt ein schüchternes Lächeln, da weiß ich, dass er mich hochnimmt. Ich grinse.

»Nein, siehst du nicht.« Mit Blick auf seine normalen Klamotten und den ordentlichen Haarschnitt sage ich: »Aber du siehst auch nicht wie jemand aus, der sein Kind Tiger Pussycat nennt. Jedenfalls nicht mehr.«

Verlegen lächelt er. »Ertappt.«

»Und wie soll ich mich jetzt selbst nennen?«, frage ich.

»Du kannst dich nennen, wie du willst. Deine Mum und ich haben dich immer Boo genannt, wie auf der Karte hier.« Er hält die Leuchtturmkarte hoch. »Wie das Mädchen in *Monster AG*. Deine Mum fand den Film so toll.«

»Ich auch. Aber als Name … na ja, kommt mir alles ein bisschen … showmäßig vor. Oder?«

Er lacht. »Ja. Verloren im Showbizz, das waren wir! Mir gefällt Esther besser.«

»Im Ernst?«

Er mustert mich durch die Sonnenbrille. »Ganz im Ernst.«

Das höre ich gern, aber so leicht kommt er nicht davon.

»Und was ist jetzt? Warum tauchst du auf einmal auf?«

Lange Zeit schweigt er. So lange, dass ich schon glaube, er habe meine Frage nicht gehört.

»Dad?«

Er blickt mich an und nickt. »Ich habe dich gehört. Ich weiß bloß nicht, ob dich die Antwort zufriedenstellt.«

»Versuch's doch mal.«

»Ich hatte Angst. Angst, dass du mich hassen könntest und mir die Schuld an allem gibst. Sobald ich mich wieder auf der Reihe hatte, war mir klar, dass ich dich im Stich gelassen habe. Da dachte ich, dass du ohne mich besser dran bist. Außerdem war es schwer, dich zu finden, deine Oma hat sich große Mühe gegeben.«

»Wie hast du mich denn gefunden?«

»Weißt du was, Esther? Es gibt da jemanden, der dir das viel besser erklären kann als ich. Aber dafür müssen wir das Haus verlassen.«

Er steht auf und nimmt sich noch einen Kaugummi. Da fällt es mir erst auf. Es ist ein Nikotinkaugummi für Leute, die mit dem Rauchen aufhören wollen. Ich schaue mir Dads Finger an, die gelben Flecken sind schon viel blasser und er riecht auch nicht mehr nach altem Zigarettenqualm.

»Du hast mit dem Rauchen aufgehört.«

»Ich versuch's zumindest«, sagt er bloß und kaut.

Ich erhebe mich ebenfalls. »Wohin wollen wir?«

»Zu deiner Uroma.«

81. Kapitel

Uroma dreht ihr winziges weißes Haupt zu uns, als wir hereinkommen. Ihr Nicken scheint stärker zu werden, und ihre Augen sind auf Dad gerichtet, der bis über beide Ohren grinst.

Lady haben wir auch dabei. Sie lässt sich sofort zu Uromas Füßen nieder, die in Pantoffeln stecken.

»Liebe Mrs Freeman! Nun haben wir in den letzten zwei Tagen schon zweimal die Ehre gehabt, stimmt's?«, fragt Dad. »Gut sehen Sie heute aus. Besser, als man in Ihrem Alter erwarten kann.«

Ich schaue Dad an, bin entsetzt über … ja worüber eigentlich? Seine freche Art. Und es geht im gleichen Stil weiter: lustig, neckend, unverblümt.

Sogar ein wenig »gewöhnlich«, wenn ich das sagen darf.

»Ich habe die Esther dabei. Oder Tiger Pussycat, wie sie gerade erfahren hat. Sie weiß jetzt alles und kriegen Sie mir hier jetzt bloß keinen Herzinfarkt mit Ihrer Pumpe.«

Den neuseeländischen Akzent trägt er vielleicht ein wenig dick auf, macht einen auf netten Kumpel von nebenan. Dabei brüllt er nicht mal, spricht nur sehr deutlich, und Uroma scheint ihn problemlos zu verstehen.

Und wisst ihr was? Sie fährt voll drauf ab! Ich sehe es an ihrem Blick, an dem Lächeln, das ihre alten, rissigen Lippen umspielt, und an der Farbe, die in ihr Gesicht zurückgekehrt ist. Ich glaube, sie errötet sogar.

So hat schon seit Jahren niemand mehr mit ihr gesprochen, da gehe ich jede Wette ein.

Dad ist freundlich, witzig und respektvoll. Er nennt sie Mrs Freeman. Und spricht mit ihr, als wäre sie normal.

Was sie natürlich auch ist. Zwar sehr, sehr alt, aber normal. Vielleicht hatte ich das vergessen.

Noch immer habe ich die Sonnenbrille auf und die Kapuze über die Glitzerperücke gezogen.

»Tut mir leid wegen der Sonnenbrille, Uroma«, sage ich. »Mein Auge ist so ein bisschen entzündet«, setze ich noch erklärend hinterher. Doch sie kann den Blick kaum von Dad abwenden.

Er hat ein iPad mitgebracht, das im Handschuhfach seines Mietwagens lag.

»Ich wollte Esther mal zeigen, wie ich euch überhaupt gefunden habe.« Dad schaltet das Tablet ein und tippt blitzschnell etwas ein.

Kurz darauf erscheint das Titelblatt vom *Whitley News Guardian*.

Dad scrollt die Seite runter, bis er zu einem Artikel mit Foto gelangt.

100 UND NOCH GUT DABEI!

Einheimische begeht Jahrhundert-Geburtstag

Mrs Elizabeth Freeman feierte letzte Woche ihren 100. Geburtstag im Seniorenheim Klosterblick, in dem sie seit neun Jahren wohnt.

Ein Schlaganfall, den sie vor ein paar Jahren hatte, beeinträchtigt ihre Sprache, aber ansonsten erfreute sie sich an ihrem Ehrentag »ausgezeichneter Gesundheit«, wie das Pflegepersonal verlauten ließ.

Geboren während des 1. Weltkriegs – unter der Regentschaft von George V., vor der Erfindung des Internets und des kommerziellen Luftverkehrs –, hat Mrs Freeman neunzehn Premierminister miterlebt, darunter auch den allerersten, David Lloyd George.

Von der Belegschaft des Klosterblicks bekam sie einen selbst gebackenen Kuchen und ein Glückwunschschreiben der Königin.

Auf dem Bild sieht man die Jubilarin mit ihrer Tochter Mrs Beatrice Leatherhead und ihrer Urenkelin Esther Leatherhead.

»Mehr musstest du nicht tun?«, frage ich ungläubig. »Das war alles?«

»Wie alles? Das alte Haus deiner Uroma war in Wohnungen umgewandelt worden und sämtliche Briefe gingen an mich zurück. Einmal habe ich alle Altenheime angerufen, aber Klosterblick stand nicht mit auf meiner Liste, weil es eine ›Seniorenresidenz‹ ist. Drei Jahre lang habe ich zweimal die Woche ›Elizabeth Freeman‹ gegoogelt. Ich hatte es im Gefühl, dass sie die hundert schaffen würde, aber ich konnte mich nicht mehr genau erinnern, wann sie Geburtstag hatte. Es würde auf jeden

Fall in den Lokalzeitungen stehen, das wusste ich. Also habe ich unentwegt Ausschau gehalten. Danach oder … na, ja …«, er senkt die Stimme, »… nach einer Todesanzeige.« An Uroma gewandt sagt er mit normal lauter Stimme: »Aber ich war total überzeugt, dass Sie es schaffen würden, stimmt's, Mrs Freeman?«

Uroma scheint noch stärker zu nicken (wobei es schwer zu beurteilen ist).

Dad fährt fort: »Und dieses Foto? Na, deine Oma hat vielleicht kürzere Haare und eine andere Brille, aber sie ist gleich zu erkennen. Und du? Seine Tochter erkennt man doch überall!«

»Und da bist du zurückgekommen?«

Er guckt mich an.

»Ich habe mich in den nächsten Flieger gesetzt, Boo. Dann musste ich nur noch deine Oma überzeugen, dass ich mich verändert habe und sie die Wünsche deiner Mutter nicht verrät, indem sie mir erlaubt, dich zu sehen.«

Die ganze Zeit schaue ich zu meiner Uroma, deren Gesichtsausdruck sich verändert hat. Einen Moment lang steht ihr Kopf still und ihre Augen sind feuchter als sonst. Sie blickt mich direkt an und mit ihrer zitternden linken Hand scheint sie mich heranzuwinken.

Doch ich rühre mich nicht. Ich weiß nicht, wie ich mich verhalten soll. Dad ist ja nett und so, aber mir wird allmählich klar, dass diese alte Dame, die seit fast zehn Jahren in sich selbst gefangen ist, mich angeschwindelt hat. Inmitten allen Glücks, meinen Vater wiedergefunden und Antworten auf wenigstens einen Teil meiner Millionen Fragen bekommen zu haben, spüre ich Wut in mir aufsteigen.

Dann erklingt Grannys Stimme hinter mir und die Wut findet einen Adressaten.

»Esther, Spatz, ich wollte es dir ja sagen, ich war … Du liebe Güte, was hast du denn da bloß an?«

82. Kapitel

Ihr hat Dad also so hektisch geschrieben, bevor wir losgefahren sind.

Granny redet weiter: »Hast du dich etwa geschminkt, Esther?« Zu Dad sagt sie: »Richard, wie hat sich das alles zugetragen?«

Auch wenn es nicht gerade der ideale Moment ist und die Umstände nicht gerade ideal, bleibt mir nichts anderes übrig. Mir stehen drei Erwachsene gegenüber. Ich bin zwölf. Zusammen sind sie fast zweihundert, dennoch kommt es mir vor, als hätte ich mehr Verstand und würde das Richtige tun.

»Wie? Wie konntet ihr nur?«, frage ich leise und drehe mich auch zu Uroma um. »Wie konntet ihr mir das antun?«

Vielleicht hat mich Dads Geflachse ermutigt, so direkt zu sein.

Dann flüstere ich: »Ihr habt es gewusst. Du und Uroma, ihr beide habt mir die Wahrheit vorenthalten. Mein ganzes Leben habe ich als … jemand anderes gelebt. Und ihr habt es gewusst!«

Als niemand etwas sagt, fauche ich: »Wie konntet ihr nur?«

Dad hebt beschwichtigend die Hand. »Immer mit der Ruhe, Boo«, sagt er. »Sie ist eine alte Dame.«

In dem Moment platzt mir der Kragen. Es ist wie ein gespanntes Gummiband, das einem vom Finger springt. Alles, was ich verheimlicht habe, all die Anspannung in mir, all die Male, wo ich mein Geheimnis nicht hatte teilen können, entlädt sich durch eine einzige Geste und ein paar milde Worte.

»Komm du mir nicht mit Ruhe!«, sage ich richtig laut. »Mir ist schon klar, dass sie eine alte Dame ist. Alt genug, um es besser zu wissen, meine ich.« Ich spreche Uroma direkt an. »Einhundert Jahre und du hast immer noch nicht gelernt, dass man nicht lügt? Alle halten dich für eine reizende alte Dame in deinem Schal, aber du bist auch nicht besser als die anderen. Bloß, weil du nicht reden kannst. Meinst du, das entschuldigt dich?«

Dad ist aufgestanden. »Das reicht, Boo.« Natürlich hat er recht. Das war echt gemein. Aber ich bin nicht mehr zu stoppen.

»Das reicht? Ich hab ja noch nicht mal richtig angefangen. Und nenn mich nicht Boo! Ich heiße Esther. Und ich mag den Namen! Meinen Namen, den auf der scheiß gefälschten Geburtsurkunde!« Inzwischen brülle ich und Uroma sieht mich entgeistert an, aber es kommt noch mehr, das spüre ich.

Jetzt richtet sich meine Wut gegen Granny.

»Hast du das schon gesehen?« Damit reiße ich mir die Sonnenbrille vom Gesicht und entblöße meine leeren Augenhöhlen. »Was ist damit?« Ich reiße den Mund weit auf und beuge mich zu Granny rüber. »Das bin ich! Was guckst du so erschrocken? Ist dir Unsichtbarkeit zu ›gewöhnlich‹? Oder einfach nur ›vulgär‹? Pech gehabt, so ist es eben und ich habe genug vom Lügen! Genug vom Versteckspiel!«

Als ich auch noch die Glitzerperücke lüpfe, schlägt Granny die Hand vor den Mund und keucht vor blankem Entsetzen.

83. Kapitel

Nun bin ich so richtig in Fahrt, und selbst wenn ich wollte, könnte ich mich nicht mehr bremsen.

Ich stiefle zum Waschbecken, wo Uroma immer einen Topf Hautcreme stehen hat. Ich nehme den Deckel ab, tauche mit dem Finger rein und schmiere mir einen Klecks ins Gesicht.

»Boo? Esther? Lass uns das noch mal besprechen.« Auch wenn Dad nicht besonders laut spricht, höre ich, dass er total besorgt ist. »Denk an deine Oma.«

Darauf gehe ich nicht ein. Am liebsten würde ich sagen: »Warum sollte ich an sie denken? Die hat doch jemanden aus mir gemacht, der ich nicht bin«, aber ich bin zu sehr damit beschäftigt, mir das Make-up vom Gesicht zu rubbeln und rosabraune Streifen in Uromas Gästehandtuch zu hinterlassen.

Und dann ist es vollbracht. Runter mit Perücke, Kapuzenshirt, Jeans und Schuhen, so stelle ich mich vor sie hin.

Sprachlos starren sie mich an. Fünf bis zehn Sekunden lang.

Einfach.

Total.

Überwältigt.

»Das bin ich!«, sage ich schließlich. »Seht ihr? Ich bin nichts, überhaupt nichts. Und wisst ihr was? So ist es mir auch lieber. Wenigstens ist es wahr.«

Ich schaue in den Spiegel und wische mir noch die letzten Reste Schminke aus dem Gesicht, während Dad mir Sachen ins Ohr raunt wie: »Boo, überleg dir gut, was du tust.«

Die arme Uroma sieht völlig verschreckt aus. Granny hat sich in einem tiefen Sessel niedergelassen und blinzelt.

Ich habe mir alles gut überlegt. Wenn ich für immer unsichtbar bleibe, muss ich mich beizeiten daran gewöhnen. Und weiter lügen hilft auch nicht.

Lady hat sich in die hinterste Ecke verkrochen, weil sie sich vor den lauten Stimmen ängstigt.

»Komm, Lady«, sage ich sanft. Auch wenn sie mich nicht sieht, hat sie sich an mich gewöhnt und kommt zu mir. Wenigstens eine Person im Raum (wenn Lady als Person zählt), der es egal ist, ob man mich sieht oder nicht.

Als ich schon halb aus der Tür bin, steht Granny auf und holt zitternd Luft. Was sie sagt, ist so leise, dass man es kaum versteht, aber in den nächsten fünf Worten steckt unendlicher Kummer.

»Ich habe eine Tochter verloren.«

Und als ich das höre, möchte ich nichts lieber als Granny umarmen und wissen, dass alles gut wird. Unschlüssig stehe ich im Türrahmen, als eine füllige Schwester mich anrempelt und überrascht aufschreit. Ich werde zur Seite gestoßen und kann nur noch in den Flur ausweichen.

Lady habe ich dabei. Die Schwester flippt richtig aus, immerhin hat sie mich berührt.

»Iihh! Ich berührt! Ich was berührt, jemand!«

Ein regelrechter Tumult entsteht und Lady und ich laufen weg.

Kurz darauf sind wir am Strand, schauen hinaus aufs tiefblaue Meer und ich bin sehr, sehr durcheinander.

Nicht nur, weil ich eine Hundertjährige angeschrien und mich vor meinem neu gefundenen Vater wie ein bockiger Teenager aus dem Fernsehen aufgeführt habe. In dem ganzen Chaos habe ich auch völlig vergessen, dass meine Oma seit fast zehn Jahren heimlich getrauert hat. Grannys Ausspruch ›Ich habe eine Tochter verloren‹ geht mir nicht aus dem Kopf.

Dazu kommt noch, dass ich fürchterliche Angst habe, für immer unsichtbar zu bleiben.

Ich fühle mich schwach und erschöpft, und mir fällt ein, dass ich seit gestern Abend nichts mehr gegessen habe. Bei den Sorgen und der Aufregung, der Angst und der Wut und unendlich vielen anderen Gefühlen, die ich in einem halben Tag oder so durchlebt habe, bin ich gar nicht zum Essen gekommen. Aber jetzt wird mir bewusst, dass ich einen Mordshunger und riesigen Durst habe.

Als ich mich zum Klosterblick umdrehe, sehe ich Dads Nissan Micra mit Granny auf dem Beifahrersitz vom Parkplatz fahren und an der Küste entlangpreschen.

Ich weiß, dass ich voreilig reagiert habe und, ohne zu überlegen, hebe ich die Hand und winke.

Das bringt es natürlich total, wo ich doch unsichtbar bin.

Dads Wagen verschwindet in der Ferne.

Ich kann das nicht, kann überhaupt nichts mehr allein. Ich schaue die Hand an, mit der ich gewunken habe. Der Nagellack ist immer noch drauf: fünf kleine, glänzende Scheiben, die fast, aber nicht ganz unsichtbar sind.

Wieder wende ich mich dem Meer zu und lasse mich auf eine Holzbank plumpsen.

Ich werde *das unsichtbare Mädchen* sein. So ein Geheimnis kann man nicht verbergen. Grannys Lügen und Schwindeleien, um mich von der Welt des Ruhms fernzuhalten, waren vergebens. Denn wenn ich mein Leben nicht gerade als Einsiedlerin verbringen will und nie mehr das Haus verlasse, nie mehr zur Schule gehe, werde ich bekannt werden … Schlagzeilen. Dokumentationen. Medizinische Tests. Hochwissenschaftliche Experimente. Bücher.

Ich sehe schon die Schlagzeilen vor mir:

Verschollene Tochter einer verstorbenen Berühmtheit ist medizinisches Wunder

Das unsichtbare Mädchen – Das unglaubliche Vermächtnis einer unglückseligen Sängerin

Haben Sie Felinas Tochter gesehen?

Esther Leatherhead oder Tiger Pussycat »Boo« Mackay? Beatrice Leatherhead oder Belinda Mackay? Miranda oder Felina? Wen schert's? Ich weiß ja nicht mal, wer ich eigentlich bin.

Ich fühle mich wie ein Niemand – und das ist eigenartig. Denn ich hab mich ja immer schon für einen Niemand gehalten.

Aber nun weiß ich tatsächlich, dass ich einer bin.

84. Kapitel

Essen, Essen, Essen. Mann, bin ich hungrig. Mir schwirrt sowieso schon der Kopf, und nun fühlt er sich auch noch an, als wäre er in Watte gepackt.

Folgende Möglichkeiten:

1. Zurück zum Klosterblick und in der Küche herumlungern. Dort gibt es massig zu essen, aber wie komme ich da ran? Und mal angenommen, ich bekäme ein Sandwich in die Finger, wie soll ich das essen? Mit Tee habe ich es ja schon erlebt, das Zeug bleibt eine Weile sichtbar bis – ja, was? … Es verunsichtbart wird? Im Klosterblick rennen ständig und überall Pflegekräfte herum. Das kommt also nicht infrage.
2. Unten am Strand gibt es ein Café, aber da habe ich das gleiche Problem.
3. Zu Hause ist der Kühlschrank voll, also höre ich auf zu grübeln und gehe über die Straße zur Bushaltestelle.

Alle Stunde fährt ein Bus am Strand entlang bis nach Seaton Sluice. Als er kommt, öffnen sich die Türen vorne nicht, weil außer mir keiner da ist und der Fahrer mich ja nicht sehen kann. Die Türen in der Mitte gehen auf und ein Mann im Rollstuhl wird von seiner Frau herausgeschoben. Mir bleibt gerade genug Platz, um mich vorbeizuquetschen und Lady am Halsband mitzuziehen.

Doch bevor sich die Türen wieder schließen, ruft ein Fahrgast dem Busfahrer zu: »'tschuldigung, aber hier ist ein Hund ganz alleine eingestiegen!«

Ohne lange zu fackeln, zerre ich Lady wieder aus dem Bus, während Fahrer und Fahrgäste über einen Hund schmunzeln, der so kühn ein- und aussteigt.

Mir bleibt nichts anderes übrig, als dem Bus hinterherzusehen und wieder zu warten.

Zu Fuß brauche ich eine Stunde und ich bin müde und erschöpft, aber was soll ich machen? Um meine Füße zu schonen, laufe ich den Weg zum Strand hinunter. Es ist der erste heiße Sommertag, und Lady springt immer wieder in die Wellen, um sich abzukühlen. Selbst die Möwen scheinen sich über die Hitze zu beklagen.

Als die Kirche von Culvercot in Sicht kommt, lege ich einen Zahn zu. Niemand bemerkt die Fußabdrücke im feuchten Sand oder die zehn winzigen, durchscheinenden Halbkreise meiner lackierten Fingernägel, die darüber schweben.

Was wird Dad nun tun?

Er hat versprochen, mir zu helfen. Kann ich ihm trauen?

Ehrlich gestanden, bleibt mir nichts anderes übrig.

In der sengenden Nachmittagshitze spüre ich, wie sich Schweißperlen auf meiner Stirn sammeln.

Wenn ich sie spüre, heißt es, dass jemand sie sehen könnte.

Ich schaue nach unten und sehe einen schwachen Schweißschimmer, der meinen Umriss formt. Ich muss unbedingt aus der Sonne. Mein Blick fällt auf die lange Steintreppe, die zur Kirche hochführt.

Falls ich ein Gebet spreche, dann höchstens still in Gedanken, und entweder es wird erhört oder ich habe einfach Glück: Die Kirche ist offen. Lady und ich treten ins kühle Dunkel, so kühl, dass ich im Vergleich zur Hitze draußen leicht fröstle. Ich bin ganz allein hier. Es riecht nach Holzpolitur und Weihrauch; ich fühle mich beschützt, als ich mich auf eine der hinteren Bänke setze und das kühle Holz unterm Hintern spüre. Erschöpft von der Hitze und dem Bad streckt sich Lady unter der Bank aus.

Hier in der Dunkelheit ist es schön. Ich glaube, ich bin auch deshalb so müde, weil ich die Augen nicht richtig schließen und die Helligkeit draußen nicht ausblenden kann. Vielleicht erholen sich unsere Augen mit dem dauernden Blinzeln am Tag auch vom Licht.

Ich bin schon oft mit Granny in dieser Kirche gewesen. Ihr gefällt hier die »Liturgie«, das sind wohl die Worte, die im Gottesdienst verwandt werden. Alles in Altenglisch, genau wie es sich die Leute vorstellen, die nie in die Kirche gehen. Granny hat auch schon mal beifällig erwähnt, dass hier niemand Gitarre spielt, was ich schade finde, aber Granny nicht.

Ich lehne mich vor, stütze den Kopf auf die gefalteten Hände und erinnere mich wieder an etwas, das ich früher in der Kirche mit Granny gesprochen habe. Es klingt wie ein Gebet, ist aber kein Gebet, weil man am Ende nicht Amen sagt. Alle sprechen es gemeinsam.

Wir glauben an den einen Gott, den Vater, den Allmächtigen, den Schöpfer des Himmels und der Erde, aller sichtbaren und unsichtbaren Dinge …

»Stell's einfach dahin, Linda. Auf den Tisch da. Danke, Süße.«

Ich war so in Gedanken versunken, dass ich sie nicht habe reinkommen hören, obwohl die Kirchentür schwer und mit Eisen beschlagen ist. Beide tragen je einen Karton, den sie auf einem Beistelltisch hinter mir deponieren.

Ich starre diese Linda an, denn von irgendwoher kenne ich sie doch. Als sie den Mund aufmacht, dämmert es mir.

»Mann, is das schwer, echt! Nicht, dass ich mir noch das Kreuz verrenk!«

Der breite, regionale Dialekt, die Bräune: Das ist die Frau aus dem Sonnenstudio *Geordie Bronze*, die hier Suppendosen, Nudeln und Brote auspackt …

»Lass das lieber im Karton, Linda. Das müssen die nachher sowieso ins Gemeindehaus bringen.«

Daraufhin wandert alles zurück. Sicher Sachen für die Kirchentafel, die Essensspende für die Armen.

Am liebsten würde ich Linda folgen und ihr zeigen, dass ich unsichtbar bin. Ihr zeigen, was passiert ist, nachdem ich die Sonnenbank benutzt habe, die sie mir geschenkt hat. Nicht, dass ich besonders stolz darauf wäre, aber wenn ich mich schon daran gewöhnen muss, unsichtbar zu sein, wäre Linda da nicht ein guter Anfang? Vielleicht?

Doch ich bin zu spät dran. Sie sind schon weg, die Tür fällt mit einem gedämpften Rums ins Schloss und ich bleibe allein in der Stille zurück.

Die Kartons auf dem Tisch werden von einem Sonnenstrahl erhellt, der durch die bunten Scheiben dringt, und ich sage euch, wenn das ein Film wäre, würde jetzt ein Engelschor ertönen.

Das Brot muss als Erstes dran glauben. Es ist braun, nussig und sehr köstlich. Mit dem meisten anderen Zeug kann ich nichts anfangen: Beutel mit Mehl und Reis, Eier und Gemüse (wobei ich eine Möhre esse, die ganz okay schmeckt) und Dosen, für die ich einen Öffner bräuchte. Eine Dose Baked Beans hat einen Deckel zum Aufreißen, die esse ich zum Brot. Im anderen Karton befindet sich eine Tüte Äpfel. Gierig stopfe ich mir alles rein, saue herum und will gerade in einen Apfel beißen, da geht die Kirchentür wieder auf. Ich lasse ihn fallen und tauche blitzschnell hinter der Bank ab. Der Apfel rollt über die Fliesen auf Linda zu, die mit dem nächsten Karton kommt. Dieses Verstecken ist ein reiner Reflex. Im Grunde ist das unnötig, denn ich bin ja unsichtbar, aber dennoch bin ich froh, denn in Magenhöhe hängt ein Klumpen Essen, der noch nicht verunsichtbart wurde.

Linda stellt den Karton ab und starrt mit offenem Mund vom Apfel zum Tisch. Kurz darauf kommt die zweite Frau mit zwei Supermarkttüten.

»Mein Gott, schau ma'!«, sagt Linda.

Die andere schweigt.

»Is auf mich zugerollt, der Apfel. Runtergefallen und gerollt.«

»Wer war denn am Karton? Wir sind doch nur kurz zu deinem Wagen gegangen.«

»Muss ja noch da sein, Maureen.«

»Sicher einer von den Chorknaben«, antwortet Maureen und ruft laut: »Das Essen is für die Armen, ihr verdammten Blagen!«

Und es hallt durch die Kirche: »*Blagen … Blagen … Blagen …*«

»Verstecken sich«, meint Linda und marschiert durch den Gang, schaut rechts und links in die Reihen.

Inzwischen habe ich mich unter die Holzbank gequetscht, damit sie den seltsamen Essensklumpen im Halbdunkel nicht sieht.

»Warst du das?«, höre ich sie sagen und mir rutscht das Herz in die Hose.

Doch Linda bückt sich ein paar Reihen weiter.

»Ich hab den Missetäter, Maureen. Hier is 'n Hund!«

Ladys Schwanz klopft auf den Boden vor Freude.

»Mann, du Frechdachs, was machst du denn hier?«

Maureen sagt: »Wer lässt denn seinen Hund in der Kirche?« Und ich warte reglos unter der Bank, bis Linda und Maureen übereinkommen, Lady da zu lassen, wo sie ist, weil sie wahrscheinlich dem Organisten oder sonst einem gehört. Ein paar Minuten später gehen sie aus der Kirche, kichern über einen Hund, der von den Armen nimmt, und wollen mit Reverend Robinson ein ernstes Wörtchen wechseln.

Ich krieche unter der Bank vor, völlig erschossen. Ich kann nicht mehr. Ich bin erledigt vom Laufen, Verstecken, Lügen und dem ganzen Kram.

Ich nehme mir ein kleines Kissen, das eigentlich zum Knien gedacht ist, haue mich auf die Bank und versuche zu schlafen, aber es geht nicht, weil ich ja die Augen nicht zumachen kann. Mir fällt ein Liederbuch in die Hände, und ich lege es aufgeschlagen aufs Gesicht, sodass es das meiste Licht ausblendet.

Vielleicht ist ja alles wieder in Ordnung, wenn ich aufwache.

85. Kapitel

Die Orgel setzt ein.

Der Organist ist wohl zum Üben hergekommen. Ich nehme das Buch vom Gesicht und schaue mich um. Die Sonnenstrahlen, die durch die bunten Fenster scheinen, sind ein Stück gewandert.

Keine Ahnung, wie viel Uhr es ist, aber es muss schon wesentlich später sein. Die Kartons stehen nicht mehr hinten auf dem Tisch, also war wohl jemand da, so viel ist sicher. Lady schläft noch unter der Bank.

Langsam laufe ich durch den breiten Mittelgang zum Altar, dabei kommen Erinnerungen an die Gottesdienste mit Granny hoch.

Ohne raten zu müssen, weiß ich, dass der Organist gerade ein Stück von Bach spielt. Und zwar Toccata und Fuge d-Moll.

Ich bin jetzt nicht plötzlich religiös geworden oder so. Hab auch kein großartiges Offenbarungserlebnis oder bin auf einen Schlag vom Heiligen Geist erfüllt wie Suki Kinghorn, die nach einer Kirchenfreizeit alle mit ihrem Jesus-ist-mein-bester-Freund-Gequatsche genervt hat. (Eine Weile haben die

Knight-Zwillinge sie mit ihrem »unsichtbaren Freund« aufgezogen, was ich schon damals fies fand, lange bevor der Gedanke an einen »unsichtbaren Freund« realer wurde, als mir lieb ist.)

Nein, es ist eher ein Erinnern. Über dem Altar hängt ein riesiger holzgeschnitzter Jesus am Kreuz. Als ich klein war, hat er mir Angst gemacht. Die Figur ist bemalt, an Händen und Füßen ist rotes Blut; und ich erinnere mich wieder an die Geschichte von Jesus, dass er gestorben und wiederauferstanden ist, und ich erinnere mich auch, dass es mir selbst als kleines Kind unwahrscheinlich vorkam.

Natürlich war das alles, bevor ich selbst unsichtbar wurde, was ich auch nicht für möglich gehalten hätte, nicht einmal als kleines Kind.

Bin ich das? Bin ich etwa ein lebendiger Geist?

Ich schaue an mir herunter: Wie ein Vampir im Film wirft auch mein unsichtbares Selbst keinen Schatten.

Kann ich mein Leben, mein ganzes Leben so verbringen?

86. Kapitel

Auch wenn es draußen vor der Kirche noch hell ist, hat der Abend ein wenig Abkühlung gebracht. Es weht kein Lüftchen, aber wenigstens werde ich nicht mehr schwitzen. Über dem Meer braut sich eine riesige Gewitterwolke zusammen, die Luft ist so dick, dass sie sogar den Verkehrslärm der Strandpromenade verschluckt.

Hinter der massiven Kirchentür spielt der Organist immer noch Bach, es hallt im Kopf, als ich zur großen Uhr an der Seite von der Kirche aufblicke. Es ist fast neun, was ja ganz okay ist, denn …

Neun?

Neun Uhr?

Neun Uhr am Abend?

Ich schaue zur Uhr, lausche der gedämpften Orgel und sehe den Minutenzeiger auf die Zehn springen. In dem Moment fällt mir was ein.

Boydy.

Light the Light.

HEUTE ABEND!

Ich habe es ihm versprochen. Wenn ich nicht komme, verzeiht er mir das nie. Nie im Leben. Wie konnte ich nur so selbstsüchtig, dumm und gedankenlos sein?

Armer Boydy. Sein ganzes Herz hat er da reingesteckt, Geld ausgegeben, riskiert, dass andere sich über ihn lustig machen, und jetzt?

Heute Abend soll es stattfinden, das hat er mir gesagt. Er hat massig Leute dazu eingeladen: Journalisten und vor allem auch Fernsehteams. Dabei habe ich noch versucht, ihm zu vermitteln, dass die Leute nicht unbedingt zu so was kommen würden – ihr wisst schon, ich wollte seine Erwartungen etwas runterschrauben –, aber er wollte es nicht hören. Typisch Boydy. Deshalb ist es umso wichtiger, dass wenigstens ich dort erscheine.

Nun habe ich ihn im Stich gelassen, was sich für Freunde nicht gehört. Mich überrascht es selbst, dass Boydy jetzt mein Freund ist, ein richtiger Freund, den man nicht im Stich lassen will, weil man weiß, dass er einen auch nie im Stich lassen würde. Ich war so mit meinen eigenen Problemen beschäftigt, dass ich sein Projekt, das er schon seit Monaten plant, vergessen habe.

Ohne Handy kann ich ihn nicht anrufen, um mich zu entschuldigen oder ihm zu sagen, wo ich bin, oder zu sagen: Ich bin gleich da.

Wenn ich renne.

Wenn ich von hier bis zum St Mary's Leuchtturm renne, kann ich es noch bis neun schaffen. Wie weit mag es sein? Drei Kilometer vielleicht? Vier? So weit bin ich noch nie gejoggt. Doch als ich mit der begeisterten Lady an meiner Seite erst mal loslaufe, gerate ich bald wie in eine Art Trance.

Schon habe ich die Spielhalle und das Tandoori-Restaurant in Culvercot hinter mir gelassen und renne um die Kurve, an der die Straße hinunter zur Promenade und zum Strand führt.

Fünf Minuten später geht mein Atem zwar tief, aber gleichmäßig.

»Ich komme, Boydy«, keuche ich.

Culvercot endet an einem Willkommen-in-Whitley-Bay-Schild. In der Ferne sieht man bereits den Leuchtturm, der sich weiß gegen den allmählich dunkler werdenden Himmel abzeichnet. Jetzt kommt die große weiße Kuppel von *Spanish City*, einem verrammelten Tanzpalast; und schon laufe ich an *Waves* vorbei, der Badeanstalt mit den herrischen Bademeistern. Lady klebt regelrecht an mir (obwohl sie beim Kommando »Fuß« sonst ein hoffnungsloser Fall ist, benimmt sie sich wie bei einer Gehorsamkeitsprüfung. Vielleicht fürchtet sie, mich nicht wiederzufinden, wenn sie vorläuft.)

Ich habe jetzt einen Plan. Ich will Boydy nicht die Show stehlen. Ich warte einfach, bis er mit der Lichtnummer durch ist. Dann werde ich den Leuten sagen, wer ich bin. Irgendjemand wird ja wohl hoffentlich aufkreuzen.

Ich jogge an Abendspaziergängern vorbei. Inzwischen keuche ich ganz schön und richtig laut.

Doch mich kümmert das nicht mehr. Mir ist schon klar, dass sich die Leute umsehen, weil meine Füße auf das Pflaster klatschen und ich so schnaufe, aber das spornt mich eher noch mehr an, denn mir läuft die Zeit davon.

Ich bin fast da. Vielleicht noch fünfhundert Meter? Oder vierhundert?

Ich sprinte runter zum Strand. Um mich anzutreiben, stelle

ich mir Boydy vor – sein verletzter Blick, als ihm klar wird, dass ich bei seinem großen Moment nicht dabei bin –, und ich klettere über die Steine, um über den Damm zur Insel zu gelangen, dabei schneide ich mir an einer Sandklaffmuschel den Fuß auf, laufe aber weiter.

»Boydy!«, brülle ich. »Warte!«

Als ob er mich über die Musik, die aus dem selbst gebastelten Soundsystem kommt, hören könnte. Felina schmettert ihr Lied. Natürlich. Das hat mir gerade noch gefehlt.

»Light the light!
I need your love tonight,
I wanna see you, see you tonight …«

Die Ebbe hat schon eingesetzt, aber zu beiden Seiten des Damms ist noch Wasser.

Ich bin nah genug dran, um die Leute in der Dämmerung auszumachen. Ein kleines Grüppchen, viele sind es nicht, vielleicht so um die sechs. Mehr sind nicht gekommen?

Boydy steht erhöht auf einem kleinen Podest und späht zum Damm. Garantiert hält er nach mir Ausschau.

Urplötzlich bricht die Musik ab, so enden viele von Mums Liedern: ein gewaltiger Akkord und ein doppelter Trommelschlag – bam, bam.

Lady ist offenbar zu dem Entschluss gekommen, dass sie mich nicht verlieren wird, und jagt schon mal voraus.

»Ich bin hier! Ich komme!« Völlig atemlos brülle ich. Mir rauscht das Blut in den Ohren.

Das kleine Grüppchen schaut sich zu mir um.

Auf einmal ist da hinter mir ein Licht. Erschrocken drehe ich mich um, die Scheinwerfer eines Wagens schießen über den Damm auf mich zu. Am Steuer sitzt Dad, neben ihm Granny.

»Dad!«, schreie ich, zumindest glaube ich, dass ich schreie.

Genau weiß ich es nicht mehr. Auf jeden Fall ist es das Letzte, was ich höre.

Sehen tut Dad mich natürlich nicht.

Nur den Aufprall spürt er, als das Auto mich erfasst. Sehen tut er nur, wie das Wasser spritzt, als ich ins Meer geschleudert werde.

THE WHITLEY NEWS GUARDIAN

Zustand des Leuchtturmmädchens bleibt kritisch

Nach Auskunft der Ärzte im North Tyneside Krankenhaus gestern Abend befindet sich die zwölfjährige Esther Leatherhead, die am Mittwochabend in einen außergewöhnlichen Autounfall auf dem Damm des St. Mary's Leuchtturms verwickelt war, nach wie vor in einem kritischen Zustand.

Mr Richard Malcolm, der Fahrer des Wagens, ist Esthers Vater. Ihre Großmutter, Mrs Beatrice Leatherhead, saß ebenfalls im Wagen, als er das Mädchen um 9.00 Uhr abends erwischte und ins Meer stieß.

Schaulustige, die bei der dramatischen Rettungsaktion halfen, hatten sich auf der Leuchtturminsel zu einer kleinen *Light the Light*-Feier eingefunden. Esthers Mitschüler Elliot Boyd, 13 Jahre, hatte eine inoffizielle Wiederinbetriebnahme des stillgelegten Leuchtturms geplant.

Kurz bevor das Licht entzündet werden sollte, hörte man Mr Malcolm um Hilfe schreien. Elliot Boyd watete ins hüfthohe Wasser, wo seine Mitschülerin augenscheinlich tot auf den Wellen trieb. Elliot, ausgebildet in Erster Hilfe, zog Esthers leblosen Körper aus dem Wasser und ergriff unverzüglich Wiederbelebungsmaßnahmen, bis die Sanitäter eine Viertelstunde später eintrafen.

Warum Esther zum Zeitpunkt des Unfalls unbekleidet war, konnte noch nicht geklärt werden.

Ein Sprecher des North East Rettungsdienstes sagte: »Esther kann sich glücklich schätzen, dass sie noch lebt. Als die Sanitäter eintrafen, war sie praktisch tot. Sie hatte keinen Puls und atmete nicht mehr.«

Detective Inspector Maxwell Ford von der northumbrischen Polizei sagte: »Das war ein tragischer Unfall und die Polizei wird nicht gegen Mr Malcolm ermitteln. Unsere Gedanken sind bei Esther und ihren Angehörigen.«

Der Gemeinderat von Tyneside Council, dem der Leuchtturm gehört, reagierte auf den öffentlichen Druck und zog gestern die Anklage gegen Elliot Boyd wegen Hausfriedensbruch zurück.

»Ohne Elliot Boyds schnelles und selbstloses Eingreifen wäre Esther mit großer Wahrscheinlichkeit noch am Unfallort gestorben. In Anbetracht seiner Heldentat sehen wir von rechtlichen Schritten ab«, sagte der Bürgermeister von North Tyneside, Pat Peel.

Reverend Henry Robinson, Pfarrer der St. George Gemeinde in Culvercot, organisierte am Unfallort eine Mahnwache unter freiem Himmel, zu der Kirchgänger und Esthers Mitschüler der Whitley Bay Academy erschienen. Reverend Robinson sagte: »Bitte beten Sie für Esther. Sie ist ein reizendes Mädchen mit einem wundervollen Lächeln, und wir wünschen uns, dass sie wieder ganz gesund wird.«

87. Kapitel

Was mir auffällt, als ich die Augen öffne:

1. Ich bin nicht zu Hause.

Mehr nicht. Mehr fällt mir nicht auf.

Das Licht tut mir weh, also schließe ich die Augen wieder. (Wenn ich die Augen schließe, wird es dunkler, aber das registriere ich nicht. Nicht gleich.)

Mir tut der Kopf weh. Die Brust. Alles.

Keine Ahnung, wie lange es dauert, bis ich das nächste Mal die Augen aufschlage, aber da fällt mir Folgendes auf:

1. Ich bin immer noch nicht zu Hause.
2. Draußen ist es dunkel. Durch die halb geschlossene Jalousie sehe ich die orangerote Straßenbeleuchtung.
3. Auf der anderen Seite sitzt ein Mann auf einem Stuhl. Der Kopf ist auf die Brust gesunken.
4. Der Mann ist Dad.
5. Ich bin wieder sichtbar.

88. Kapitel

Ich erfahre, dass Dad und Granny die ganze Zeit im Krankenhaus geblieben und nicht von meiner Seite gewichen sind, bis ich wieder zu Bewusstsein gekommen bin.

Schädelbruch, zwei gebrochene Rippen, heftige Prellungen, Herzstillstand. Als Boydy und Dad mich aus dem Wasser gezogen haben, war ich tot.

Ich wurde angefahren, ins Wasser geschleudert, bin ertrunken und mein Herz ist stehen geblieben.

(Und nein, ich hatte kein Nahtoderlebnis, bin nicht über allem geschwebt oder habe mich zu einem hellen Licht oder so hingezogen gefühlt.)

Also war ich wirklich mausetot, leblos, verblichen.

Aber jetzt sitze ich im Bett.

Alles tut weh.

Granny weint viel. Sie sieht zwanzig Jahre älter aus. Immer wieder sagt sie: »Es tut mir so leid, Boo. So, so leid.«

Dad entschuldigt sich auch, aber er weint nicht. Stattdessen nimmt er meine Hand, manchmal drückt er sie ziemlich fest, aber das stört mich nicht.

Ich glaube, er will mir damit zu verstehen geben, dass es ihm leidtut, dass er mich überfahren hat, wofür er gar nichts konnte.

Granny entschuldigt sich für mein ganzes Leben.

Die Schwestern gehen ein und aus.

Die Ärzte leuchten mir in die Augen, flüstern leise miteinander und fragen: »Wie heißt du?«, um zu checken, ob mein Kopf noch funktioniert.

Die Unsichtbarkeit wird nicht erwähnt.

Gut so.

89. Kapitel

Ein paar Tage später kommt Boydy mich besuchen, und ich leide Höllenqualen, weil er mich so zum Lachen bringt und ich doch gebrochene Rippen habe.

Er bringt mir Blumen mit. Ich habe noch nie im Leben Blumen bekommen und ich freue mich.

»Alles in Ordnung, Ess?« Er setzt eine feierliche Miene auf. »Die hab ich für dich geklaut. Den Gang runter is so 'n Typ gestorben, ich dachte, der vermisst die nich.«

Ungläubig sehe ich ihn an.

Irgendwann kann Boydy nicht mehr ernst bleiben. »Nur Spaß! Hab für dich auf meine tägliche Donut-Ration verzichtet.«

Darüber muss ich lachen. Boydy macht sich über sich selbst lustig, über mich, über alles, und weil es so wehtut, versuche ich, mit dem Lachen aufzuhören. Aber es geht nicht, und als ich laut stöhne, kommt eine Schwester angelaufen und ermahnt Boydy, der gerade eine Banane aus meiner Obstschale mopst.

Ich habe ein Zimmer für mich, kein Mehrbettzimmer, wahrscheinlich weil ich von der Intensivstation komme. Dad hat uns allein gelassen.

Boydy sitzt auf dem Bett, schält die Banane und beißt genüsslich ab.

»Bin froh, dass du's geschafft hast, Esser«, sagt er mit vollem Mund. »Wenn du abgenippelt wärst, hätt's Mordstheater gegeben. Jetzt bin ich der Held. Dank dir!«

Ich muss schon wieder lachen. »Hör auf!«

»Kein Scheiß. Die Leute sehn mich auf einmal mit anderen Augen. Ich bin jetzt nicht mehr das fette Londoner Großmaul.« Er hält inne und schaut mich an, während er die Banane kaut. »Ich weiß, was die über mich gesagt und gedacht haben. Bin ja nicht blöd. Aber so bin ich eben. Laut und frech. Anders kann ich nicht sein. Und wem's nicht gefällt, der hat Pech gehabt.«

»Mir gefällt es aber.«

Er grinst. »Du hast ja auch einen miesen Geschmack. Isst du die Weintrauben noch?«

Die Schwester erscheint mit einem Fieberthermometer und einem kleinen Plastiktöpfchen mit Schmerzmitteln. Während sie meine Temperatur misst, macht Boydy sich über die Weintrauben her, wirft sie in die Luft und fängt sie mit dem Mund auf.

Nachdem er die Weintrauben aufgefuttert hat, holt er etwas aus der Tasche: Jesmonds Handy.

»Heute Abend kommt er von der Schulfahrt zurück. Das is so sauber wie ein Kinderpopo.«

»Moment mal, ist das nicht Diebstahl? Im Grunde hast du doch sein Telefon geklaut.«

Boydy grinst. »Ich? Wir, meinst du wohl! Und Diebstahl ist es ja nur, wenn man jemanden dauerhaft seines Eigentums beraubt. Ich hab's nur geliehen. Auf dem Weg nach Hause wollt ich's ihm in den Briefkasten stecken.«

Als die Schwester geht, schnappt sich Boydy einen Stuhl und rückt ihn nah zu mir.

»Und … haben die was gefunden? Die Ärzte? Irgendwas Merkwürdiges? Fehlende oder unsichtbare Teile?«

Ich schüttle den Kopf.

»Hast du ihnen nichts gesagt?«

Nochmaliges Kopfschütteln. »Warum sollte ich? Mit dem Unfall hatte es ja nichts zu tun.«

»Aber deshalb hat dein Vater dich nicht gesehen. Nur deshalb ist es passiert.«

»Und als ich gestorben bin, wurde ich wieder sichtbar. Genau wie meine Tränen, meine Kotze, mein Blut. Es gibt keine Beweise mehr. Nur noch ein bisschen Pulver. Das hast du doch noch, oder?«

Sein Schweigen sagt alles. Schließlich murmelt er: »Es war in meiner Tasche, als ich ins Wasser gesprungen bin, um dich rauszuholen. Alles weggespült.«

»Alles?«

Er nickt.

Ich bin nicht einmal sauer. Eher erleichtert.

Die Menschen, die mich am besten kennen, wissen davon.

Und alle anderen? »Außergewöhnliche Behauptungen bedürfen außergewöhnlicher Beweise.«

Unter Schmerzen greife ich nach meinem Laptop und klappe ihn auf. Ich will Boydy gerade das Video von meinem letzten Vorstoß in die Unsichtbarkeit zeigen, als mir einfällt, dass ich darin ja nackt bin. Ich spule zu der Stelle vor, als ich unter der Sonnenbank liege und die nackten Tatsachen nicht mehr ganz so offensichtlich sind.

Schlecht ist der Film nicht. Scharf und fokussiert. Bloß dass das helle UV-Licht von der Sonnenbank mich in einen verschwommenen Schimmer hüllt und als ich dann verblasse …

»Nicht so überzeugend, oder?« Boydy sieht betrübt aus. Es könnte ohne Weiteres ein selbst gemachter Special Effect sein.

»Damit überzeugt man keinen.« Dann lächle ich. »Aber wir kennen die Wahrheit.«

90. Kapitel

Vor meinem Zimmer sind Stimmen zu hören und kurz darauf kommen drei Mädchen in Schuluniform herein. Kirsten Olen, Katie Pelling und ausgerechnet Aramynta Fell.

Die Mädchen wurden von Mr Parker geschickt, um im Namen der gesamten Klasse eine Karte mit Genesungswünschen zu überreichen, die alle unterschrieben haben, die nicht auf der Schulfahrt sind.

Im Zimmer gibt es nicht genug Sitzmöglichkeiten, so müssen sie sich mit Boydy das Bett und die beiden Stühle teilen.

Kirsten und Katie tun so, als wäre nie was gewesen. Und das ist mir eigentlich ganz recht.

Doch irgendwas stört mich an Aramynta. Bloß was? Sie ist sogar zu Boydy nett.

Sie verhält sich … verdächtig oder so. Auf alle Fälle fühlt sie sich unwohl, und das liegt nicht bloß daran, dass sie mir gegenüber immer sehr kühl, wenn nicht sogar feindselig war. In mir arbeitet es – eine verschüttete Erinnerung, an die ich nicht rankomme.

Wir reden gerade über Mr Parker und Boydys dramatischen

Auftritt bei *Whitleys Supertalent* und dass er so geheimnisvoll tut und nicht verraten will, wie er es angestellt hat, als Katie plötzlich sagt: »Du warst ganz dicht dran. Du musst es doch gesehen haben, Mynt.«

Mynt.

In dem Moment weiß ich es wieder: Jesmond hat mit Aramynta telefoniert und mit ihr abgesprochen, dass sie die Belohnung für Geoffrey abholt.

Es platzt einfach aus mir heraus.

»Schön, dass ihr da wart. Aber bevor ihr geht, würde mich noch eins interessieren: Wie viel Geld hast du von der alten Mrs Abercrombie eigentlich kassiert, Aramynta?«

Und da weiß ich, dass ich richtigliege. Allein die Gesichtsfarbe, so knallrot ist noch nie jemand in meiner Gegenwart geworden.

»Ich … ich … was?«

Von den anderen hat keiner einen Schimmer, wovon ich spreche, nicht einmal Boydy. Also erzähle ich ihnen von meinem Verdacht, dass Aramynta als Kundschafterin für die Zwillinge tätig ist. Während Aramynta kostenlose Zeitungen und Werbeblättchen austrägt, spioniert sie Haushalte mit Hunden und Katzen aus, die Jesmond und Jarrow leicht entführen können und dann so lange behalten, bis eine Belohnung ausgesetzt wird.

Auch wenn ich mir alles erst während des Sprechens zurechtlege, weiß ich, dass ich recht habe.

Aramynta versucht nicht einmal, es zu leugnen. Sie starrt nur zu Boden.

»Kommen die Zwillinge heute Abend nicht zurück?«, frage

ich. »Also wenn du nicht willst, dass ich zur Polizei gehe – und das tue ich sonst, verlass dich drauf –, gibst du Mrs Abercrombie die Belohnung zurück.«

»Du … hast keine Beweise«, sagt Aramynta. Aber sie klingt eingeschüchtert.

»Natürlich haben wir Beweise oder, Boydy?«

Boydy, der mich bis zu diesem Moment erstaunt angesehen hat, klappt den Mund zu und erwacht zum Leben. Er zieht Jesmonds unverwechselbares rot-weiß gestreiftes Handy mit dem Fußballwappen aus der Tasche.

»Klar«, sagt er sofort.

Boydy steht auf und baut sich wie im Gericht vor den Mädchen auf und spricht mit seiner Anwaltsstimme: »Erkennst du dieses Handy? Selbstverständlich, denn es gehört doch Jesmond Knight oder etwa nicht?«

»Oder etwa nicht?« Um das Grinsen zu unterdrücken, beiße ich mir in die Wange. Ich weiß, worauf er hinauswill. Boydy ist großartig.

Aramynta nickt.

Boydy schaltet das Handy ein und wählt. »Ah, super«, sagt er vermeintlich zu sich selbst, »FaceTime scheint zu funktionieren. Hallo, Jarrow. Wie schön, dich zu sehen und zu hören.«

Auf dem kleinen Display erscheint eine verdutzte Jarrow. Offenbar sitzt sie im Schulbus. Um sie herum befinden sich noch weitere Schüler, ich erkenne aber nur Jesmond, der sein Gesicht nun in die Kamera reckt und faucht: »Ist das etwa mein Handy, Stinker? Alter, du bist so gut wie tot.«

Doch Boydy grinst nur superselbstbewusst.

»Glaub ich nich, Jezza, alter Sportsfreund.« Dann setzt er wieder seine Anwaltsstimme ein. »Denn auf genau diesem Gerät habe ich jede Menge belastendes Beweismaterial, Nachrichten, Gesprächsprotokolle, alles Dinge, die den Schluss rechtfertigen, dass mehrere Verbrechen verübt wurden: Geldbeschaffung durch Betrug und Zuwiderhandlung gegen das Tierschutzgesetz von 1968. Nach dem Beweis des ersten Anscheins deutet alles darauf hin, dass die oben genannten Verstöße von Mr Jesmond Knight und seiner Schwester Jarrow, wohnhaft in Links Avenue 40, Whitley Bay, verübt wurden.« Boydy hält inne und deutet mit einer dramatischen Geste auf Aramynta. »Und du, Aramynta Fell, wirst wegen dieser Verbrechen als Mittäterin strafrechtlich verfolgt.«

Natürlich ist alles bloß ein gewaltiger Bluff, aber es funktioniert. Aramynta wird kreidebleich.

Auf dem Display sieht man Jarrow hektisch auf der Unterlippe kauen und blinzeln.

Wir haben sie.

Boydy hält das Handy selfiemäßig hoch, sodass Jarrow und Jesmond uns alle sehen können.

»Strafrechtlich verfolgt, es sei denn, das gesamte Geld wird den Opfern innerhalb einer Woche zurückerstattet.« Boydy beugt sich dicht vor die Kamera. »Fall abgeschlossen. Denkt drüber nach!« Er schaut auf die Uhr. »Mynt? Mit Queenie Abercrombie kannst du anfangen. Du hast eine Stunde Zeit, dann rufen wir sie an und fragen nach. Kapiert? Zack. Zack.«

Aramynta nickt und stürmt aus dem Zimmer.

Boydy blickt erneut in die Kamera und spricht wieder ganz normal. »Ich mein's ernst, Jarrow und Jesmond. Ihr gebt allen das Geld zurück, sonst erzähl ich's jedem. Angefangen bei eurem Vater. Das Handy wird heute Abend in eurem Briefkasten liegen, aber keine Sorgen, ich habe alle Daten gespeichert. Tschüssi!« Ohne eine Antwort abzuwarten, legt er auf.

Katie und Kirsten haben dem Ganzen mit wachsender Überraschung zugesehen.

»Blöde Kuh!«, sagt Kirsten.

»Ich konnte Aramynta noch nie leiden. Nicht richtig«, meint Katie.

91. Kapitel

Nachdem die Mädchen weg sind, frage ich Boydy: »Sag mal, die Sache mit den Daten, die du auf dem Handy gefunden hast?«

»Hhmmm?«

»Hast du nur geblufft?«

»Nicht nur. Aber weißt du, Ess, wenn's ums Bluffen geht, da habe ich vom Besten gelernt.«

Keine Ahnung, was er damit meint, aber das erfahre ich schon bald.

Drei Wochen später

92. Kapitel

Ich bin raus aus dem Krankenhaus, aber mir tut noch immer alles weh und die Fäden am Kopf sind noch nicht gezogen.

Dad hat ein Haus in Monkseaton gemietet. Er wünscht sich, dass Granny und ich zu ihm ziehen.

Ganz ehrlich, ich glaube, er möchte, dass ich einziehe, und hat Granny bloß aus Höflichkeit gefragt, aber ich hoffe, sie macht es. Das wäre lustig.

Ich musste Granny regelrecht bitten, sich nicht mehr ständig zu entschuldigen. Im Grunde hat sie doch genau das getan, worum Mum sie gebeten hatte. Mir zuliebe hat sie zehn Jahre als Beatrice Leatherhead gelebt, statt unter ihrem richtigen Namen Belinda Mackay. Jeden Tag hat sie sich gesorgt, dass jemand sie erkennen oder eine Verbindung zu »Felina« herstellen könnte.

Mit dem Versprechen, mir, wenn ich alt genug bin, die Wahrheit zu sagen, hat sie Uroma überredet, bei der Täuschung mitzumachen. Doch als es so weit war, hatte sie sich so in Lügen verstrickt, dass sie nicht mehr rauskam.

Ich bin als Esther Leatherhead aufgewachsen und die bin ich auch. Ich bin nicht als »Boo Mackay« (oder Malcolm? Wer weiß!), Tochter der unglückseligen Princess of Pop Miranda »Felina« Mackay groß geworden. Und das finde ich auch gut so.

Wer will schon so sichtbar sein?

Und was wäre überhaupt anders gewesen, wenn Granny nicht gelogen hätte?

Mum wäre doch nicht da. Daran hätte sich nichts geändert.

Dad hätte trotzdem seine »verlorenen Jahre«, wie er es nennt, zu beklagen und wäre dennoch zurückgekommen.

Ich wäre vielleicht in London aufgewachsen, aber wisst ihr was? Einmal war ich mit der Schule da und so toll ist es auch wieder nicht. Dort gibt es keinen Strand, keine Möwen, keinen Leuchtturm.

Und einen richtig guten Freund wie Boydy, der mich jeden Tag zum Lachen bringt, gäbe es da auch nicht.

Ich gehe nachher zu ihm. Er hat mir diese Nachricht geschickt:

Mr Elliot Boyd lädt
Ms Esther Leatherhead
Am 8. Juli um 19:00 Uhr
Zum Abendessen und zu Enthüllungen ein.

Abendessen und »Enthüllungen«?

Was zum Teufel???

93. Kapitel

Um sieben bin ich bei Boydy. Als er mich hereinlässt, trägt er keine Schuluniform (was für ihn ungewöhnlich ist), sondern ein sauberes weißes Hemd, das er allerdings mit Shorts kombiniert hat. Er glänzt förmlich, als käme er frisch aus der Wanne.

Im Wohnzimmer pruste ich los, weil auf dem Esstisch zwei Kerzen brennen, obwohl es ja draußen noch hell ist.

»Boydy! Für wen sind denn die Kerzen?« Ich lache und verziehe im nächsten Moment das Gesicht, denn Lachen tut immer noch ein bisschen weh.

»Ach die? Nichts. Ich, ähm … hat meine Mutter wohl angelassen von einem ihrer Klienten oder so.«

»Wo ist denn deine Mutter? Ich gehe ihr mal Hallo sagen.«

»Oh, die ist ähm … nicht da.«

Er benimmt sich so verdächtig. Ist er nervös? Vielleicht wegen der Enthüllungen, was immer das sein mag. Ich rechne damit, dass wir gleich ein bisschen Musik hören, X-Box spielen oder ferngucken, aber er hat die Türen zur Terrasse geöffnet (was großartiger klingt, als es ist, denn im Grunde handelt es sich dabei nur um die kleine gepflasterte Ecke eines winzigen Gartens).

Boydy bringt mir einen Saft mit Eiswürfeln und holt tief Luft.

»Du bist nicht die Einzige mit Geheimnissen, Ess.«

Er fummelt eine Weile an den Händen herum.

Ich warte geduldig. Ihm ist anzumerken, wie schwer es ihm fällt.

Dann erzählt er mir, dass sein Vater, der Londoner Staranwalt, wegen Betrugs für sieben Jahre in Durham im Gefängnis sitzt.

»Wow«, sage ich. Mag in dem Moment etwas seltsam klingen, aber so ist mir zumute.

»Das ist noch nicht alles.« Boydy kann mich nicht ansehen, als er das sagt, und platzt mit der nächsten Enthüllung einfach heraus.

Seine Mutter ist manisch-depressiv, das ist eine Erkrankung, bei der man sich mal wahnsinnig euphorisch und energiegeladen und mal schrecklich erschöpft und niedergeschlagen fühlt. Manchmal kann sie auch nicht mehr arbeiten und einmal musste sie sogar ins Krankenhaus.

»Wann war das?«, frage ich, aber im Grunde kenne ich die Antwort schon.

»Als wir anfingen … zusammen abzuhängen. Ich brauchte jemanden, der nicht … ich weiß auch nicht. Der nicht fies zu mir war. Als Mum weg war, warst du die Einzige.«

Schweigend trinke ich meinen Saft. Ich weiß echt nicht, was ich sagen soll.

Irgendwann bricht Boydy die Stille.

»Macht das was?«

Ich muss ihn verständnislos angesehen haben.

»Macht das was, dass mein Vater ein Betrüger ist und meine Mutter eine …« Er überlegt. »Dass meine Mutter psychisch instabil ist?«

»Ob es was macht? Natürlich! Das ist doch keine Kleinigkeit.«

»Nein, ich meine … ob es dir was ausmacht?«

Und erst da kapiere ich es.

»Nein, Boydy. Deshalb mag ich dich doch nicht weniger. ›Wir müssen alle Flüsse überqueren, doch haben wir das Rüstzeug, um Brücken zu bauen.‹«

Spöttisch verzieht er den Mund.

»Das sagt meine Oma immer«, füge ich hinzu.

»Mann! Ich dachte schon, du machst hier einen auf ernst.«

Dann legt er los. Erzählt mir von der Krankheit seiner Mutter (die schon vor Jahren begann), der Verzweiflung seines Vaters, als es mit der Kanzlei bergab ging, und wie aus den kleinen Betrügereien schließlich Betrug im großen Stil wurde und dass der Prozess gegen seinen Vater gerade angefangen hatte, als die Mutter ins Krankenhaus eingeliefert wurde …

»Er ist voll in Ordnung«, sagt Boydy über seinen Vater. »Du würdest ihn mögen. Er hat … ein paar falsche Entscheidungen getroffen.«

»Und nun musst du dich um alles kümmern?«, frage ich.

»Als es Mum schlecht ging, schon. Im Moment ist sie wieder gut drauf. Sie besucht gerade meinen Vater. Aber äh, bist du hungrig? Ich habe ein neues Rezept ausprobiert.«

In dem Moment wird mir klar, warum Boydy so gut kochen kann. Wenn seine Mutter nicht da ist, muss er sich ja selbst versorgen.

Irgendwie sehe ich ihn nun in neuem Licht. Während des

Essens, das wir am Tisch und nicht wie sonst mit einem Teller auf dem Schoß einnehmen, ist er seltsam zappelig. Es ist so ein Rindfleischgericht, ganz köstlich, und ich lobe ihn die ganze Zeit »hhmm, lecker« und so, aber er ist immer noch abgelenkt.

Irgendwann sagt er schließlich: »Esser?«

»Boydy?«

»Den ganzen Abend will ich dir schon was sagen.«

»Ja?«

Ich bin auf der Hut, denn ich dachte, die Enthüllungen wären vorbei. Was kommt denn jetzt noch? Oh, Moment mal. Doch nicht. *Doch nicht etwa?*

Ich hebe die Hand und sage: »Boydy. Lass mal. Du wirst mich doch jetzt nicht fragen, ob ich mit dir gehen will oder?«

Darauf sagt er lange Zeit nichts und starrt mich nur an. Er ist in sich zusammengesackt und sieht ein wenig traurig aus.

»Bist du bescheuert?«, entgegnet er schließlich. »Das wollte ich dich überhaupt nicht fragen. Du bist doch mein bester Kumpel! Ich bin gern mit dir befreundet, und es wäre doch schade, das zu ruinieren oder? Ich meine, unsere Freundschaft aufs Spiel zu setzen mit … mit … Nein, das wollte ich nicht fragen. Tss, jetzt mal im Ernst, Esser. Wofür hältst du mich?«

Das kam jetzt sehr entschieden rüber. Puh.

»Was wolltest du mich denn fragen?«

»Oh, ähm …« Er überlegt einen Moment. Ist in Gedanken versunken. »Hast du Lust auf Pudding?«

»Das war's?«

»Zitronensorbet. Volles Aroma, halbe Kalorienzahl.«

Boydy ist echt ein guter Freund.

Aber mehr auch nicht. Bloß ein guter Freund.

Eine Woche später

94. Kapitel

Boydys Vater war übrigens kein Anwalt, der Prozesse vor Gericht führt, sondern jemand, der den ganzen Tag vorm Computer hockt und sich um Steuern und »forensische Buchprüfung« im Netz kümmert. Keine Ahnung, was das ist.

Das Gefängnis, in dem er einsitzt, ist auch nicht vergittert, und hart arbeiten muss er auch nicht. Es ist kein Hochsicherheitstrakt. Besuch, Computer und Internet sind erlaubt.

Boydy zuliebe untersucht er meine Zahlung an eine Bank in China – Hongkong, um genau zu sein – für Dr. Changs Haut-So-Klar.

Boydy hat ihm erzählt, dass ich das Geld (mit Grannys Kreditkarte) überwiesen, aber keine Ware erhalten habe, so müssen wir ihm nicht noch die Sache mit der Unsichtbarkeit erklären. Mr Boyd, Pete, sagt, dass es im Grunde zwei wahrscheinliche Szenarien gibt.

Im ersten Fall handelt es sich um eine kleine Firma, die Bank und Konten wechselt, aber Anschrift und auch IP-Adresse beibehält. Diese Firmen lassen sich leicht ausfindig machen, meint Pete.

Im anderen Fall hat man es mit einem viel größeren Unternehmen zu tun, das im Ausland die unterschiedlichsten Geschäfte tätigt, bei verschiedenen Banken ständig Konten eröffnet und schließt, über mehrere Scheinadressen verfügt und auch in der elektronischen Welt keine Spuren hinterlässt, um Leuten wie Boydys Vater zwei, drei oder gar vier Schritte voraus zu sein.

Es ist so gut wie unmöglich, solche Unternehmen ausfindig zu machen, da muss man schon ein großes Team zur Verfügung haben und – in diesem Fall – fließend Mandarin oder Kantonesisch beherrschen. Mit beidem kann Pete nicht dienen.

Wenn wir es mit dem ersten Fall zu tun haben – und Pete ist da sehr optimistisch –, besteht die Chance, noch mehr von diesem seltsamen Gebräu zu ergattern.

Außerdem ist er mit einem Mitgefangenen aus seinem Zellenblock befreundet, der sowohl Mandarin als auch Kantonesisch spricht und seine Hilfe zugesagt hat.

Und was dann?

Keine Ahnung.

95. Kapitel

Das Schuljahr ist fast zu Ende, und wie gern würde ich vermelden, dass es Jesmond und Jarrow schlimm ergangen ist, ist es aber nicht. Allerdings ist es sehr still um die beiden geworden. Und es gab auch keine weiteren Suchanzeigen an Laternenpfählen. In der Schule hat sich die Abzocke rumgesprochen und die Beliebtheit der Zwillinge ist auf null geschrumpft.

Mrs Abercrombie hat die Belohnung zurückerhalten. Und die anderen? Aramynta hat mir versichert, dass die ihr Geld ebenfalls gekriegt haben. Da muss ich mich auf ihr Wort verlassen.

Bislang habe ich noch niemandem davon erzählt, dass Felina meine Mum ist, aber ich will auch kein großes Geheimnis daraus machen.

Was ich mit meinem Namen anstelle, weiß ich noch nicht. Esther Leatherhead ist ja nicht mein richtiger Name, in Wirklichkeit heiße ich Tiger Pussycat »Boo« Mackay.

Obwohl ich mich in letzter Zeit schon gefragt habe, was wirklich ist und was nicht.

Und meine Haut? Viel besser, danke der Nachfrage.

Viel besser.

Noch mal zwei Wochen später

96. Kapitel

Morgen ist mein Geburtstag, mein dreizehnter.

Es hat seit Wochen nicht mehr geregnet. Der Links ist schon ganz gelb und ausgetrocknet und am endlosen tiefblauen Abendhimmel zeigt sich nicht die kleinste Wolke.

Eigentlich wollten wir es an meinem Geburtstag machen, aber Dad muss noch mal zurück nach Neuseeland, um ein paar Dinge zu regeln, deshalb haben wir es einen Tag vorverlegt.

Ist es eine Geburtstagsparty? Eigentlich nicht. Das wollte ich nicht, denn es geht um mehr.

Außerdem wäre es für einen dreizehnten Geburtstag wohl eine ziemlich komische Gesellschaft, die sich auf dem großen flachen Felsen vorm Leuchtturm versammelt hat.

Dabei sind:

- Ich, natürlich
- Granny
- Lady
- Boydy und seine Mutter und sein Vater, der für einen Tag Freigang hat – so nennt man das, wenn man das Gefängnis

verlassen darf, um seine Familie zu sehen. (Er ist nett. Im Grunde eine ältere und fülligere Version von Boydy. Kriminell sieht er kein Stück aus. Boydys Mum ist freundlich und schüchtern.)

- Mrs Abercrombie und Geoffrey. (Ich weiß, was ihr jetzt denkt, aber ich musste sie einladen, damit auch eine Freundin von Granny dabei ist. Und außerdem ist sie jetzt viel netter zu mir, seit Geoffrey mich nicht mehr anknurrt. Wenn sie wüsste, dass sie es mir zu verdanken hat, dass sie die Belohnung zurückbekommen hat, wäre sie bestimmt noch netter.)
- Reverend Henry Robinson
- Kirsten Olen (der ich von Mum/Felina erzählt habe, aber nichts über die Unsichtbarkeit. Noch nicht.)
- Der Typ vom *Whitley News Guardian*, der auch auf Uromas 100. Geburtstag da war. (Boydys Status als Lokalheld wird weiter ausgebaut und er wird noch blasierter, aber das macht mir nichts mehr aus.)
- Und dann auch noch Mr Parker und eine lustige Frau namens Nicky, die er uns als seine Lebensgefährtin vorstellt. (Ich hätte nie im Leben gedacht, dass Mr Parker ein Typ ist, der eine Freundin hat. Mr Parker ist ein heimlicher Leuchtturmfan. Er hat Boydy angeboten, das Mischpult und den Verstärker aus der Schule zu leihen, und ist sogar in den Ferien dort hingefahren, um die Gerätschaften abzuholen. Ich fand es eine große Sache, aber Mr Parker betrachtete es als ›Bagatelle‹, die er gern für einen ›Mitpharophilen‹ erledigte.)

Am Ende ist nichts und niemand so, wie man denkt.

Boydy geht auf und ab, wirkt supernervös. Letzte Woche war er beim Frisör und hat sich den Flaum am Kinn abrasiert, was viel besser aussieht, und ein Doppelkinn hat er im Grunde nicht. Und neue Klamotten hat er auch. Er hat sich für den Anlass schön gemacht, das gefällt mir. Bei dem gemusterten Hemd bin ich mir nicht so sicher, um ehrlich zu sein, aber wenigstens passen ihm die neuen Klamotten. Auf Ebay habe ich für ihn eine Leuchtturmwärterkappe gefunden, die er supergern mag. (Wer hätte gedacht, dass es so was gibt! Ich nicht.)

Ein Gast fehlt noch. Dad holt Uroma vom Klosterblick ab. Normalerweise müssen alle Bewohner um neun im Bett liegen und sie haben sie nur sehr widerwillig gehen lassen.

»Sie gehen lassen?«, hörte ich Dad am Telefon sagen. »Halten Sie sie als Gefangene oder ist sie ein zahlender Gast?«

Damit war die Sache geritzt.

Bloß, dass sie etwas spät dran sind. Normalerweise wäre das ja auch nicht weiter schlimm, aber der Damm wird in etwa zwanzig Minuten überschwemmt sein und dann stecken wir über Nacht auf St. Mary's Island fest.

Wir schauen alle besorgt zum Damm und zum Parkplatz, in der Hoffnung, in der Dämmerung endlich die Scheinwerfer auszumachen.

Dad würde das doch nicht verpassen, oder?

Ich trage Mums T-Shirt, das noch etwas nach ihr riecht. Vielleicht ändert sich das, aber das macht mir nichts aus. Heute nicht.

»Da sind sie!«, ruft Boydy und zeigt auf die Scheinwerfer eines sich nähernden Fahrzeugs. Ich atme erleichtert auf.

Neben Dad sitzt Uroma, eine winzige Figur auf dem Beifahrersitz. Als das Auto vor den Stufen des Leuchtturms zum Stehen kommt, sehe ich noch jemanden auf der Rückbank.

»Wer ist das?«, frage ich Granny, aber sie hat keinen blassen Schimmer.

Den Rollstuhl, der schon parat steht, schiebe ich zum Auto, um Uroma rauszuhelfen.

»Stanley?« Aus der Nähe erkenne ich den alten Mann auf dem Rücksitz.

»Ja«, kichert Dad. »Ohne ihren Freund wollte deine Uroma nicht mitkommen, stimmt's, Mrs Freeman?«

Uroma strahlt bis über beide Ohren und nickt, während sie sich in den Rollstuhl hievt, dann lächelt sie ihr verschwommenes Lächeln und sagt: »Hallo, Hinny.«

Dad übernimmt den Rollstuhl, und ich laufe um den Wagen, um Stanley zu helfen. So zerbrechlich er auch ist, stehen kann er wie eine Eins.

»Hallo, Boo«, krächzt er mit Altmännerstimme. »Von dir habe ich schon viel gehört. Schön, dich zu sehen.«

(Erst hinterher frage ich mich, was er damit wohl meint. War das eine Anspielung auf meine Unsichtbarkeit? Hat Uroma ihm davon erzählt? Zu meiner eigenen Überraschung würde mich das nicht einmal stören.)

»Lasst uns beten«, sagt Reverend Robinson.

Und als wir alle unsere Hände zum Gebet falten und das Vaterunser murmeln, schaue ich mich um.

»Vater unser, der du bist im Himmel …«

Der alte Stanley steht hinter Uromas Rollstuhl und richtet ihr den Wollschal. Uroma hat die Augen nicht geschlossen, sondern schaut hinaus aufs Meer. Ihre Lippen bewegen sich beim Beten.

Mrs Abercrombie hat Geoffrey abgesetzt, der nun selig mit Lady an einem Felstümpel schnüffelt.

Kirsten ist für die Musik verantwortlich und steht hinter dem Mischpult.

Alle sagen »Amen« und in der anschließenden Stille kreischen die Möwen laut über unseren Köpfen.

»Sind wir bereit?«, fragt Boydy.

»Warte noch, warte noch!«, rufe ich.

Aus der Tasche ziehe ich eine Haribo-Tüte, reiße sie auf und schütte mir ein paar Packungen in die Hand. Ich reiche sie herum, jeder bekommt eine.

»Manche von euch werden sich noch erinnern, dass es Mums Lieblingssüßigkeit war«, sage ich und alle lächeln traurig und kauen. Dad muss erst sein Nikotinkaugummi aus dem Mund nehmen.

Ich nicke Kirsten zu, die einen Regler hochfährt. Mums Song schmettert voll und satt heraus:

»*You light up my life when I see you.*
And all I want is to be with you …
You light the light in me –
Come on, baby, light the light!«

Als Mum »light the light« singt, legt Boydy den Schalter am Kabel um, das sich hoch zum Leuchtturm zieht, und eine Million Candela werfen ihr Licht auf den Felsen, strahlen vom Lampenhaus in achtunddreißig Metern Höhe auf uns herab.

Erhellen den ganzen Strand.

Erhellen das Meer.

Erhellen die ganze Welt, so fühlt es sich an.

Stanley klatscht und jubelt: »Bravo!«

Und alle folgen seinem Beispiel.

Granny greift in ihre Stofftasche und reicht mir die verzierte Messingvase mit dem Deckel, die ich neulich bei ihr im Schrank entdeckt habe. Mir kommt es vor, als wäre es Ewigkeiten her, und das ist es ja irgendwie auch.

Ich schnuppere an meinem T-Shirt, dann hebe ich den Deckel ab.

Während Mums Song spielt, die Leute Gummibärchen lutschen, halte ich die Urne hoch und gebe den staubigen Inhalt frei, der sofort vom Wind übers Meer hinausgetragen wird. Ein bisschen Asche ist auf dem Felsen gelandet und wird schon bald von einer Welle weggespült. In wenigen Sekunden bleibt nichts mehr übrig.

Ich sehe mich um. Alle weinen. Nicht laut, nicht schluchzend, aber Granny reibt sich die Augen, und sogar Dad verzieht seltsam das Gesicht, als würde er mit den Tränen kämpfen. Boydys Lippen verziehen sich zu dem verqueren Lächeln, das ich schon kenne.

Lady hat sich auf den Fels gelegt und blickt aufs Wasser.

»Alle weinen«, habe ich gerade gesagt, alle außer mir.

Ich? Ich grinse.

Alles ist richtig, alles ist perfekt.

Dad steht auf einmal hinter mir, die Hände auf meinen Schultern, Granny nimmt meine Hand.

»Tschüss, Mum!«, sage ich und winke dem Meer zu.

Da beschließe ich, dass ich Esther sein werde. Esther Leatherhead. Kosename Boo.

Die bin ich.

Keiner hat gemerkt, dass der Damm nun komplett unter Wasser steht. Das wird noch eine spannende Nacht …

Dank

Ich danke meinem wunderbaren Lektor Nick Lake für seine Geduld und die fabelhaften Vorschläge und ebenso Madeleine Stevens, Anna Bowles und Mary O'Riordan, die das Manuskript Korrektur gelesen und unzählige kleine – und manchmal auch nicht ganz so kleine – Fehler verbessert haben.

© privat

Ross Welford war Journalist und Fernsehproduzent, bevor er entschied, sich ganz und gar dem Schreiben zu widmen. Er lebt mit seiner Frau, seinen Kindern, einem Border Collie und einer Menge tropischer Fische in London.
»Zeitreise mit Hamster« ist sein Debüt.

»Ein Hit für alle Fans von R. J. Palacios ›Wunder‹ – eine unvergessliche, verrückte Geschichte von einem großartigen neuen Erzähltalent am Kinderbuchhimmel!«
Waterstones

»Herz, Humor und eine Prise Existenzialismus!«
The Guardian

»Ross Welford begeistert mit seinem Debüt nicht nur kleine Leser […]. Großartige Unterhaltung für alle, die Spaß an Denkakrobatik haben.«
Manuela Haselberger, Eselsohr

Ross Welford
Zeitreise mit Hamster
368 Seiten · Gebunden
ISBN 978-3-649-62237-6
Auch als ebook erhältlich:
ISBN 978-3-649-62514-8

Hätte mich früher einer gefragt, ich hätte gesagt, dass eine Zeitmaschine vermutlich wie ein U-Boot aussieht. Oder vielleicht wie eine Rakete. Stattdessen schaue ich jetzt auf einen Laptop und eine Zinkwanne aus dem Gartencenter. Das ist Dads Zeitmaschine. Und sie wird die Welt verändern. Na ja, auf jeden Fall meine.

Al Chaudhury hat eine unglaubliche Chance. Er kann das Leben seines verstorbenen Vaters retten. Das Einzige, was er dafür tun muss: in das Jahr 1984 zurückreisen, um einen schicksalsvollen Gokart-Unfall zu verhindern …